KB004480

내일은 도시를
하나 세울까 해

내일은 도시를 하나 세울까 해

초판 1쇄 펴냄 2007년 10월 10일
16쇄 펴냄 2023년 9월 4일

지은이 O.T. 넬슨
옮긴이 박중서

펴낸이 고영은 박미숙
펴낸곳 뜨인돌출판(주) | 출판등록 1994.10.11.(제406-251002011000185호)
주소 10881 경기도 파주시 회동길 337-9
홈페이지 www.ddstone.com | 블로그 blog.naver.com/ddstone1994
페이스북 www.facebook.com/ddstone1994 | 인스타그램 @ddstone_books
대표전화 02-337-5252 | 팩스 031-947-5868

ISBN 978-89-5807-185-3 03840

The Girl Who Owned a City

내일은 도시를 하나 세울까 해

O. T. 넬슨 지음 · 박중서 옮김

뜨인돌

일러두기

1 고유명사와 인명 등은 외국어 표기법에 따랐습니다.
2 길이와 넓이 등의 단위는 미터법으로 바꾸었습니다.
3 삽입된 지도는 이야기 전개에 따라 재구성한 것이므로 실제와 다를 수 있습니다.

차례

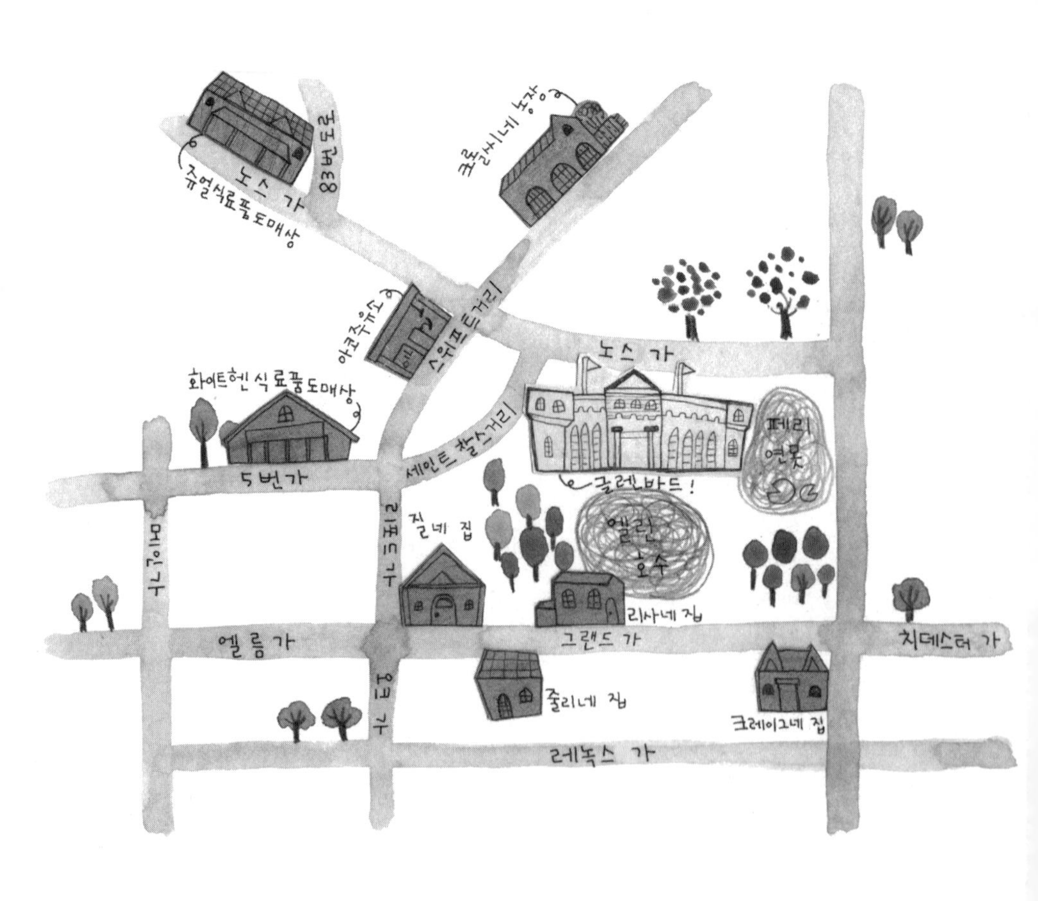

노스 가
83번도로
쥬얼식료품도매상
아코주유소
스위프트거리
노스 가
화이트헨 식료품도매상
세인트 찰스거리
5번가
글렌바드!
페리 연못
엘린 호수
질네 집
모인 가
리프드 가
리사네 집
엘름 가
그랜드 가
치데스터 가
오크 가
줄리네 집
크레이그네 집
레녹스 가

어차피 집 열쇠가 필요하진 않으니까

"좋아! 이 집은 비었군."

리사는 확신이 들 때까지 밖에서 좀 더 기다려 보기로 했다. 잠시 긴장을 늦추자, 불과 일주일 전의 자신의 모습이 떠올랐다.

지난주 화요일 이맘때만 해도 리사는 5학년 교실에 앉아 사회 수업을 듣고 있었다. 그때는 세상이 이렇게 완전히 뒤바뀌리라곤 상상도 못하고 있었다. 하지만 세상은 아주 순식간에, 그것도 무척이나 끔찍하게 뒤바뀌어 버렸다. 이 세상 전체가 완전히 말이다.

'도대체 세상이 어떻게 되려는 걸까?' 리사는 생각했다. 그와 동시에 힘껏 오른발로 현관문을 걷어찼다. 리사가 신은 부츠가 유리문을 깨고 안으로 쑥 들어가 버렸다.

깨진 유리문 틈으로 손을 넣어 자물쇠를 여는 동안, 리사의 귓가에는 유리 깨지는 요란한 소리가 윙윙 울리고 있었다. 리사의 움직임은 아주 능숙했다. 이미 솜씨 좋은 도둑이 되어 있었던 것이다.

리사는 낯설고도 어둑어둑한 집 안 광경에 적응이라도 하듯 눈을 찡그렸다. '다행이네, 이번에는 유리에 베이지 않았으니.' 리사가 자기 손을 바라보며 생각했다. 아직도 떨리고 있었다. 그걸 보니 갑자기 화가 치밀었다. '겁날 게 뭐 있다고 그래? 이젠 아무도 없는 걸. 다들 죽었을 거야. 젠장, 언제쯤이나 익숙해질까.'

리사는 아무것도 두려워하지 않겠다고 맹세했다. 그리고 마치 그 맹세를 증명해 보이기라도 하듯, 있는 힘껏 소리를 질러 보았다.

"나 혼자야! 여기엔 아무도 없어! 나 혼자뿐이라구!"

그러나 메아리조차 울리지 않았다.

거실에는 값비싸고 편안해 보이는 가구들이 늘어서 있었다. 특히 커다란 소파를 보자 리사는 그 위에 쓰러지고 싶은 충동을 느꼈다. 그만큼 지쳐 있었던 것이다.

리사는 약간 정신이 멍한 상태로 전기 스위치를 찾아 두리번거렸다. 그러나 스위치를 찾아내고 나서는 피식 웃고 말았다. '바보 같긴! 지금 전기가 들어올 리 없잖아!'

상한 음식 냄새가 나는 곳을 따라가 보니 부엌이었다. 쓰레기통에는 작은 벌레들이 우글거렸다. 누군가 그 벌레들을 가리켜 '구더기' 라고 가르쳐 주었지만, 리사는 그 이름은 물론이고, 집집마다 부엌에 그런 벌레들이 우글거린다는 사실 역시 좋아하지 않았다. 보기만 해도 너무 흉측했고 마치 빈 집에 출몰하는 작은 유령들 같았기 때문이다.

냉장고 문을 열자 더운 공기와 함께 상한 음식 냄새가 코를 찔렀다. 리사는 아직 멀쩡해 보이는 사과 몇 개에 손을 뻗었지만, 저 고약한 냄새가 배어 있을지도 모른다는 생각에 얼른 손을 거두었다.

이번에는 식료품 저장실에 들어가 거기 있던 온갖 통조림들을 배낭에 차곡차곡 쌓아 넣었다. 대부분은 수프였다. 화장실에서는 칫솔과 아스피린, 화장지와 비누 두 개를 챙겼다.

"맞아, 깡통따개!"

리사는 부엌을 구석구석 뒤져서 간신히 깡통따개 하나를 찾아냈다. 배낭은 이제 꽉 차 있었다. 리사는 식탁 위에 있던 초를 몇 개 움켜쥐고 시계를 보기 위해 햇빛이 들어오는 창가로 향했다. 오후 네 시가 거의 다 되었으니, 지금쯤 동생은 아직 돌아오지 않은 누나 걱정을 하고 있을 것이다. 평소에는 그저 귀찮게만 느껴졌던 동생이지만, 이제 동생에게 누나로서의 책임감을 느꼈다. 아니, 시간이 갈수록 동생이야말로 리사가 지닌 가장 소중한 재산이 되다시피 했다.

시계를 외투 주머니에 넣은 뒤, 리사는 현관문 쪽을 향하다가 문득 걸음을 멈췄다. 창가 근처 작은 책상 위에 놓인 종이 몇 장이 눈에 띈 것이다. 이 집에 살았던 사람은 과연 누구였는지 궁금한 생각이 들었다. 책상에 딸린 의자에 걸터앉자 그동안 잊고 있었던 피로가 산더미처럼 몰려왔다. 자신도 모르는 사이, 리사는 다시 한

번 소파 있는 쪽을 바라보았다.

'무슨 곰 세 마리가 사는 동굴 안에 들어온 여자애 같네.' 리사는 일부러 유쾌한 생각을 하려 애썼다. '차라리 그랬다면 얼마나 좋을까.' 정말 간절한 소원이었다. '그랬다면 그냥 따뜻한 죽 한 그릇 퍼먹고 실컷 낮잠이나 잘 수 있을 텐데.' 하지만 지금은 그렇게 한가하게 쉴 틈이 없었다.

책상 위의 종이들은 대부분 사업과 관련된 편지들이었다. 리사는 그 편지를 뒤적이던 중에 이 집 주인인 윌리엄스 씨가 공구 회사의 사장이었음을 알게 되었다. 한쪽에는 아직 겉봉도 쓰지 않은 크리스마스 카드가 쌓여 있었고, 그 옆에는 밀봉된 작은 편지 봉투가 하나 있었다. 거기에는 '긴급속달'이라고 적혀 있었다. 리사는 편지 봉투를 뜯어 보았다.

☼

조지아 주 애틀랜타

챈들러 사관학교

존 윌리엄스 생도 앞

☼

사랑하는 아들에게,

이번에 챌던 박사와 솔직하게 상의해 보았는데, 네 어머니와 나는 이미 가망이 없다고 하더구나. 우리는 너무 쇠약해져서 기껏해야 며칠밖에는 못 살 것 같다. 이웃들은 이미 대부분 저 세상 사람이 되었더구나. 끔찍한 일이다.

11월 10일자 방송을 들어 보니 이 바이러스는 지금 세계 전역으로 퍼진 것 같다. 그야말로 역사상 최악의 전염병이라고 하더라.

무슨 이유에서인지는 모르지만, 이 바이러스는 12세 이하의 어린이들에겐 전혀 해를 끼치지 않는다고 한다. 하지만 성인의 경우에는 십중팔구 사망할 수밖에 없다는구나. 도무지 믿을 수 없는 일이긴 하다만, 이러다간 세상 어디에도 성인이라곤 하나도 남지 않게 될 것 같다. 나야 그런 일이 제발 없었으면 하는 마음뿐이지만.

그나저나 얘야, 너 역시 '위험한 나이'에 바짝 다가가 있으니 어쩌면 좋니. 이 편지를 받는 즉시 애틀랜타 시 피치트리 가 456번지에 사는 내 친구 코프먼 박사에게 연락해 보기 바란다. 박사가 새로운 백신을 개발했는데, 네 나이 또래의 아이들에겐 분명히 효과가 있었다고 하더구나. 절대로 방심하지 말고 내 말대로 하거라. 이 편지를 받는 즉시 박사를 찾아가야 한다.

전화로 알리는 편이 빠르겠지만, 일리노이 전화 회사가 이미 문을 닫았다고 하더구나. 그래도 편지는 앞으로 10일 정도 더 배달이 가능하다고 한다. 부디 이 편지가 도착할 때까지 아무 일 없어야 할 텐데…….

예전에 같이 가기로 했다가 취소했던 캐나다 캠핑 여행이 자꾸 마음에 걸리는구나. 우리가 아직 이루지 못한 이런저런 계획이며 꿈들이 이 믿을 수 없는 재난으로 인해 영영 불가능해지는 건 아닌가 두렵고……. 그래도 우리가 가고 나면 이 집은 네 차지가 될 테니, 네 어머니와 나로선 조금이나마 안심이다. 별장도 마찬가지고 말이다.

사랑한다, 얘야. 부디 용기를 잃지 말거라.

아버지가

리사는 편지를 책상에 내려놓은 다음, 자기가 받았던 비슷한 편지를 떠올려 보았다. 리사의 아버지 역시 듀페이지 카운티 병원에서 사망하기 직전에 비슷한 편지를 보냈던 것이다.

리사는 현관문을 활짝 열어 놓은 채 서둘러 걸음을 옮겼다. 윌리엄스란 사람, 만에 하나 살아 있다 해도 어차피 집 열쇠가 필요하진 않을 것이다.

쥐는 계획을 세울 수 없지

윌리엄스 씨의 집에서 그랜드 가에 있는 리사의 집까지는 겨우 네 블록이었다. 리사는 레녹스 가를 지나 오크 가 쪽으로 달려갔다. 그 거리도 예전과는 많이 달라져 있었다. 생각해 보면 지금까지 수천 번도 넘게 지나다닌 거리였다. 학교 다니면서는 물론이고, 심지어 유치원 때부터 말이다. 하지만 이제는 학교고 뭐고 없었고, 집들은 거의 비어 있는 것 같았다(물론 다른 거리도 사정은 마찬가지였다). 오가는 차도 없었다. 거리에서 뛰노는 아이들도 없었고, 건물 안에는 불이 꺼져 있어 조용하기만 했다. 저런 집에도 아이들이 남아 있을까? 알 수 없는 일이었다. 모두들 숨어 지냈으니까. 섬뜩한 기분이 들었다.

그랜드 가로 접어드는 모퉁이를 돌면서, 리사는 바이러스가 퍼지기 전에 아이들이 어른들을 얼마나 미워했는지를 떠올렸다. 그러나 이제 어른들, 이른바 '기성세대'는 사라지고 없었다. 리사는 이달, 그러니까 11월에 겨우 열 살이 되었지만, 이제는 리사 자신이 '기성세대'의 일부가 되어 버렸다. 더 이상 '기성'이라 할 만한 것이 남아 있지 않기 때문이다.

그랜드 가로 들어설 무렵, 방해꾼이 나타났다. 같은 동네에 사는 질 잰슨이 그녀의 앞을 가로막은 것이다.

"너 가방에 뭘 가지고 있니? 내가 좀 봐도 돼?"

질은 리사가 뭐라 대답하기도 전에 가방 속을 뒤적뒤적 하더니, '자기네' 애들 갖다 줄 깡통 수프를 몇 개만 달라고 했다. 전염병이 퍼진 다음부터 질은 고아들을 자기 집에 데려가서 돌보고 있었다. 집 앞에 '어린이집'이라는 간판까지 붙여 놓고 말이다. 질의 오빠인 찰리가 몬테소리 유치원에서 떼어다 준 간판이었다. 사실 질네 집에는 아이들이 바글거렸기 때문에, 먹을 것이 항상 모자랐다.

"질!"

리사가 더 이상 참지 못하고 말했다.

"토드랑 나도 먹고살아야지! 벌써 나흘이나 여기저기 쑤시고 돌아다녀서 건진 게 겨우 이거란 말이야."

하지만 말싸움에서라면 도저히 질에게 이길 수 없었다. 리사는 하는 수 없이 통조림 수프 네 개랑 숯 몇 개, 그리고 성냥 한 통을 건네주었다.

그래도 통조림 수프 밑에 있던 깡통따개는 미처 못 본 모양이었다. 얼마나 다행인지! 깡통따개는 희귀해져서 쉽게 구할 수도 없는 물건이거니와 리사에게 지금 꼭 필요한 물건이었다. 그 전까지만 해도 보통은 전기 깡통따개를 사용했지만, 이제는 전기가 끊겼으니 아무 소용이 없기 때문이다. '아니, 애들이 저렇게 많은데 왜 나가서 먹을 걸 구하지 않는 거야?' 리사는 속으로 투덜거렸다.

집에 도착하니 토드가 문 앞에서 기다리고 있었다.

"누나, 나 배고파!"

"그래, 토드. 내가 뭐 갖고 왔는지 볼래? 수프랑 성냥이야. 우리 것도 거의 떨어졌으니 잘됐지? 먹을 건 계단 밑 비밀창고에 넣어 놔. 성냥은 이리 줘. 숯에 불 좀 붙이게."

당연한 얘기지만, 그래봤자 저녁은 조촐했다. 소다크래커와 바비큐 그릴에 숯불을 넣어 데운 통조림 수프가 전부였다. 그나마 오늘은 분유도 있었다. 물은 리사가 엘린 호수에서 떠다가 끓여 놓았다.

남매는 아무 말 없이 식사를 했다. 리사는 머릿속으로 자신의 새로운 생활에 대해 이것저것 생각해 보았다. 이제는 가스나 수돗물 같은 것들은 꿈도 못 꿨다. 신선한 우유나 달걀은 물론이고 과일, 빵, 버터, 아이스크림 등도 구경한 지 오래였다. 항상 당연히 구할 수 있는 것으로 알았던 물건들이 모조리 사라진 것이다. 남은 것은 그저 집들, 문을 부수고 들어가 생필품을 찾아봐야 하는 빈 집들뿐이었다. 하지만 그런 식으로는 오래 가지 못할 게 뻔했다. 식품점은 대부분 털린 지 오래였다.

지난 주 화요일, 아니, 수요일이었던가? 리사는 동생 토드와 함께 손수레를 끌고 5번 가에 있는 화이트 헨 식료품도매상으로 갔다. 혹시나 건질 만한 게 있을까 싶어서였다. 하지만 이미 누가 똑같은 생각을 한 모양이었다. 유리문은 박살이 나 있었고, 아이들이 좋아할 만한 물건은 모두 동이 나 있었다. 현금계산기도 박살 난 채 텅 비어 있었다. '도대체 그 돈을 가지고 뭘 하려고 그랬을까?' 리사는 의아했다. '이젠 돈이 있어 봤자 어디 쓸 데가 있어야 말이지.'

실망한 리사와 달리 동생 토드는 수확이 있었다. 사탕 진열대 뒤에 떨어져 있던 장난감 연을 발견한 것이다. 그러고는 리사가 평생 잊지 못할 기쁜 표정을 지었다.

"토디, 이 바보야. 지금 연 따위 갖고 놀 시간이 어디 있어?"

리사는 이렇게 쏘아 주고 나니 좀 미안해져서 '시간이야 뭐, 좀 만들면 되겠지' 하고 마음을 고쳐먹었다.

"그래, 알았어. 얼른 손수레에 실어 놔."

그래도 가게 선반이 완전히 텅 빈 것은 아니었다. 아이들이 별로 좋아하지 않는 것들은 여전히 잔뜩 쌓여 있었다. 우선 아스파라거스와 시금치 통조림이 있었고, 비타민과 의약품 선반에도 여전히 물건들이 그득했다. 리사는 선반에 있는 것들을 손수레에 모조리 털어 넣었다. 리사는 왜 아이들이 양초, 종이접시, 인스턴트 식품 같은 것들은 챙기지 않았는지 이해할 수 없었다. 리사는 당연히 그런 물건들도 쓸어 담았다. 그러자 손수레는 금세 가득 찼다. 토드가 텅 빈 손수레를 또 하나 끌고 와서, 그 안에 다른 생필품을 쌓아 넣기 시작했다. 리사는 맨 처음 여기 들어왔던 아이들이 지금쯤 사탕과자 때문에 배탈이 단단히 나고도 남았을 거라 생각하며 키득거렸다. 한편으로는 그런 물건들을 누가 싹 가져가 버린 것이 오히려 다행이라고 생각했다. 그런 군것질거리가 집에 가득 쌓여 있으면 토드가 식사를 제대로 안 할 게 틀림없기 때문이다.

누군가 커다란 팝콘용 옥수수 봉지를 터트려 버려서, 가게 한구석에는 마른 옥수수 알갱이가 잔뜩 쏟아져 있었다. 어쩌면 이것이야말로 지구상에 유일하게 남은 군것질거리일지도 모른다는 생각에, 리사는 외투 주머니에 몇 주먹 집어넣었다. 떠나기 전에 남매는 매장 안을 다시 한 번 돌아보았다. 그것은 너무나도 기괴한 풍경이어서 결코 잊지 못할 것 같았다. 그 많은 진열장과 선반은 텅텅 비었고, 남은 것은 담배와 신문뿐이었다. 하나같이 11월 20일 목요일 자뿐인 신문들…….

"수프 더 먹어도 돼?"

토드의 질문에 리사의 생각도 끊어졌다.

"그래, 자, 여기."

리사는 자기 그릇에 남아 있던 수프를 몽땅 동생에게 덜어 준 다음, 생각을 이어 나갔다.

'오늘이 일요일인가?' 이젠 날짜도 확실히 알 수 없었다. 그러나 시간을 따져 보는 것은 여전히 중요했다. 나름대로 시간계획이 필요했기 때문이다. 리사는 궁리 끝에 아빠가 쓰시던 시계를 동생에게 줬다. 그리고 외출하기 전에 동생에게 몇 시까지 돌아오겠다고 약속을 하고 약속을 지키기 위해 최대한 노력했다. 적어도 시계를 볼 수 있는 한, 동생이 공연한 걱정을 하진 않으리라는 계산이었다.

전염병이 퍼진 이후 토드에게는 여러 가지 임무가 주어졌다. 길 건너 트라이앵글 숲에 가서 쓰레기를 버리고 온다든지, 엘린 호수에서 물을 길어다가 아래층 욕조에 부어 놓는 일 같은 것들 말이다. 리사는 토드가 임무를 수행하는 동안 안전을 위해서 총알도 없는 빈 총을 항상 들고 다니게 했다. 물론 토드가 총 쏘는 법을 알 턱이 없었다. 그저 위기 상황에서 총을 꺼내 보이며 상대방을 위협하는 방법만을 누나에게 배웠을 뿐이다.

토드는 설거지를 정말 싫어했지만 그 일도 기꺼이 자원해서 훌륭하게 해냈다. 동생이 싱크대 앞에 높은 나무 의자를 갖다 놓고 그 위에 앉아 설거지하는 모습은 리사에게 귀엽게만 보였다. 하지만 접시 갯수가 나날이 줄어들고 있다는 게 문제였다. 토드가 하루에 하나씩은 깨먹고 있기 때문이다. 차라리 종이접시가 나았다. 물론 종이접시가 남아 있어야 가능한 얘기지만…….

"설거지 빨리 끝내, 토드. 금방 깜깜해진단 말이야."

리사는 숯불을 끄러 밖으로 나갔다가, 아직 열기가 남아 있는 것을 보고는 팝콘을 만들어 먹기로 했다. 탁탁 옥수수 알갱이 터지는 소리에 고소한 냄새까지 풍기면 오랜만에 기분 전환 좀 될 것 같았다.

팝콘 튀기는 냄새가 나자 근처의 다른 아이들도 '재미'라는 것을 오랜만에 떠올린 모양이었다. 해리스네 창문에 누군가의 그림자가 언뜻 비치더니, 곧이어 그 집 마당에서도 팝콘 냄새가 진하게 풍겨왔다. 예전에는 종종 같이 어울려 놀았는데 전염병 발생 이후에는 거의 만나지 못한 아이들이었다.

팝콘은 약간 질긴데다가 타기까지 했지만 그럭저럭 맛이 있었다. 남매는 아무 말 없이 그저 먹기만 했다. 그러면서 머릿속으로는 예전의 팝콘 파티를 떠올리고 있었다. 팝콘의 짭짤한 뒷맛을 분말을 탄 주스로 씻어내면서.

"토드, 망치랑 못 좀 가져와. 오늘 밤에는 자기 전에 판자로 거실 창문을 막아 놓아야겠어."

동생은 누나가 시키는 대로 연장을 가져왔지만, 사실 왜 굳이 그래야 하는지는 몰랐다. 실은 갱단 때문이었다.

요즘에는 밤마다 갱단이 출몰하기 시작했다. 문단속만으로는 부족하다는 것을 느낀 리사는 창문마다 못으로 판자를 몇 개씩 박았다. 하지만 서툰 망치질 때문인지 못은 대부분 나무속으로 박히기도 전에 휘어지고 말았다. 게다가 못이 워낙 작기 때문에 힘센 어른이라면 손쉽게 판자를 떼어낼 수 있을 정도였다. 하지만 이제는 그 정도로도 안전했다. 더 이상 판자를 부수고 들어올 만큼 힘센 어른은 없었기 때문이다. 아니, 정확히 말하자면 어른 자체가 없었다.

남매는 문을 잠그고 지하의 작은 방으로 가서 크리스마스에나 쓰는 촛불을 켰다. 아빠가 서재로 쓰시던 곳이었다. 그 방에는 창문이 없었기 때문에 밤을 보내기에는 적격이었다. 예전에는 왜 아빠가 여길 좋아하시는지 도무지 알 수 없었다. 그땐 그냥 춥고 썰렁한 곳으로만 보였기 때문이다. 하지만 이 방에서 일주일을 보낸 지금, 남매도 여기를 좋아하게 되었다. 예전에는 몰랐던 아늑함을 느끼게 된 것이다.

남매는 작은 침대로 들어가 몸을 바싹 붙이고 누웠다.

"누나, 옛날 얘기 해 줘."

토드가 말했다. 토드는 평소에도 누나가 들려주는 옛날이야기를 좋아했다. 그런데 왠지 오늘따라 동생의 투정을 들은 리사의 눈에 눈물이 그렁그렁 맺히기 시작했다. 그냥 막 울어 버리고 싶을 지경이었다. 사는 게 겁이 나서 그런 건 아니었다. 리사는 이제 거뜬히 동생을 건사하며 살아갈 자신이 있었다. 그런데 왜 지금 울어 버리고 싶은 건지 도대체 알 수가 없었다. 어쩌면 어른들이 다 죽고 아이들만 남은 그날부터 지금까지, 너무 바쁜 까닭에 차마 울 새도 없었기 때문인지도 모른다. 하지만 이제는 울어 봤자 아무 소용없다는 것 또한 잘 알고 있었다.

"옛날 얘기 해 줘. 뭐더라…… 뭐더라…… 뭐더라……."

동생은 오늘도 말 더듬는 흉내를 내며 혼자 킥킥거렸다. 리사도 따라 웃었다. 정말 재미있어서가 아니라, 그냥 웃어 버리기나 하자고 생각했기 때문이다. 동생이 이렇게 장난을 칠 때는 무척이나 사랑스러웠다. 엄마 아빠가 지금 이 모습을 보셨다면 깔깔거리며 웃으셨을 텐데…….

"뭐더라…… 뭐더라, 아, 토드랑 바니랑 물고기 잡으러 간 얘기."

"아, 그거."

리사는 평소에도 자주 동생에게 들려주던 이야기를 시작했다.

토디랑 비글 강아지 바니는 리사 누나 대신에 자기들이 먹을 걸 찾아 나서기로 했어. 누나는 맨날 통조림 수프만 가져오고 신선한 건 하나도 없었거든. 심지어 햄버거도 없었던 거 있지. 그래서 토드는 차고에서 낚싯대를 꺼내고 지렁이를 잡아서 페리 연못에서 물고기를 잡기로 했어.

날씨는 따뜻하고 햇볕은 아직 쨍쨍한데도 토드는 리사 누나한테 연못까지 같이 가자고 했어. 혹시 길을 못 찾을까 봐 겁이 났거든. 누나는 동생을 데리고 연못까지 간 뒤 한 시간만 놀다가 집으로 오라고 했어. 토디는 손목에 찬 시계를 보면서 물었지.

"그럼 열 시까지 가면 돼?"

"그래."

그런 다음에 누나는 집으로 가 버렸어. 토드는 낚싯대를 물에 던졌어. 피트 아저씨가 가르쳐 준 대로 말이야. 바니는 옆에서 꼬리를 흔들며 서 있었지. 개들은 햇볕 쪼이길 좋아하거든.

그런데 아무리 기다려도 고기는 감감무소식인 거야. 토디는 이놈의 연못에 도대체 물고기가 있기는 한 건지 궁금해지기 시작했지. 아니, 이놈의 물고기들이 어디 가서 다 병이 나거나 죽어 버린 건가, 싶었어.

그러나 곧 토드는 자신의 실수를 깨달았어. 아차, 지렁이를 낚싯바늘에 안 끼웠던 거야. 그래서 다시 낚싯줄을 건져 둑에 내려놓고 어쩌면 좋을까 한참을 생각했지.

피트 아저씨는 보통 축축한 흙이 있는 데서 나뭇잎을 헤치고 지렁이를 잡았던 게 기억 났어. 토드는 나무가 많은 데로 가서 바닥의 나뭇잎을 막 파헤쳤지. 그랬더니 조그만 지렁이가 한 마리 나오는 거야. 바니는 신이 나서 그 지렁이를 보고 막 짖었지.

토드는 그 광경을 머릿속으로 떠올리며 낄낄거렸다. 리사는 이야기를 계속해 나갔다.

토드는 낚싯대 있는 데로 가서 지렁이를 낚싯바늘에 끼웠어. 모양은 좀 우스꽝스러웠지만, 피트 아저씨도 그렇게 했었는걸, 뭐. 토드는 다시 낚싯줄을 물에 던져 넣고 기다렸어.

그런데 기다리고 또 기다렸는데도, 여전히 한 마리도 잡히지 않는 거야. 그래서 바니한테 그랬어.

"여기서 멈추면 안 돼. 물고기를 꼭 잡을 거야. 그놈의 수프는 지긋지긋해."

대신에 토드는 자리를 옮겨 보기로 했지.

"어쩌면 저기 큰 바위 밑에 물고기들이 많이 살지도 몰라."

토드는 바위 근처 물속에 낚싯줄을 던지고는 다시 기다리기 시작했지. 시간은 너무 더디게 가는 것 같았어. 하지만 계속 기다리고 또 기다렸지. 어느덧 거의 열 시가 다 되어 가고 있었는데도 말이야. '이제 곧 잡힐 거야. 그 전에는 집에 못 가.' 토드는 마음을 다잡았지. 아, 그런데 그때, 갑자기 뭔가가 낚싯줄을 확 잡아당기는 거야. 토드는 팽팽해진 낚싯대를 뒤로 당겼지. 바니도 벌떡 일어나서는 연못 위에 이상하게 보글보글하는 것을 보고 막 짖기 시작했어. 드디어 물고기가 한 마리 잡힌 거야! 풀밭 위로 건져 올렸더니 펄쩍펄쩍 사방팔방으로 뛰는 거 있지. 바니도 신이 나서 그걸 보고 막 짖어댔어.

토드는 누나에게 빨리 자랑하고 싶은 마음에 뛰다시피 해서 집으로 돌아왔어. 리사 누나가 저녁에 그 물고기를 요리했는데, 엄청나게 맛있었어. 그놈의 수프랑은 비교도 안 되게.

"어때? 재미있어, 토디?"

"하나만 더 해 줘, 누나."

토드가 대답 대신 말했다.

"내일 저녁에 해 줄게. 토드랑 바니 이야기 특별편으로, 둘이서 어떻게 놀라운 수수께끼를 해결했는지에 대해서 말이야. 그러니까 오늘은 그만 자자."

토드는 거의 바로 잠들어 버렸다. 리사는 또다시 혼자가 된 기분이었다. 동생과 단둘이 살게 되고 나서 처음 며칠 동안, 리사는 두렵고도 혼란스러웠다. '우리는 어떻게 되는 걸까?' 하는 생각이 고요한 밤 내내 리사를 괴롭혔다. 하지만 리사는 점차 어떻게든 살아갈 방법을 찾아낼 수 있으리라고 확신하게 되었다.

그러자면 우선 먹을 게 필요했다. 보관해 둔 것들은 얼마 안 가서 떨어질 게 뻔했다. 리사 말마따나 '다이어트' 식으로 아껴 먹는다 해도, 지금 같은 상태로는 4주를 버티기도 빠듯해 보였다. 게다가 4주란 시간은 얼마나 눈 깜짝할 새였던가. 그나마 도둑질을 할 수 있으니 다행이긴 하지만, 이제는 빈 집과 상점도 대부분 털린 상태다.

직접 사냥을 하면 어떨까? 하지만 자신이 엽총을 들고 숲속을 누비는 모습은 상상조차 할 수 없었다. 무서운 것은 둘째치고 사냥이 제대로 될 리가 없었다. 설령 운 좋게 토끼라도 한 마리 잡는다 한들, 과연 그 가죽을 벗길 수나 있을까.

낚시는 그래도 좀 가능성이 있어 보였다. 아무래도 사냥보다는 나을 테니까. 문제는 그 불쌍한 물고기를 칼로 토막 내야 한다는 점이었다. 뭐, 그래도 마음만 먹으면 못 할 것도 없다. 아빠가 하시는 걸 종종 봐 왔으니까. 게다가 토드한테 낚시질하는 법을 가르쳐 주기만 하면, 동생 혼자 페리 연못에 가서 매일 시간을 보낼 수도 있을 것이다. 하지만 잠깐, 그렇다고 어떤 한 가지 계획에만 의존할 수는 없다. 뭔가 다른 가능성도 찾아야만 했다.

먹을 것을 직접 기르는 건 어떨까? 봄이 되기 전까지는 불가능하다. 하지만 그때를 대비해서 겨울 내내 원예에 대한 책을 미리 읽어 두는 것이 좋겠다. 마침 거실에 책이 있으니 참고하면 될 것이다.

농사 생각을 하다가, 문득 기가 막힌 생각이 떠올랐다. 내일 자전거를 타고 스위프트 거리를 따라 북쪽으로 가서, 예전에 본 적 있는 농장 몇 군데를 둘러보는 것이다. 거기엔 먹을 것이 많을지도 모른다. '맞아! 어쩌면 닭도 있을 거고, 그러면 달걀도 먹을 수 있을 거야.'

이제 드디어 뭔가 길이 보이기 시작하는 것 같았다.

바로 그때 어디선가 수상한 소리가 들려왔다. 뭔가가 박박 벽을 긁는 소리였다. '쥐인가?' 두세 번 더 같은 소리가 들리자 리사가 생각했다. '저놈들은 도대체 뭘 먹고 사는 걸까?'

리사는 어떻게 보면 동물이 사람보다 더 운 좋은지도 모른다고 생각했다. 동물이야 본능을 따르기만 하면 살아남을 수 있으니까. 마치 자동 생존장치가 내장된 것처럼 말이다. 하지만 사람에게는 그게 그렇게 간단치 않은 일이다. '사람은 덫이며 총을 만들고, 농사짓는 법을 배워야 하잖아. 사람은 살아남기 위해 생각을 해야 한

다는 거지.'

전염병이 퍼지기 전만 해도 리사는 음식과 옷, TV와 전기 같은 것들은 공기처럼 당연히 있는 것인 줄 알았다. 하지만 이제는 상황이 완전히 달라졌다. 모든 것이 한꺼번에 사라져 버렸다. 생각이 여기까지 이르고 나니 리사는 답을 찾은 듯 했다.

사람들이 그 모든 멋진 것들을 가질 수 있었던 이유, 그것들을 이용해 살아남을 수 있었던 까닭, 그건 바로 '생각' 했기 때문이었다. 하지만 이제 '생각하는 어른' 들은 모조리 없어지고 말았다. 리사는 매일매일 현실과 직접 부딪쳐야만 했다.

토드가 잠꼬대를 하는지, 흐느끼는 듯한 소리를 냈다. 리사는 동생의 머리카락을 쓰다듬으며 마치 엄마처럼 얼러 주었다. 토드는 곧 다시 잠잠해졌다.

시계를 보니 이미 열 시가 다 되어 있었다. 이제 자야겠다고 생각했지만, 리사의 머릿속에는 아직 온갖 생각들이 어지럽게 너울거리고 있었다. 어떤 생각은 터무니없어서 웃음만 나왔고, 어떤 생각은 제법 쓸 만한 것 같았다. 지금 당장 떠오른 것만 시도해 본다 쳐도 내일 하루에 해야 할 일이 수백만 가지는 넘을 것 같았다. 리사는 몇 주 만에 처음으로 내일이 오기를 기다리게 되었다.

리사는 어둠 속에서 미소 지었다. 침대에 누워 잠들기 전에 조용히 고독에 사로잡히는 버릇이 생긴 이후 처음으로, 리사는 행복했고 자신감마저 느꼈다. 어쩌면 동물들도 그리 운이 좋은 것만은 아니라는 생각까지 들었다. 동물이야 그저 본능이 시키는 대로 '당연한' 일만 하는 것뿐이니까. 그러니 동물은 계획을 세울 수도, 선택을 할 수도, 내일을 꿈꿀 수도 없는 셈이지 않은가.

내 머릿속 테이프에 운전법이 있었어!

다음날 아침, 리사는 입을 옷을 찾느라 옷장을 뒤적이다가 예전에 입던 걸스카우트 유니폼을 발견했다. 이제는 이 유니폼도 쓸모없는 물건이 되었다. 리사도 한때는 걸스카우트 대원이었고, 5학년이었다. 누군가의 딸이었고, 발레반 활동을 했고, 누군가의 친구였으며, 그 외에도 셀 수 없을 정도로 여러 가지에 '속해' 있었다. 하지만 지금은 이 세상에 리사와 동생 토드, 둘뿐이었다.

리사는 초록색 옷을 골라 입었다. 우울했던 기분이 조금 나아지는 듯했다.

그날 리사는 평소보다 서둘러 아침에 해야 할 일을 마쳤다. 농장까지 다녀오려면 서둘러야 했기 때문이다. 침대를 정리하고, 문단속을 하고, 시계태엽을 감고, 옷을 입고, 식사를 끝내기까지 겨우

18분밖에 걸리지 않았다.

토드는 매일 아침식사 때마다 하는 질문을 또 했다.

"오늘은 우리 뭐 해, 누나?"

리사는 동생에게 오늘은 꼭 낚시를 해 보라고 말했지만, 동생을 너무 윽박지르는 건가 싶어 곧 후회했다. 토드는 아직 어렸기 때문에 사실 조수 노릇이 적당했고, 리사 역시 뭐든지 남매가 함께 하는 게 낫다고 생각하기 때문이다.

"정말 너 혼자 페리 연못에 가서 물고기 잡아 올 수 있겠어?"

리사가 물었다.

"그럼, 누나."

동생은 자신 있게 대답했다.

"그래. 그럼 낚시도구 챙기는 거 도와줄게."

이렇게 말하고 나니 일방적으로 명령하는 것보다는 좀 나았다.

"나가서 지렁이 잡아올게."

토드가 외투를 걸치며 나섰다.

"삽 어디 있어?"

리사는 동생과 함께 삽을 찾아냈다. 커다란 삽을 질질 끌고 트라이앵글 숲으로 향하는 동생을 바라보며 리사는 미소를 지었다. 저러다가 포기해 버리면 자기가 도로 가서 지렁이를 잡아와야 할 거라고 생각하면서 말이다.

얼마 되지 않아 토드가 숲에서 돌아왔다. '녀석, 빨리도 포기했구나.' 하지만 리사의 추측은 틀렸다. 동생의 얼굴에는 함박만한 미소가 번져 있었고, 외투 주머니에는 꼬물거리는 지렁이들과 함께 딸려온 잔가지며 낙엽이 가득했다. 남매는 그중에서 제일 큰 지렁이들만을 골라 커피 깡통에 집어넣었다. 리사가 대나무 막대기에 실을 매어 주자, 동생은 그걸 들고 연못으로 향했다.

"열 시까지는 돌아오고, 절대 물에 들어가지 마."

이렇게 말하고 나서 리사는 금방 후회했다. '이런, 또다시 명령을 하고 말았네.'

"알았어, 누나."

동생이 나가자 리사는 이제 자신의 모험을 준비하기 시작했다. 리사는 얼마 전에 치데스터 가에서 높은 칸막이가 빙 둘러져 있는 붉은색 손수레를 하나 주워 왔다. 마침 그 안에 장난감 자동차와 트럭이 몇 개 들어 있기에, 동생에게 줄 생각으로 무심코 끌고 온 것이다. 오늘 이 손수레를 가지고 농장에 가서 물건을 실어 오면 안성맞춤일 것 같았다. 리사는 수레를 자전거 뒤에 튼튼하게 매달았다. 혹시 암탉이라도 한 마리 발견하면 그놈을 넣어 둘 우리도 하나 필요할 것 같아서, 아쉬운 대로 고리버들로 만든 옷 바구니도 챙겼다.

딱 하나 남은 초콜릿 바도 외투 주머니에 집어넣었다. 이거면 저녁 먹을 때까지는 요기가 될 것이다. 동생이 먹을 점심식사로 소다 크래커와 물에 타 먹는 다이어트용 분말도 준비해 두었다. 비록 맛은 형편없지만, 이거라도 있으니 얼마나 다행인지.

토드는 약속대로 10시에 맞춰 돌아왔다. 하지만 물고기는 한 마리도 잡지 못한 채였다. 실망감을 숨기려는 건지 토드는 내일 다시 낚시를 할 거고, 이번에는 시간이 넉넉했으면 좋겠다고, 그러면 분명히 물고기를 잡을 수 있을 거라고 이런저런 이야기를 장황하게 늘어놓았다.

"낚시를 하려면 인내심이 많아야 돼."

어른스러운 척하는 동생의 말투는 문득 피트 아저씨를 떠올리게 했다.

"그래, 내일 많이 잡아 오면 돼, 토드."

리사는 자기 동생이 참 착한 아이라는 것을 새삼 느꼈다.

하지만 그 인내심 많은 토드도 리사가 자길 혼자 두고 어딘가 다녀올 예정이라는 이야기를 듣자, 징징거리기 잘 하는 예전의 꼬마 동생으로 돌아가고 말았다. 리사가 아무리 설명해도 토드는 계속 툴툴거렸다.

"왜 안 되는데?"

"갱단 때문이야. 어젯밤에 들은 얘기가 있거든. 이젠 빈 집에 들어가도 쓸 만한 게 없기 때문에, 앞으로는 갱단이 애들끼리 사는 집을 털 거라고 하더라고. 좀 있으면 아마 낮에도 그런 놈들이 돌아다닐 테니까 우리도 조심해야 돼. 우리 집은 네가 꼭 지킬 거라고 했잖아."

"알았어, 누나."

토드가 체념했다는 듯이 대답했다.

"그럼 언제 돌아올 건데?"

"아무리 늦어도 세 시까진 돌아올게. 시계 밥 줬어?"

"응."

리사는 자전거에 올라타며 다시 한 번 동생에게 확인했다.

"절대 밖에 나오지 말고, 문은 꼭꼭 잠가 놔. 혹시 누가 문을 부수고 들어오려고 하면, 계단 밑 비밀창고에 숨어서 찍소리도 내지 말고. 무슨 일이 있어도 권총은 꼭 갖고 있어야 돼. 식탁 위에 네 초코우유 있어."

리시가 자전거를 몰고 가는 내내, 손수레는 뒤에서 덜컹거리며 짜증스러울 정도로 요란한 소리를 냈다. 리포드 가로 접어들었을 때 리사는 문득 인기척을 느꼈다. 자전거에 탄 채로 뒤를 돌아보니 판자를 덧댄 어느 집 창문에서 작은 얼굴 몇 개가 이쪽을 내다보고 있었다. 리사는 최대한 천천히 페달을 밟았지만 쇠로 된 손수레는 여전히 요란한 소리를 냈다.

베스 부시의 집에서는 어떤 여자애가 리사를 알아본 듯 얼른 달려 나오다가, 무슨 생각에선지 두세 걸음 만에 멈춰 서더니 다시 안으로 들어가 버렸다. 리사는 곁눈질로 그 모습을 보면서 무슨 영문인지 의아해했다.

'내 친구들 중에 부시 씨네 집에 사는 애가 누구더라?' 리사는 궁금했다. 아까 그 애는 얼핏 보니 베키 클리프 같았는데, 진짜 그 애가 베키인지는 몰라도 힘들게 지내고 있다는 건 확실해 보였다. 얼굴은 창백했고 땟국물이 질질 흘렀으며, 머리카락과 옷도 엉망이었기 때문이다.

'쟤들은 아마 내가 어디로 가는지 궁금하겠지. 내가 어디론가 음식을 가지러 간다는 건 알 테니까. 하지만 내가 왜 다른 집이나 가게 있는 쪽과 반대로 가고 있는지는 모를걸. 내가 그 농장에 도착한 첫 번째 사람이라면 얼마나 좋을까. 기껏 그 먼 길을 갔더니 텅 비었다면 확 돌아 버릴지도 몰라.'

노스 가의 교차로에 이르렀을 때 리사는 잠시 쉬기로 했다. 지금은 텅 빈 아코 주유소로 자전거를 끌고 들어간 다음, 주유기에 등을 기댄 채 햇볕을 쪼이며 앉았다. 챙겨 두었던 초콜릿 바를 먹었더니 갈증만 심해졌다. 마침 눈앞에 수도꼭지가 있길래 물탱크에 남아 있는 물을 조금이라도 쏟아내 주기를 바라며 꼭지를 돌렸다. 놀랍게도 물이 콸콸 쏟아졌다. 리사는 한참 동안 물을 마시고 기운을 되찾은 다음, 다시 주유기 옆의 자리로 돌아왔다.

전염병이 퍼지기 전에는 부모님이 몰던 차를 타고서 이 교차로를 지나다녔다. 차가 어찌나 많던지 매번 길에서 한참이나 발이 묶이곤 했다. 그러나 이제 차라고는 한 대도 없으니 평소보다 더 넓고 기묘하게 보였다.

'어쨌든 이젠 교통법규 안 지켜도 혼날 일은 없겠네. 길 건너기 전에 차가 오는지 살펴보지 않아도 되고.' 리사는 생각했다.

리사는 다시 자전거 페달을 힘차게 밟으며, 똑바로 앞만 보고 교차로를 지났다. 리사는 큰 소리로 킥킥대면서 중얼거렸다.

"규칙들은 더 이상 쓸모가 없어."

하지만 그러면서도 표정만큼은 심각했다.

15분쯤 뒤에 리사는 드디어 목적지에 도착했다. 여러 농장들 가운데 리사는 가장 마음에 드는 곳을 하나 골라 들어가 보기로 했다. 그 농장의 길 쪽에 난 흰 울타리는 길게 이어지다가 양 옆의 나무들 사이로 모습을 감췄고, 새로 페인트칠 한 큰 건물이 여러 채 있었다. 리사는 그중에서 가장 큰 건물 앞에 자전거를 세웠다.

내형 축사부터 둘러보기 시작했다. 그러나 안을 들여다보자마자 구토가 확 치밀었다. 먹이도 없이 너무 오래 갇혀 있었기 때문인지 소들은 이미 모두 죽어 있었다. 어찌나 끔찍한 광경이던지, 리사는 일 분 일 초도 거기 더 있을 수 없었다.

그러고 나니 다른 농장 건물에 들어가 볼 엄두가 나지 않았다. 리사는 우선 밭의 농작물을 살펴보러 갔다. 거기엔 아무것도 없었다. 다 자란 농작물들은 이미 농부가 거둬들였기 때문에, 남은 것이라곤 흙덩어리와 잘려 나가고 남은 밑둥뿐이었다.

잔뜩 실망한 리사의 눈에 농장 주인의 집이 들어왔다. 이상하게도 뒷문이 활짝 열려 있었다. 안에 들어가 보니 이 집은 아직 한 번도 털린 적이 없는 게 분명했다. 작은 다람쥐 몇 마리 빼고는 집주인들이 죽은 뒤 들어온 사람이 아무도 없는 것 같았다.

리사는 부엌 식탁 위에서 쪽지를 발견했다.

이 쪽지를 발견할 아이들에게

우리는 이 농장을 무척 소중히 여겼고, 40년 넘게 이곳에서 일했단다. 하지만 자식도 없이 죽어가는 마당에, 이제 이곳을 포기해야 할 것 같구나.
부디 우리 농장에 와서 살아라. 소들은 신선한 우유를, 닭들은 달걀을 줄 거다. 우리 남편이 쓰던 서재를 보면 농장 일에 대해 자세히 알려 주는 책과 노트가 있을 거야.
어른들 없는 세상에서 살아가려면 검소하게 살아야 할 거야. 이 농장에 와서 살아라. 너희 같은 작은 아이들이 우리 대신 이곳에 와 살면서 새로운 삶을 살게 되리라 생각하니, 우린 지금 오히려 기쁘구나.
행운을 빈다.

위니프레드 크롤

추신 _ 과자 항아리에 오트밀과 초콜릿 칩 쿠키가 있단다. 식료품 저장실에는 통조림도 많고.

쪽지의 반대쪽에는 급히 휘갈겨 쓴 유언이 있었다. 글씨가 엉망이어서 읽기가 쉽지 않았다.

아마 내가 마지막인 것 같구나. 지금까지 살아 있는 어른은 주위에 하나도 없으니……. 소들에게 먹이를 주든가, 아니면 아예 풀어 놓기 위해 나가려 했는데, 너무 어지러워서 다시 집 안으로 들어와야 했단다.

한참을 기다렸단다. 내가 아직 숨이 붙어 있을 때 너희들이 찾아와 주길 말이야. 하지만 이젠 틀린 모양이구나…….

너희를 기다리는 동안 너희가 새로운 삶을 얼마나 두려워할지 생각해 보았단다. 한때 이 세상을 움직이던 어른들이 하나도 없는 세상에 너희들끼리만 살아가는 것에 대해서 말이야. 아마 두려움과 서글픔이 가득할 거다. 하지민 얘들이, 부디 용감하고 강해지거라.

어떻게 하면 세상을 되살릴 수 있는지 너희들이 꼭 알아내거라. 이 농장에 대해서, 그리고 생활을 편리하게 만들어 주는 다른 것들에 대해서도. 너희는 할 수 있다. 시간과 노력이 필요하긴 하겠지만, 분명히 할 수 있어…….

그 다음 문장이 시작되는가 싶더니, 그만 가위표로 지운 흔적이 있었다. 어쩌면 그 문장을 마무리할 시간조차 없었던지도 모른다. 아니면 자신의 죽음 이후에 펼쳐질 새로운 세상에 대해 뭐라고 조언을 해야 할지 몰랐기 때문이었을 수도 있다. 앞으로의 세상이 과연 어떤 모습일지는 본인으로서도 상상하기 힘들었을 테니 말이다. '물론 나야 지금 똑똑히 보고 있지만.' 리사는 생각했다.

하지만 리사는 적잖이 감동했다. 그래서인지 실로 오랜만에 눈물이 터져 나왔다. 리사는 누군지 모를 그 아주머니의 따뜻한 마음씨에 큰 위안을 얻었다. '지금껏 나는 정말 혼자라고만 생각했는데, 이 아줌마의 쪽지를 보니까… 이건… 이건 정말 내가 마지막으로 듣는 어른들의 목소리 같아.'

리사는 한동안 조용히 앉아서 그 아주머니의 충고를 하나하나 마음속으로 되새겼다. '부디 용감하고… 강해지고… 세상을 되살리는 방법을 알아내고…….' 그래도 리사는 지금 당장 이 농장을 떠맡을 수는 없다고 생각했다. 자신들로선 부모님과 함께 살던 집이 더 좋았기 때문이다.

'여기서 우물쭈물할 시간이 없어.' 리사는 다시 현실로 되돌아왔다. 뒷문을 열고 나가 식품창고에서 밀가루, 야채통조림, 그리고 다른 생필품이 가득 찬 커다란 자루를 들고 나왔다. 때마침 암탉 한 마리가 집 모퉁이에서 돌아 나오더니 마치 '만나서 반가워' 라고 하는 듯 리사가 있는 쪽으로 바삐 달려왔다. 오히려 반가운 것은 리사였다. 리사는 어렵지 않게 닭을 붙잡아 바구니 안에 넣었다.

리사는 점차 뿌듯한 기분이 가슴에 차 오름을 느꼈다. 비록 자신이 원했던 것들을 다 발견한 것은 아니지만, 착한 아줌마로부터 가슴이 따뜻해지는 격려를 받았고, 집에서 만든 쿠키에다, 살아 있는 암탉까지 얻었으니까……. 이제는 손수레가 너무 작다는 게 아쉬울 지경이었다.

기분이 좋아진 탓이었을까. 갑자기 무모하기 짝이 없는 생각이 리사의 머릿속에 떠올랐다. 자신이 생각하기에도 어이가 없어서 그만 큰 소리로 웃고 말았다. '그래, 조그만 자전거랑 손수레로 왔다 갔다 하느니, 차라리 차를 몰고 다니는 거야. 바로 오늘부터!'

물론 리사는 운전을 할 줄 알았다!

"먼저 시동을 걸어야지. 열쇠를 꽂은 다음 기어가 주행에 오도록 하고, 그 다음에 출발하는 거야."

아빠의 목소리가 머릿속에 맴돌았다. 아빠는 너무 명령조로 말해서 미안하다고 덧붙이면서도, 엄마가 운전대를 잡을 때면 꼭 잔소리를 늘어놓았다. 리사는 아빠가 그렇게 잔소리꾼 노릇을 한 덕분에 자기가 운전하는 법을 고스란히 기억하고 있다는 게 묘하게 느껴졌다. 지금은 일단 그것만으로도 충분했다. 나머지 방법도 하나하나 기억해 내면, 운전을 할 수 있을 것이다! 리사는 자기가 차를 모는 모습을 보고 리포드 가 아이들이 놀라는 표정을 상상하며 짜릿한 기분마저 느꼈다.

집으로 오는 내내 리사는 주위의 풍경에는 눈길 한 번 주지 않았다. 머릿속에는 차를 몬다는 생각만이 가득 차 있었던 것이다. 점차 아빠의 잔소리가 하나하나 머릿속에 똑똑히 떠올랐다. 마치 이런 날을 대비해서 리사의 두뇌 어딘가에 있는 테이프에 녹음이라도 된 것 같았다.

"시동을 건 다음에도 출발하기 전까지는 정지상태로 있고… 엔진을 몇 분 정도 돌려 주고… 주위를 한번 둘러보고… 발은 계속 브레이크를 밟고… 기어를 주행 위치에 놓고… 브레이크 밟은 발을 천천히 떼고… 액셀러레이터는 너무 세게 밟지 말고… 천천히, 자, 천천히…….”

리사의 집 진입로가 눈에 들어왔다. 리사는 서둘러 자전거와 손수레를 차고로 끌고 들어갔다. 그러나 막상 커다란 자동차의 모습을 보니 덜컥 겁이 났다.

“자동차가 이렇게 컸던가…….”

리사는 이렇게 중얼거리다가 곧바로 멈추었다. 어쨌거나 일단 시도는 해야 하기 때문이다. 리사는 손수레에서 물건들을 내린 다음, 토드에게 자기 계획을 말해 주었다.

“진짜로?”

토드는 신이 났다.

“얼른 가자, 얼른!”

“아니, 넌 안 돼, 토드. 나 혼자 갈 거야.”

하지만 토드의 투정을 막기에는 너무 늦었다. 리사는 ‘토드에게 솔직히 털어놓는 게 아니었는데’ 하는 생각이 들었다. 토드가 잘 알아듣게 타이르는 데 한참이나 걸렸다.

“너무 위험해서 그래. 일단 내가 가서 운전하는 법을 익히고 나면 너도 나중에 데리고 갈게.”

리사는 자기가 운전하게 될 방향을 약도로 그렸다.

“내가 세 시 반까지 안 돌아오면 이쪽으로 오면서 날 찾아봐.”

동생은 누나가 차에 올라타는 모습을 걱정스러운 표정으로 바라보았다.

"조심해, 누나."

리사는 동생의 그 말에 깜짝 놀랐다. 혹시나 자신에게 무슨 사고라도 생길 경우에 혼자가 된다는 것에 대해 동생이 두려워하고 있음을 느꼈던 것이다.

운전석에 앉자마자 제일 먼저 한 일은 좌석을 끌어당기는 일이었다. 좌석에는 두툼한 쿠션이 있었지만 그래도 리사의 작은 체구는 계기판 밑으로 쏙 들어가 버렸다. 게다가 발은 페달에 겨우 닿을락 말락 했다. 리사는 또다시 겁이 났다. '열 살짜리 여자애가 차를 몬다니! 도대체 내가 왜 이런 얼토당토않은 생각을 했을까?'

리사는 말없이 한참이나 떨며 앉아 있었다.

"웬 눈물이야, 제길!"

자기 입에서 욕설이 튀어나왔다는 사실이 우스워서 리사는 킥킥 웃음을 터트렸다. 어쨌거나 욕이라도 하고 나니 기분이 한결 나아졌고, 눈물로 흐려졌던 시야도 맑아졌다. 리사는 자기 자신을 설득하려는 듯이 중얼거렸다.

"우리한텐 이 차가 꼭 필요해. 저 손수레로 물건을 나르려면 열 번은 왔다 갔다 해야 하니까. 게다가 혹시 누가 우리보다 먼저 농장의 먹을 것들을 다 가져가 버리면 큰일이지. 이놈의 차 운전만 한다면 음식 걱정은 한동안 안 해도 돼. 음식 걱정이 없어지면 더 좋은 방법을 생각할 여유도 생기는 거고."

조금 전까지만 해도 리사는 미래에 대해 막연한 두려움만 품고 있었다. 하지만 지금은 수개월, 아니 수년 앞을 내다보기 시작했다. 그렇다면 이 자동차야말로 최고의 무기가 될 것이다. '좋아.' 리사는 연료계를 바라보며 생각했다. '기름도 가득이네. 다행히 길 쪽을 향해 주차돼 있고. 만일 반대로 주차돼 있었으면 절대 빼내지 못했을걸.'

리사는 아빠의 말씀을 다시 한 번 떠올려 보았다.

"열쇠를 꽂은 다음 기어를 주행에 오도록 하고, 그 다음에 출발하는 거야."

엔진이 요란한 소리를 내며 돌아가기 시작하자, 리사는 그 소리에 놀라 페달에서 발을 떼고 말았다. 당연히 엔진 소리도 뚝 끊겼다.

'주위를 한 번 둘러보고.' 리사는 아빠의 주문을 떠올리며 차 주위를 한 바퀴 둘러보았다. 보이는 것이라곤 차고 밖에서 창백한 표정으로 리사를 바라보는 동생의 얼굴뿐이었다.

'발은 계속 브레이크를 밟고… 기어를 주행 위치에 놓고… 브레이크 밟은 발은 천천히 떼고…….' 그러자 차가 슬금슬금 앞으로 움직였다.

'자, 간다.' 하지만 그 말은 리사의 목구멍에 걸린 듯 밖으로 나오지 못했다. '천천히.' 리사는 속으로 되새겼다. 그런데 리사의 발은 액셀러레이터를 건드리지도 않았건만 차가 계속 움직이고 있었다. '왜 움직이는 거지? 뭐가 고장이라도 났나?' 당황한 리사는 브레이크를 꾹 밟았다. 차는 끼익 소리를 내며 급정거했고, 리사는 머리를 운전대에 세게 부딪혔다. 그제야 아빠의 말씀이 생각났다. '브레이크는 살살 밟고.' 리사는 당황했다. 차는 멈춰 섰고 시동은 꺼져 버렸다.

잠시 후 리사는 다시 정신을 가다듬었다. 오른쪽 눈 위가 욱신거렸다. '멍청이! 브레이크는 살살 밟으랬잖아!' 리사는 다시 시동을 걸고, 이번에는 아주 천천히 출발했다. 바깥에 있는 수많은 아이들의 놀라움에 찬 눈이 리사의 모습을 좇고 있었다.

리사는 어른들이 모두 죽고 난 뒤 몇 주 동안이나 차가 움직이는 모습을 기다렸다. 그것이야말로 이 세상에 아직 단 한 사람의 어른이라도 남아 있다는, 그리고 지금까지의 악몽이 그야말로 꿈에 불과했다는 증거일 테니 말이다. 하지만 지금 리사는 길에 차가 한 대도 없다는 사실이 너무나도 다행스러웠다. 덕분에 지금 리사가 더 쉽고 안전하게 운전을 할 수 있으니까.

리사는 천천히, 그리고 조심스럽게 농장을 향해 차를 몰았다. 리포드 가를 지나고, 세인트 찰스 거리를 지나고, 스위프트 거리를 지나고, 노스 가를 지났다. 직선도로에 접어들자 리사는 브레이크와 액셀러레이터 조절하는 방법을 연습했다. 리사가 운전하는 차의 속도는 겨우 시속 8킬로미터에 불과했지만 리사에게는 마치 시속 160킬로미터도 더 되는 것처럼 느껴졌다.

리사는 농장에 도착하자마자 서둘러 차 안 가득히 물건을 채워 넣은 다음, 조심조심 집으로 향했다. 그리고 집으로 돌아오는 내내 오늘 자신이 해낸 일에 대해 곰곰이 생각해 보았다. '이렇게 한 시간이면 할 수 있는 일을 손수레로 했더라면 최소한 엿새는 족히 걸렸을 거야. 기름만 낭비하지 않고 잘 쓰면 이 차 덕분에 먹고살 수 있을지도 몰라. 이렇게 좋은 걸 왜 진즉 생각하지 못했을까.'

집 앞에 도착하자 리사는 으스대고 싶은 마음에 경적을 빵빵 울렸다. 토드가 신이 나서 한걸음에 달려 나왔다. 남매는 곧바로 차에서 리사가 가져온 물건들을 꺼냈다. 차 안이 텅 비자 리사가 말했다.

"토드, 아직 세 시밖에 안 됐으니까 한 번 더 갔다 올게. 이 물건들 다 안에 들여놔 줘. 통조림은 계단 밑 비밀창고에 넣어 두고, 밀가루랑 신선한 야채는 냉장고에 넣어 놔. 알아, 냉장이 안 되는 건 나도 안다구. 그래도 최소한 문은 닫아 놓을 수 있잖아. 냉장고가 꽉 차면 나머지는 식기세척기에 넣어."

"왜 식기세척기에 넣어야 되는데?"

토드가 물었다.

"그래야 갱들이 쳐들어 와도 못 찾을 거 아니야. 먹을 거 말고 다른 물건들이랑 공구는 난로 속에 넣어 놔. 덮개로 닫아 놓기만 하면 되니까."

토드는 잔뜩 쌓인 음식더미를 바라보았다.

"알았어, 누나. 그 대신 일찍 와. 나 배고파."

“자, 이거 먹으면서 기다려.”

리사는 주머니에서 쿠키 몇 개를 꺼내 주었다.

“오늘 밤에 특별히 먹으려고 남겨 놓은 거야. 먹어 봐. 맛이 괜찮더라.”

토드의 손에 있던 과자는 리사가 차를 출발시키기도 전에 동이 나 버렸다.

리사가 차를 몰고 가는 동안 몇몇 새로운 눈길이 리사의 뒤를 따르고 있었다. 그런데 이번에는 아까처럼 놀라워하는 눈빛이 아니었다. 아까와는 느낌이 뭔가 달랐다.

‘좀 더 조심할 걸 그랬나.’ 리사는 후회했다. ‘어쩌면 갱 녀석들이 내가 갖다 놓은 물건들을 봤을지도 몰라. 경적을 울리고 집 앞에 물건을 쌓아 둔 채 토드만 두고 온 건 바보 같은 짓이었어.’

서둘러 농장에서 돌아와 보니 차고 진입로는 텅 비어 있었다. ‘잽싸기도 하지. 벌써 일을 다 해치웠네.’ 리사는 기분이 좋아져서 오늘 밤만큼은 토드에게 옛날이야기를 두 개 해 주기로 결심했다.

그때 누군가가 던진 돌멩이가 차 뒷유리에 맞았다. 곧이어 낄낄대며 웃는 소리가 나더니 아이의 그림자가 트라이앵글 숲 속으로 사라졌다. 순간 리사는 상황을 깨달았다.

“토드! 토드!”

리사는 집 안으로 뛰어 들어가며 소리쳤다. ‘애가 도대체 어디 있는 거야?’ 리사는 방마다 뒤져보았지만 동생은 온데간데없었다.

"토드! 토드!"

결국 비밀창고 근처에 가까이 가서야 리사는 동생을 발견했다. 열린 문으로 들어온 햇빛에 동생의 우는 모습이 비쳤던 것이다. 토드는 피를 흘리고 있었다.

"세상에, 토드… 세상에!"

동생은 누나를 보더니 달려와 와락 안겼다. 리사가 토드를 토닥여 주는 동안, 토드는 어린아이처럼 아무 말도 없었다.

한참을 그러고 있다가 마침내 리사가 물었다.

"어떻게 된 거야?"

"내가… 내가… 물건을 집으로 들여놓고 있는데 걔들이 쳐들어왔어. 우리 먹을 걸 다 가져갔어. 그리고 날 때렸어, 누나."

"괜찮아, 토드. 다시는 그런 일 절대 없을 거야. 그놈들이 누구였는지 알아?"

"나도 몰라. 나를 밀치더니 막 때리면서, 그건 이제 우리 게 아니라 자기들 거라고 그랬어."

이제 동생의 울음은 거의 멈춰 있었다.

어디 다친 데가 없나 살펴보니, 그저 입술이 터지고 약간 멍든 정도였다. 리사는 동생의 눈물을 닦아 주고, 수건을 적셔서 터진 입술에서 피를 훔쳐 냈다.

"여기 소파에 좀 누워 있어. 내가 오늘은 특별히 맛있는 거 만들어 줄게."

그날 저녁식사로 스팸과 국수가 나오자 토드는 슬슬 기분이 풀어지더니, 디저트로 초콜릿 바가 나오자 아까의 두려움은 완전히 잊어버리고 말았다.

갱단은 집 앞 차고 진입로에 있던 물건을 싹 가져가 버렸다. 심지어 암탉이 든 바구니까지도. 하지만 다행히 집 안까지 들어오지는 못했다. 아마도 리사가 예상보다 일찍 돌아왔기 때문일 수도 있다. 그런데 만일 그게 사실이라면 그놈들이 리사를 무서워한다는 뜻일 텐데, 도대체 왜일까? 아무리 생각해도 모를 일이었다. 그날 저녁 문단속을 하기 전, 리사는 자동차 문을 잠그고 열쇠를 자기만 아는 곳에 숨겼다.

작고 어두운 방에 앉아 리사는 촛불만 멍하니 보고 있었다. 너무 지쳐서 촛불을 끌 힘도 없었고, 한편으로는 오늘 얻은 전리품 생각에 너무 흥분해서 잠이 오지도 않았다. 리사는 낮에 있었던 모험을 떠올릴 때마다 자신이 자랑스럽고 기분이 좋아졌다. 물론 동생이 매를 맞은 건 빼야겠지만. 하지만 오늘의 모험을 계기로, 앞으로 먹고살 일은 제법 꼴을 갖춰 가는 셈이다.

'내일은 일어나자마자 새로운 비밀장소를 찾아야겠다. 방어장치도 만들고. 어쩌면…….' 그러다 문득 토드에게 생각이 미쳤다. 리사는 굳이 돌아보지 않아도 지금 토드가 뜬눈으로 있음을 알 수 있었다. 마치 골똘히 무슨 생각이라도 하는 것 같았다.

"왜 안 자니, 토드."

방안이 너무 조용해서인지, 리사는 자신의 목소리가 너무 크게 느껴졌다.

"무슨 생각 해?"

동생은 대답 대신 이렇게 물었다.

"옛날 얘기 안 해 줄 거야?"

"알았어."

리사는 잠시 생각하더니 이야기를 시작했다.

아주 옛날에 네 나이 또래의 남자애가 있었어. 그 애랑 그 애의 누나는 초라하고 오래된 집에 단둘이 살고 있었어. 부모님들은 이미 돌아가셨거든. 우리처럼 말이야. 그 마을에 사는 다른 사람들은 모두 너무 가난해서 그 고아 남매를 도와줄 수 없었지만, 이 아이들은 스스로 알아서 잘 살아갔어.

그렇다고 이 마을이 항상 가난했던 건 아니야. 예전에는 큰 공장이 있었기 때문에 남자건 여자건 마을 사람들 대부분이 거기서 일하며 넉넉하게 살았어. 하지만 공장 주인이 죽자 공장도 문을 닫게 됐어. 많은 사람들이 다른 곳으로 이사가 버리고, 남은 집들은 점점 가난해져만 갔어. 그래도 몇몇 사람들은 여전히 거기 남아 있었지.

남매의 아빠는 한때 그 공장에서 좋은 직업을 갖고 있었어. 양초를 디자인하는 일이었지. 그가 디자인한 양초는 전세계 각국으로 팔려 나갔어. 어떤 건 그냥 평범한 양초였지만, 어떤 건 멋진 색깔에 근사한 모양을 하고 있었지. 그 공장의 대목은 크리스마스 때였어. 크리스마스 양초를 수천수만 개도 넘게 팔았으니까.

그런데 어느 날 갑자기 아버지가 돌아가신 거야. 그때부터는 엄마가 닭을 치고 채소를 길러서 남매를 먹여 살렸어. 하지만 엄마도 얼마 못 가 병을 얻었어. 오랫동안 병이 낫지 않아서 엄마가 침대에만 누워 있다 보니, 닭을 치고 밭 가꾸는 일은 자연스레 남매의 몫이 되었지. 매일 아침 남매는 달걀이며 채소를 시장에 내다 팔았어. 가게도 없이 그냥 커다란 탁자를 갖다 놓고 그 위에는 누나가 직접 만든 간판을 달았지. 엄마가 돌아가시고 난 뒤에도 남매는 그 일을 계속했어. 그래봤자 돈은 쥐꼬리만큼밖에 벌 수 없었지만, 그래도 먹을 걸 사기엔 충분했어. 그땐 학교도 없었기 때문에 학용품을 살 필요도 없었지. 사실 걔네들은 지금 우리와 비슷한 처지였어.

그러던 어느날, 누나가 달걀이랑 채소를 팔러 간 사이에 어떤 나쁜 애들이 닭을 훔치러 왔어. 그 애들은 동생을 막 괴롭히고 때리기까지 했어. 동생은 겁도 났지만, 그보다 나쁜 애들이 닭을 훔치는 걸 막지 못했기 때문에 더 슬펐어. 동생은 닭이 자기네한테 얼마나 중요한지 알고 있었거든.

집에 돌아와서 무슨 일이 벌어졌는지 알게 된 누나는 엉엉 울었어. 동생도 같이 울었어. 정확히는 몰랐지만 누나가 우는 걸 보니 정말로 큰일이구나 싶었던 거야. 누나는 평소에 거의 운 적이 없었거든.

동생은 침대에 누운 채, 앞날에 대해 이런저런 생각을 했어. 오늘 자기가 나쁜 애들을 막지 못한 것에 대해서는 그냥 이렇게 생각하기로 했어. '그래, 내 힘으로는 그놈들과 싸울 수 없었기 때문에 닭을 지킬 수 없었던 거야.' 하지만 언제쯤이나 자기가 자라서 닭을 지킬 수 있을까 생각하니 더 서러워지기만 했어. 어쨌든 당장 내일부터 굶을 수밖에 없었어. 동생은 자신이 그저 쓸모없는 겁쟁이로 느껴졌어.

그런데 그때, 갑자기 한 가지 좋은 생각이 떠올랐어. 이렇게 서러워하기만 하는 것은 시간낭비라는 생각, 그리고 뭔가 일을 하면 자기도 도움이 될 수 있다는 생각이 떠오른 거야.

동생은 누나를 깨워서 자기 계획을 설명해 줬어.

"양초 공장이 돌아갈 때만 해도 아무 문제가 없었어. 하지만 공장이 문을 닫고부터 다들 우리처럼 가난해졌잖아. 그러니 양초 공장을 다시 열면 돼."

동생은 자랑스레 말했어. 누나가 아무 말도 없자 동생은 자기 생각이 별로인가 싶었지만, 어쨌든 계속했어.

"우리가 예전에 크리스마스 선물로 쓰던 양초를 만들면 돼. 만들기도 쉽고, 사람들도 좋아할 거야!"

동생은 신이 났어. 자기 생각이 누나와 자신을 먹여살리는 것은 물론이고, 오래오래 마을을 지켜줄 수 있을 거라고 생각했거든.

"진짜로 잘 될 거야! 누나도 그렇게 생각하지? 응?"

동생이 들뜬 목소리로 물었어.

"그래."

누나가 고개를 끄덕이며 말했어.

"네 말이 맞아. 크리스마스엔 사람들이 양초를 살 거야. 마을 사람들한테 공장을 다시 열면 어떻겠냐고 물어봐야겠다."

동생은 무척이나 뿌듯한 마음으로 잠자리에 들었어.

이튿날 남매는 집집마다 돌아다니며 자신들의 생각을 전했어. 하지만 아무도 도우려 하지 않았어. 오히려 다들 이러는 거야.

"우리가 무슨 수로 양초 공장을 운영할 수 있겠니."

어떤 사람은 그냥 바쁘다고 핑계를 대는가 하면, 어떤 사람은 동생에게 대놓고 "조그만 녀석이 사업가인 척 한다"고 비웃었어. 하지만 동생은 꿋꿋했어. 그 방법만이 마을을 살릴 거라고 확신했거든. 남매는 일단 둘이서라도 시작하기로 했어. 공장을 둘러보니 양초 만드는 기계는 이미 어디론가 사라지고 없었어. 남은 것은 밀랍뿐이었지. 하지만 그게 어디야. 남매는 가진 돈을 탈탈 털어 밀랍과 색소를 더 사왔지.

남매는 직접 양초를 만들기 시작했어. 우선은 밀랍을 난로에 데워 거기에 색소를 섞었어. 물컹해진 밀랍이 굳기 전에 깡통 속에 부은 다음, 가운데에 심지를 꽂으면 양초가 완성되었지. 어느 정도 넉넉히 양초가 만들어지자, 누나는 '크리스마스 양초, 50센트'라고 쓴 커다란 간판을 만들어서 길가로 나섰어. 생각보다 많은 사람들이 양초를 사러 왔고, 하나같이 양초가 정말 예쁘다고 칭찬들을 했지. 정오가 되자 양초가 모두 팔렸고, 주머니 속엔 35달러가 들어있었지 뭐야. 남매는 신이 나서 얼른 공장으로 돌아가 양초를 더 만들었어. 크리스마스 이브에는 200달러도 넘게 벌었고, 남매는 이 세상에서 가장 행복한 아이들이 된 듯한 기분이었어.

그날 밤, 누나가 말했어.

"깜짝 선물을 준비했으니까, 저쪽 방에 가 있다가 내가 부르면 들어와."

시간이 너무 더디 가는 것 같았지만 동생은 꾹 참고 기다렸어. 마침내 누나가 동생을 불렀어. 식탁 위에는 세 개의 선물 상자가 놓여 있었지.

"메리 크리스마스!"

누나가 말했어.

동생이 신이 나서 포장을 풀었더니 책 한 권, 반짝이는 장난감 자동차 한 대, 그리고 자기가 정말정말 좋아하는 사탕 한 통이 나왔어. 무려 3년 만에 받는 선물이었어. 동생은 누나한테 뽀뽀를 쪽 하고 말했지.

"근데 난 누나 줄 선물을 아직 못 샀어, 미안해."

"아니, 넌 이미 나한테 멋진 선물을 하나 줬잖아."

누나가 말했어.

"네 아이디어 덕분에 우리가 먹고살 수 있게 되었잖니."

남매는 양초 사업도 잘하고 학교도 다니자고, 앞날에 대해 이런저런 이야기를 나누었어. 그렇게 한참 이야기하고 난 뒤에 누나는 촛불을 껐어. 자기들이 맨 처음 만들었던 바로 그 양초에 켠 불을 말이야.

"어때? 재미있어, 토드?"

동생은 이야기를 또 하나 해 달라고 졸랐다. 리사는 아까보다 더 짧고 더 우스운 이야기를 해 주었다. 이번에는 토드랑 바니가 트라이앵글 숲에 묻힌 보물을 발견한다는 이야기였다. 동생은 기분이 훨씬 나아진 것 같았다. 리사는 자기 이야기 덕분에 동생이 자책감을 던 것 같아 마음이 놓였다.

이윽고 동생은 잠잠해졌다. 곤한 숨소리의 규칙적인 리듬만 느껴질 뿐이었다. 이 고요한 밤에 동생의 존재는 리사에게 정말 큰 위로가 되었다.

주위는 고요하기만 했다. 리사는 이 조용한 시간이 좋았다. 문제에 대한 해결책은 오히려 이런 어둠 속에서 더 쉽게 떠올랐기 때문이다. 이제 리사는 앞으로 무엇을 해야 할지 명확하게 깨달았다. 우선은 생필품을 안전하게 숨겨야 한다. 벽 속에, 가구 속에, 마룻바닥 밑에, 벽난로 속에, 어떤 약탈자로부터도 안전한 곳에 말이다. 리사는 새로운 방어 장치도 생각해내야만 했다. 아마도 마당에 부비트랩을 만드는 게 좋을 것이다. 아니, 어쩌면 집 주위에 가느다란 줄을 쳐 놓고, 그걸 건드릴 경우에는 지붕 위에 있는 돌멩이가 막 떨어지게 만드는 게 더 낫다. '바로 그거야!' 리사는 생각했다. '앞문과 뒷문 위에다… 그리고 몇 가지 새로운 무기도… 총만 가지고는 부족해.'

집을 안전하게 보호할 수만 있다면 리사는 농장에 더 자주 다녀올 수 있다. 하지만 문득 그 농장의 생필품이 아주 넉넉하진 않을 거라는 생각이 들었다. 조만간 다른 아이들도 그 농장을 찾아낼지도 모른다. 그러면 어떻게 하지? 어디 가서 먹을 걸 가져오지? 리사는 생각하고 또 생각하다가, 꿈속에서까지 생각을 놓지 못했다. 꿈속에서 리사는 어느 창고에 들어가 있었다. 자기가 제일 좋아하는

비밀창고 대작전

먹을것을 지키자!

밀가루, 채소
(비록 전기는 안들어오지만)

벽돌이 흔들거리더라!
비누, 휴지, 종이접시, 양초

다이어트 분말

요게 빠진다!
(맛없는 채소 통조림
달짝지근 과일통조림)

공구, 양초, 노끈

비타민, 약, 씨앗봉지

음식들이 천장까지 그득 쌓인 멋진 곳에 말이다.

그러자 리사는 벌떡 일어나서 꿈속에서 지나친 단어 하나를 떠올렸다. '창고… 창고… 그러니까 창고에는 식료품이 보관되어 있단 말이지. 그렇지! 왜 이제야 생각났을까?' 리사는 침대에서 빠져나와 촛불을 켜고 커다란 전화번호부를 펼쳐 놓고 뒤적이기 시작했다. 한참 만에 '식료품 · 도매상' 페이지를 찾아냈다. '여기야. 쥬얼 식료품 도매상. 노스 가. 이 정도면 가깝네. 아마 여기까지는 아직 아무도 생각 못 했을 거야!' 리사의 마음은 이미 그 멋진 장소에, 그리고 거기에서 찾아낼 엄청난 음식에 가 있었다. '서둘러 가야겠어.' 하지만 또다시 토드만 남겨 놓고 갈 수는 없었다. 최소한 더 나은 방어계획이 수립되기 전까지는 말이다.

리사는 궁리 끝에 그랜드 가에 사는 친구들을 모두 불러 모아 일종의 의용군을 조직하기로 했다. 서로 협력할 수만 있다면 갱단으로부터 안전할 것이다. 또 함께 머리를 맞대면 지금 가지고 있는 생필품이 떨어진 뒤에도 계속 살아갈 방법을 찾을 수 있을 것이다.

리사는 다시 잠자리에 들고 나서도 생각하고 또 생각했다. 아마 리사의 부모님이 이 모습을 보았다면 깜짝 놀랐을 것이다. 리사가 똑똑하다는 건 잘 알고 있었지만, 살아남기 위해 이처럼 현명한 생각을 하리라고 짐작이나 하셨을까? 리사가 차를 몰고 다닌다거나, 집안의 가장이 되리라고 상상이나 해 보셨을까?

하지만 리사는 이제 더 이상 열 살짜리 어린아이가 아니었다. 이제는 모든 것이 바뀌었다. 예전에는 수학이나 영어시간에 A를 받기 위해 공부에만 전념했던 머리를, 지금은 생존이라는 무시무시한 길을 통과하기 위해 사용해야만 했다. 기존의 문명은 이미 사라져 버렸지만, 그래도 아직 많은 실마리를 남겨 놓고 있다. 리사는 당연히 살아남을 것이다.

잘은 모르겠지만, '논리적'인 방어계획

동 트기 직전, 토드가 울다가 잠에서 깼다. '나쁜 꿈이라도 꾸었나봐.' 리사가 생각했다. '그럴 만도 하지. 이제껏 겪은 일만 봐도 말이야.'

동생이 다시 잠든 뒤에도 리사는 여전히 말똥말똥 깨어 있었다. 시계를 보니 벌써 일곱 시였다. 리사는 조용히 옷을 입고 방에서 나왔다.

아침 햇살이 몸을 따뜻하게 덥혀 주는 가운데, 리사는 언덕 위에 자리한 자기 집을 샅샅이 살펴보았다. 굶주리고 겁에 질려 있는 이웃으로부터 방어하기에는 쉬운 편이다. 그러나 리사는 문득 꼭 이렇게까지 해야만 하나 싶었다. 정말 더 나은 방법은 없는 걸까?

집을 둘러보다가 리사의 시선은 차로 고정되었다. 차를 운전하기로 한 건 정말 기발한 생각이었는데 너무 정신이 없었던 나머지 스스로 기특해할 새도 없었다. 그렇다, 그건 정말 기막힌 생각이었다. 이건 거의 뭔가를 발명한 것이나 마찬가지 아닌가. 물론 차야 진즉에 발명되었지만 말이다.

'앗! 그런데 타이어가!' 리사의 눈길이 차 바닥 쪽으로 향한 순간, 방금 전까지 뿌듯했던 기분은 삽시간에 서늘한 공포로 바뀌었다. 타이어가 바람이 빠져 납작해진 것이다. 리사는 얼른 무릎을 꿇고 타이어 고무를 만져 보았다. 어디가 뚫리기라도 했나? 아니었다. 얼핏 보기에는 저절로 뚫린 것 같지는 않았다. 그렇다면 도대체 누가, 왜 그랬을까? 이렇게 해서 무슨 이득이 있다고? 내가 가진 생필품을 빼앗으려고? 아니면 그냥 약이 올라서? 리사의 머릿속에 수많은 질문들이 가득 차 있었던 까닭에, 토드가 세 번이나 부르고 나서야 겨우 정신이 들었다.

"누나, 나 배고파."

"어쩜 좋아, 토드!"

리사가 거의 울먹거리며 말했다.

"어떤 놈들이 우리 차를 고장 냈어. 타이어 좀 봐!"

동생은 차 쪽으로 오더니, 리사가 이제껏 한 번도 본 적이 없는 차분하고도 자신 있는 태도로 타이어를 살펴보았다. 그러더니 아무 말 없이 차고 안으로 들어가 타이어 공기주입기를 들고 나왔다.

"자."

그 한 마디뿐이었다.

남매는 한참을 씨름한 끝에 타이어 밸브에 공기주입기 호스를 끼워 넣었다. 그리고 둘이 번갈아 펌프질을 했다. 무척이나 힘들었지만, 머지않아 차는 어제처럼 위풍당당하게 똑바로 설 수 있었다.

"토드, 넌 천재야!"

누나의 칭찬에 동생의 얼굴에는 환한 웃음이 번지더니 아침식사 내내 가시지 않았다.

"오늘 아침 설거지는 내가 할게."

리사는 상으로 설거시를 대신 해 주기까지 했다.

"토드, 가서 쓸 만한 것 좀 모아와 볼래? 오늘은 우리 집을 고쳐서 글렌엘린에 있는 갱들이 코빼기도 내밀지 못하게 할 거야."

훌륭한 일꾼인 토드는 리사가 부엌에서 내린 명령대로 망치, 톱, 노끈, 밧줄, 깡통, 판지, 면도칼, 크레파스 등 갖가지 물건을 찾아왔다. 그 와중에 누나가 유리컵 하나를 깨먹는 소리를 듣고 킬킬거리기도 했다.

그날의 첫 번째 계획은 경보장치를 만드는 것이었다. 리사는 '논리적'으로 생각했을 때, 맨 먼저 그것부터 시작해야 한다고 했다. 그래야만 일하는 도중에라도 무슨 일이 생기면 금방 알 수 있을 테니까.

"노끈을 가져와, 토드. 난 옷걸이를 가져올게."

동생은 어리둥절해하며 물었다.

"근데 '논리적'이란 게 뭐야?"

토드에게 그 단어는 뭔가 어마어마해 보였다. 그리고 어쨌거나 자신도 '방위대장'으로 임명받았으니, 자기도 그런 어른스러운 말을 좀 알아야겠다고 생각했다.

"어떻게 설명을 해야 될지 잘 모르겠네."

리사가 대답했다.

"왜, 그럴 때가 있잖아. 책에서 뭔가를 읽었거나, 무슨 얘기를 들었는데 그게 이치에 닿게 여겨지는 거야. 하다못해 정확히 무슨 뜻인지도 모르는 경우라도 말이야. 딱 뭐라고 설명은 못 해도 맞는 것 같이 느껴지는 거지. 그러니까 '논리적'이란 건 말이지……."

리사는 말을 잠시 멈추고 토드에게서 망치를 건네받은 후, 해리스네 쪽 울타리에 못을 박기 시작했다.

"그러니까 '논리적'이란 건 말이지, 서로 앞뒤가 딱 맞는 거야. 퍼즐이랑 똑같아. 어떤 한 조각이라도 잘못 놓으면 안 되는 거지. 아니면……."

리사는 뭔가 더 나은 예가 없을까 궁리하면서, 못에 노끈 끄트머리를 잡아맸다.

"뭔가 일이 돌아가는 방식을 말하는 거야. 네가 어떤 일을 제대로 했다, 그러면 그게 바로 '논리적'인 거야. 타이어에 바람이 빠진 일을 예로 들 수 있지. 나는 그냥 가만히 앉아서 쳐다보기만 했는데, 그래봤자 아무런 도움이 되진 않아. 그냥 운다거나, 아니면 차를 발로 걷어차는 것도 마찬가지로 전혀 논리적이진 않은 거야. 하지만 넌 타이어에 바람을 넣어야 한다는 걸 알았기 때문에 공기주입기를 가져왔잖아. 그게 바로 '논리적'인 거야."

막상 설명을 하고 나니, 자기가 생각해도 만족스러웠다. 동생 역시 알았다는 듯 고개를 끄덕이며, 경보장치 만드는 일에 더 관심을 쏟기 시작했다.

리사는 울타리에 박힌 못에 굵고 검은 노끈을 맨 다음, 옷걸이 철사로 만든 짧은 말뚝에 그 줄을 통과시켜 집 주위로 한 바퀴 빙 둘렀다. 누가 집에 접근하게 되는 경우, 무릎 바로 아래가 노끈에 걸리도록 말이다. 그 다음으로는 집 양쪽에서 끌어온 노끈을 창문에 난 작은 구멍을 통해 집 안으로 들여왔다. 창문턱에는 조심스레 쌓아 놓은 깡통 더미 위에 또 다른 깡통을 매달아 두었다. 침입자가 노끈을 건드리면 맨 위의 깡통이 움직이면서 아래쪽 깡통들을 무너트려 요란한 소리를 내는 식이었다.

그 일을 하는 데에만 몇 시간이 걸렸다. 남매는 연장 다루는 솜씨가 영 서투르기만 했다. 그러나 리사의 머릿속은 다음 할 일들에 대한 생각으로 복잡했다.

작업을 마친 뒤, 남매는 집 밖의 인도에 서서 경보장치를 살펴보았다.

"잘했어, 토드. 네가 보기에도 감쪽같지? 노끈이 거의 안 보이잖아. 이제 제대로 작동하는지 확인해 봐야지. 토드, 일단 안으로 들

리사와 토드의 우리집 경보장치
<준비물>
철사옷걸이
노끈
시끄러운 깡통
못
망치

어가서 거실 창문 옆에서 소리가 잘 나는지 들어 봐. 대신 아무것도 건드리지 마. 토드!"

리사는 동생을 불렀다.

"발 조심해, 잘못하면……."

하지만 이미 늦었다. 이 놀라운 발명품을 실험해 보려는 열망이 너무 지나쳤던 탓에, 동생은 막무가내로 집 안에 뛰어들었다. 곧이어 노끈이 다리에 걸리면서 끊어졌고, 거실에서 깡통 무너지는 소리가 요란하게 들려왔다. 풀이 죽은 동생은 누나를 돌아보면서 갑자기 꽥 소리를 질렀다.

"이건 전혀 논리적이지가 않잖아!"

리사는 동생이 쓴 '논리적'이란 말에 배를 잡고 웃었다. '내가 훌륭한 선생님인 걸까, 아니면 저 녀석이 똑똑한 학생인 걸까.' 리사는 이렇게 생각하며 다시 웃었다. '그래도 경보장치 하나는 무척 논리적이야. 됐어!'

남매는 정문 쪽 경보장치를 다시 설치한 뒤, 다른 세 면에 설치한 장치도 실험해 보았다.

"제대로 됐어! 심지어 반대쪽에서도 깡통 무너지는 소리가 들리는걸!"

뒤쪽의 경보장치를 약간 손보고 다음과 같은 경고판을 집 앞에 달기로 했다.

☼

사유지. 집 안으로 들어오지 마시오.

무단침입 시에는 발포하겠음.

☼

그 다음으로 남매는 집 안의 생필품을 위한 비밀장소를 손봤다. 리사는 앞으로 어떤 부비트랩을 만들 것인지 설명했고, 토드는 열심히 귀를 기울였다.

"앞으로 경보장치와 안전장치는 네가 전부 관리해, 토드. 제대로 작동하고 있는지 매일 확인도 하고. 한시도 소홀해서는 안 돼."

리사는 동생의 역할이 무척이나 중요하다는 것을 몇 번이나 강조했다.

남매는 다시 작업에 착수했고, 오후 4시쯤 되어서야 모두 마무리했다. 집 앞뒤 문의 지붕에는 커다란 판자가 매달려 있었고, 그 위에는 돌멩이와 유리병을 잔뜩 올려놓았다. 적이 문에 접근하면 토드가 집 안에 있는 끈을 잡아당길 것이고, 그러면 판자가 확 기울어지면서 문 앞에 선 침입자의 머리 위로 돌멩이와 유리병이 쏟아지는 원리였다.

덧붙여서 리사는 경고판 밑에 다음과 같이 적었다.

☼

추신 _ 우리 집 셰퍼드 바니랑 친하지 않은 분은 잠시 문 앞에서 기다리시오. 개를 묶어 놓는 데 시간이 걸림.

☼

리사는 이거야말로 멋진 마무리라고 생각했다. 남매는 연장을 집어넣은 뒤, 의용군 결성을 위해 일단 집집마다 돌며 모임을 제안하기로 했다.

리사가 전할 말은 무척 간단했다. 갱단에 맞서 서로를 보호할 수 있도록 동네 의용군을 만들자는 것이었다. 일단 모임에 나와서 각자의 생각을 말해 보자고 하면, 아이들은 모두들 기꺼이 참석할 것이라는 게 리사의 계산이었다. 모임은 금요일 오후 2시에 해리스네 집 앞 길가에서 열기로 했다. 물론 그날은 리사가 특별히 먹을 것을 한 턱 내기로 했다.

첫 번째 방문지인 줄리네 집으로 향하는 내내 리사는 흥분 상태였다. 마치 난생 처음 친구를 만나러 가는 것만 같았다. 그럴 만도 한 것이, 그 끔찍한 전염병이 돌고 난 이후 한 번도 다른 아이들과 만나서 놀지 못했기 때문이다.

줄리네 식구가 6년 전에 그랜드 가로 이사 온 이후, 줄리는 리사와 제일 가까운 친구였다. 하지만 지난 몇 주 동안 두 아이는 그저 서로의 집 창문을 통해 손이나 흔들어 아는 척해 주었을 뿐이었다.

문을 두드리자 줄리의 오빠인 찰리가 대답했다.

"여긴 뭐 하러 왔어?"

그의 목소리는 다소 시비조였다.

"줄리랑 할말이 있어서 왔어."

리사는 도대체 찰리가 왜 이렇게 까칠하게 구는지 몰라 어리둥절했다. '자기도 겨우 열 살인 주제에, 이제 이 집의 유일한 남자 어른 흉내를 내려고 그러나? 아니면 다른 두 여동생을 돌보느라 힘들어서 예민해진 모양이지?' 리사는 이런 생각을 하며 피식 웃고 말았다.

"뭐가 그렇게 웃겨?"

찰리가 물었다. 리사는 황급히 웃음을 지워 버리며 대답했다.

"아무것도 아니야, 찰리. 줄리 좀 불러 줄래? 부탁해."

"아파서 누워 있어. 올라가 봐."

찰리는 리사를 집에 들어오게 했다.

집 안에 들어서자 고약한 냄새가 코를 찔렀다. 아이들의 몰골은 더더욱 고약했다. 잉글리시세터 종인 애완견 대니도 아이들과 함께 집 안에서 지냈는데, 지금까지 아무도 그 똥오줌을 치우지 않은 모양이었다. 정말이지 아무도 뭔가를 치우거나 정리한 흔적이 없었다. 당연히 부엌은 더 엉망이었다.

리사는 온갖 잡동사니를 간신히 헤치고 넘어 줄리의 방에 들어섰다. 줄리는 눈을 뜬 채로 멍하니 침대에 누워 꼼짝도 안 하고 있었다. 옆에 책이 한 권 놓인 걸 보니, 아마 책을 읽고 있었던 모양이었다.

"안녕, 줄리. 어디 아파?"

"어… 안녕, 리사. 속이 좀 울렁거려서. 가끔은 서 있기만 해도 머리가 띵해. 왜 그런지 모르겠어."

줄리의 목소리는 매우 가냘펐다.

"스콧 코펠도 예전에 그렇게 머리가 어지러웠는데, 의사 말이 먹는 게 문제라고 해서 비타민을 먹기 시작했대. 그러니 너도 비타민을 좀 먹어 봐."

리사는 뭔가 조금이라도 도와주고 싶은 마음에 말했다. 하지만 줄리는 그저 리사를 빤히 쳐다보기만 했다.

"리사, 너희 집 식구들은 약을 되게 좋아하더라. 하지만 비타민 따위가 무슨 소용이 있겠어?"

"그래, 줄리. 너희 엄마 같으면 아마 그렇게 말씀하셨겠지. 하지만 그건 너희 엄마가 여기 계시면서 제대로 된 음식을 해 주실 때 얘기고. 요즘은 너 뭐 먹니? 내 생각에는 기껏해야……."

줄리의 눈에서 눈물이 주르륵 흐르는 바람에 리사는 말을 멈추었다. '엄마' 라는 말 때문인가 싶어 리사는 얼른 사과했다.

"미안해, 줄리. 나는 그냥 도와주려고 하는 거야."

하지만 리사의 생각은 틀린 모양이었다. 곧이어 줄리가 빠른, 그리고 약간 초조한 말투로 굶지는 않는다고 대답했기 때문이다. 단순히 음식 문제가 아니었다. 어쩌면 찰리가 그렇게 뚱해 있는 것도 뭔가 관련이 있을지도 모른다고 리사는 생각했다.

"오빠는 맨날 밖으로 쏘다니는데, 아무래도 먹을 걸 찾을 수가 없나 봐. 지난주 금요일부터는 핼러윈 사탕이랑 크래커만 먹었어."

얼굴에 희미한 미소를 띠며 줄리가 말했다.

"너한테만 하는 말이지만, 난 그 사탕 정말 싫어."

"그럼 차라리 나한테 얘길 하지 그랬어, 줄리. 그럼 내가 당연히 도와줬을 거 아니야. 잠깐 있어 봐, 내가 금방 갔다 올게. 수프를 좀 갖다 줄까? 네가 뭘 좋아하는지 모르겠는데··· 닭고기 국수도 있고, 하여간······." 리사는 당장이라도 다녀올 기세였다.

"잠깐만, 리사! 한 가지··· 너한테 고백할 게 있어."

하지만 줄리는 약간 초조해하면서 더 이상 말을 잇지 못했다.

"뭔데, 줄리? 왜, 뭐가 잘못됐어?"

"그게······."

줄리는 말을 잇기 위해 애썼다.

"우린 너한테 차마 도와달라고 할 수가 없었어. 우리가 어떻게 그럴 수 있었겠니. 너네 걸 그렇게 다 훔쳐가 놓고서······. 리사, 미안해. 내가 하지 말라고 말렸는데, 어쩔 수 없었어."

리사는 깜짝 놀랐다. 아파서 누운 친구지만 귀싸대기를 확 갈겨주고 싶을 정도로 화가 솟구쳤다. 도무지 믿을 수가 없어서 다시 물어보았다.

"그러면 뭐야··· 어제 우리 집에 들어와서 생필품을 가져간··· 그리고 토드를 때린 놈들 중에 너도 있었다는 거야?"
세상에, 있을 수 없는 이야기였다.
"아니야, 그건 아니야. 난 여기 그냥 누워 있었어. 그냥 뒤늦게야 그 사실을 알고서는 말렸어야 했다고 생각한 거지. 그것 때문에 너무 죄책감이 들어. 정말 미안해, 리사. 용서해 줘, 응?"
리사는 대답하지 않았다. 대신 이렇게 물었다.
"넌 그걸 어떻게 알았는데?"
"어제 치데스터 갱단이 트라이앵글 숲에 왔다가 네가 먹을 걸 가져오는 걸 봤대. 그래서 탐 로건이 우리 집에 와서 오빠한테 너희 집에 있는 걸 같이 훔치자고 한 거야. 오빠는 예전부터 그 갱단에 들어가고 싶어 했어. 혼자서는 더 이상 먹을 걸 찾을 수 없었으니까. 물론 오빠도 너한테서 뭔가 훔치고 싶어 하진 않았어, 리사. 하지만 탐이 협박을 했어. 자기를 돕지 않으면 절대 갱단에 넣어 주지 않겠다고 했대. 그래서 오빠도 어쩔 수 없이……. 나는 나중에야 알았어. 정말 미안해."
리사는 줄리가 진심으로 말한다는 걸 느낄 수 있었다.
"줄리."
리사가 말했다.
"무슨 수를 써서라도 찰리가 그 갱단에 들어가는 건 막아야 돼. 그렇게 나쁜 짓까지 해야 할 정도로 상황이 안 좋은 건 아니니까. 절대 그러지 못하게 해. 그보다 훨씬 나은 방법도 있단 말이야. 아무도 다치지 않게 하면서도 살아갈 수 있다구. 하여간 내가 가서 수프를 좀 가져올 테니까, 그 사이에 찰리를 불러다가 얘기를 해 봐."

리사가 방을 나서려다가 뭔가 이상하다 싶어서 줄리에게 물었다.

"그건 그렇고, 어제 우리 집에서 모조리 털어 왔다면서, 왜 여전히 먹을 게 없는 건데?"

"그게 갱단의 규칙이라나 봐."

줄리가 대답했다.

"신참은 최소한 세 번 실적을 올릴 때까지는 아무것도 얻어먹을 수가 없대. 오빠는 오늘 저녁 여덟 시에 두 번째 실적을 올리러 가기로 했어."

리사는 밖으로 나가는 길에 찰리와 마주치자 명령조로 이렇게 말했다.

"얘, 네 동생이 너 좀 보재. 지금 바로!"

리사가 먹을 것을 한보따리 싸들고 다시 줄리네 집 문을 들어서자, 남매가 위층에서 소리소리 지르며 싸우는 소리가 아래층까지 들렸다. '둘이서 진짜로 한바탕 하는 모양이군.' 하지만 현관문 닫는 소리가 쿵 하고 들리자 말다툼 소리도 뚝 끊겼다.

리사가 줄리의 방으로 들어섰을 때, 찰리는 막 변명을 시작한 참이었다.

"나 혼자서는 도저히 식량을 구할 수가 없다구. 벌써 며칠째 돌아다녀 봤는데 아무것도 없었어. 하지만 갱단은 내가 들어오기만 하면 먹을 걸 나눠 주기로 했단 말이야. 방법이 없었어."

"방법이 없었다구, 찰리?"

리사가 따지고 들었다.

"그래서 지금, 토드랑 내가 먹을 걸 훔쳐서라도 너네만 먹고살면 된다는 거야? 그게 말이 된다고 생각해?"

리사는 계속했다.

"만약에 네가 그렇게 나쁜 짓을 할 시간에 머리를 조금만 더 굴렸으면, 그것보다는 훨씬 더 나은 생각을 할 수 있었을 거야. 궁금하면 나한테 물어 봐. 뭔가를 훔치지 않아도 오래오래 배 터지게 먹을 수 있는 방법을 내가 한 열 가지는 줄줄이 늘어놓을 수 있으니까. 하지만 자기가 먹고살기 위해 남의 것을 훔치는 놈 따위한테는 한 마디도 안 해 줄 거야."

"하지만, 리사."

찰리가 또다시 변명했다.

"난 이러다간 정말 죽겠다 싶었어. 줄리는 아픈데 먹을 건 없지, 달리 방법이 없잖아. 우린 계속 굶었다구. 우리 식구를 먹여 살리려면 난 무슨 짓이라도 해야……."

"무슨 짓이라도?"

리사가 찰리의 말 허리를 끊었다.

"심지어 남을 해치는 짓이라도 말이야? 잘 들어, 찰리. 그따위 핑계로 변명해 봤자 소용없어. 네가 아무리 겁이 나서 죽을 지경이었다고 해도 소용없다구!"

이런 가시 돋친 말을 하다니, 리사 스스로도 무척 놀랐다. 하지만 리사와 토드는 나름대로 죽어라 노력했고, 스스로의 힘으로 살아간다는 것에 자부심을 느끼고 있었다. 그런데 다른 누군가가 단지 배가 고프다는 이유로 자신들의 것을 가져갈 권리를 주장하는 셈이니, 그야말로 화가 솟구쳤던 것이다.

"알았어. 다시는 갱단에 들어가지 않을게, 리사."

찰리가 약속했다.

"하지만 찰리, 솔직히 난 너를 믿을 수가 없어. 적어도 지금은 말이야. 내 말 잘 들어, 찰리. 생필품은 아직 많이 남아 있어. 오늘 밤새 너 혼자 머리 싸매고 앉아서 과연 어디에 그런 물건들이 남아 있을지 생각해 봐. 그러다가 더 이상 겁이 나지 않겠다 싶으면, 이번 금요일 모임에 나와서 어떻게 하면 우리 모두가 다 잘 살 수 있을지 생각해 보자."

리사는 초대장을 건네주었다.

"말하자면 머리를 좀 쓰라 이거야. 물론 너한텐 쉬운 일이 아니겠지만."

리사는 비꼬는 듯 말했다. 줄리는 한 마디도 하지 않았다. 자기가 알고 지내던 옛날 친구가 마치 어른처럼 말하는 걸 들으며 그저 놀라워할 뿐이었다. 리사가 도대체 어쩌다가 이렇게 변했는지 궁금하기만 했다.

리사는 찰리에게서 등을 돌린 채 말했다.

"찰리, 현관문 옆에 먹을 것 좀 갖다 놨어. 널 위해서가 아니라 줄리가 내 친구라서 주는 거야."

이 말을 끝으로 리사는 방에서 나왔다.

다른 집을 돌아다니는 내내, 리사는 마음속으로 줄리를 위해 변명해 보았다.

'그래, 걔는 아파서 누워 있었잖아. 설사 멀쩡했더라도 걔가 무슨 힘으로 찰리를 말렸겠어?'

생각하면 할수록 억울하고 분했지만, 그렇다고 우정을 완전히 져버릴 수는 없는 일이었다.

콜네 집에서도 상황은 마찬가지였다. 셰릴은 열한 살이었고, 오빠인 스티브는 열두 살이었다. 나머지 식구들은 전염병으로 모두 목숨을 잃었다. 이 남매도 먹을 것이 떨어지자 궁여지책으로 갱단에 들어갈 생각을 하고 있었다. 리사는 일단 모임 때까지는 기다려 보라고 하면서 아까 찰리에게 했던 것과 똑같은 이야기를 해 주었다.

크레이그 버그먼은 이 동네에서 가장 나이가 많았다. 물론 그래봤자 아직은 열두 살이었기 때문에 간신히 목숨을 건진 셈이었지만. 크레이그와 그의 여동생인 여섯 살짜리 에리카는 치데스터와 그랜드 가 사이의 맨 끄트머리 집에 살았다. 이들의 사정은 그래도 좀 나은 편이었다. 크레이그는 정원을 가꾸는 데 일가견이 있어서, 봄이 오면 시도해 볼 이런저런 농사 계획을 리사에게 들려주었다. 물론 그 전까지는 살아가는 게 쉽지 않을 거라고 시인했지만 말이다.

질 잰슨네 집에는 여동생인 케이티와 미시 말고도 여덟 명이나 되는 고아들이 더 있었다. 대부분은 다섯 살 미만이었다. 질은 열한 살이었다.

거기서도 리사는 다른 집에 했던 것과 똑같은 부탁을 했다.

"이웃끼리 서로를 보호하는 걸 생각해 봐. 갱단으로부터 우리 스스로를 지킬 방법을 생각해내야 해. 서로 생각을 나눠 봐야 하니까, 너네 식구들 모두 데리고 꼭 참석해 줘."

그날 밤, 촛불을 끄고 나서 아직 양초의 온기가 식지도 않았을 때, 토드가 평소처럼 옛날 얘기를 해 달라고 했다. 하지만 너무 늦었다. 이야기꾼은 너무 지치고 피곤해서 이미 곯아떨어졌던 것이다.

도둑질할 상대가 없으면 이게 다 무슨 소용이겠어?

금요일 전까지는 정신없이 바쁜 일들이 가득 차 있었다. 아침부터 저녁까지 리사와 토드는 음식을 찾고 숨기는 문제와 씨름했다. 생존. 그 말의 진정한 뜻을 리사는 이제야 알 것 같았다.

하지만 어째서인지, 놀랍게도 리사는 '문제를 해결하는 것' 에 대해서만큼은 결코 싫증이 나지 않았다. 새로운 문제가 하나하나 생겨날 때마다 그 해결책을 마련하는 것은 전보다 더 쉬웠다. 리사는 새로운 기술을 배웠고, 자신의 능력에 자신감을 갖게 되었다. 리사는 이런 새로운 기분이 좋았다.

목요일이 되자 리사는 그날 하루만큼은 생필품을 구하러 나가는 대신, 모임에 대비해 공부를 좀 하기로 했다. '공부?' 리사는 코웃음 쳤다. '아니, 내가 공부를 하겠다고 자처할 때도 있었나?' 하지만 리사는 이 모임이 모두에게 매우 중요하다는 사실을 알고 있었고, 그 목표는 그랜드 가에 일종의 '정부'를 세우는 것임을 이해하고 있었다. 일찍이 국부들*이 그랬던 것처럼.

'순례자*들도 우리랑 똑같은 문제를 지니고 있었지.' 그들은 오랫동안 사냥을 했고, 농사를 지어서 먹을 것을 직접 생산했다. 그 당시에는 TV도, 전기도, 난로도, 식료품점도 없었다. 그들 역시 우리처럼 고생을 했다. 인디언들의 침략에도 대비해야 했을 것이다. 그 인디언들은 아마 탐 로건의 유치한 협박보다 훨씬 더 끔찍했을 것이다. 순례자들이 자유를 찾아 바다를 건넌 이유는 왕과 독재자들에 짓밟혀 살아가는 것보다는 차라리 배고픈 자유가 더 낫다는 생각 때문이었으리라.

자신의 삶을 순례자들과 비교해 보니, 리사의 기분은 한결 나아졌다. '나는 집도 있고, 통조림도 있고, 어른들이 우리한테 남겨준 것도 꽤 많으니까.'

아이들은 음식과 안전을 위한 계획을 필요로 했다. 그래서 의용군이 필요한 것이다. 그래, 식민지 정착민들도 그랬지. 가장 급선무는 바로 의용군이다.

---

*국부들 : 일반적으로는 나라를 처음 세운 인물을 뜻하고, 미국의 경우에는 조지 워싱턴, 토머스 제퍼슨, 벤저민 프랭클린 등 1787년에 미국 헌법을 만든 인물들을 말한다.

*순례자 : 17세기에 자유를 찾아 미국으로 건너와 플리머스 식민지를 건설한 미국인의 조상들을 말한다.

또 봄이 오면 모두가 농사를 지을 수 있도록 준비해야 했다. 리사는 농장과 창고에 대해 자기가 아는 것들을 기꺼이 나눠 줄 의향이 있었다. 하지만 공짜로는 아니었다. 리사가 알고 있는 정보를 의용군이 되겠다는 약속과 맞교환한다는 조건이어야만 했다. 함께 방어에 나서기만 하면, 그 애들은 내일의 양식에 대한 걱정에서 자유로워질 수 있을 것이다.

'하지만 아이들이 의용군 조직에 동의하지 않으면 어쩌지? 어쩌면 먹을 것을 구하려는 욕심에, 입으로는 하겠다고 해 놓고 손 하나 까딱 안 할 수도 있어.' 리사는 모든 경우의 수를 따져 보아야만 했다. 그때 문득 한 가지 기발한 생각이 떠올랐다. 비밀전략을 세운 것이다. 리사는 모임을 위해 준비하던 마지막 팝콘 한 줌이 다 부풀어 오를 때까지 자신의 계획을 되새겼다.

마침내 모임에 나갈 준비가 끝났다.

리사는 이른바 그랜드 가의 '자주권'을 위해 동네 의용군을 만들자고 주장할 셈이었다. 물론 자주적이 된다는 것이 무엇 때문에 그토록 중요한지에 대해서는 본인도 완전히 이해하지는 못했지만 말이다.

아이들은 이미 거리에 삼삼오오 모여들고 있었다. 넬슨네 아이들이 집에서 나왔다. 토드는 커다란 팝콘 그릇과 분말주스 병을 날랐다. 리사는 종이컵을 가져갔다. 어깨에는 주둥이가 꽉 묶인 커다란 천 가방도 하나 들려 있었다.

오늘 모인 아이들은 기껏해야 열두 살 미만이었지만, 과거 플리머스에 모인 순례자들만큼이나 진지했다. 아이들은 자신들의 삶이 위기에 처해 있다는 사실을 어렴풋이나마 알고 있는 듯했다.

아이들은 모처럼 팝콘 냄새를 맡고는 흥이 나서 줄을 지어 늘어섰다. 줄리와 찰리도 거기 있었다. 아이들이 눈 깜짝할 새에 팝콘 접시를 비우고 나자, 리사는 때가 되었다고 판단하고 이렇게 말을 꺼냈다.

"어제는 치데스터 갱단이 쳐들어와서 내 동생 토드를 때리고, 우리 물건을 훔쳐 갔어. 오늘은 너네들한테 와서 똑같이 할지도 몰라. 내가 오늘 모임을 갖자고 한 건 우리가 스스로를 지키는 방법을 찾아내야 한다고 생각해서야."

아이들이 자신의 말을 곰곰이 생각해 볼 수 있도록, 리사는 잠시 말을 멈추었다.

"나는 우리의 자유를 지키려면 군대를 조직해야 한다고 생각해. 옛날 순례자들은 그걸 '의용군'이라고 불렀어. 우리가 어떤 한 가지 신호를 정하면, 그걸 우리들 중 누군가 공격당하고 있을 때 쓸 수 있어. 신호가 울리면 우리는 모두 밖으로 나와서 그 갱단을 쫓아버려야 해. 물론 한 사람씩은 남아서 자기 집을 지켜야겠지만, 나머지 사람들은 전부 밖에 나와서 공격당하는 집을 돕는 거야. 집집마다 경보 소리를 서로 다르게 해 놓으면, 어디로 가야 할지 금방 알 수 있을 거야. 우리 집 같은 경우에는 토드가 트럼펫을 불기로 했어. 너네도 각자 하고 싶은 대로 요란한 소리가 나는 신호를 정하면 돼. 우리 중 한 사람은 무기를 관리하고 방어계획을 세우는 데 자원해 줬으면 좋겠어. 가능하면 나이 많은 남자애, 아마 스티브 콜 정도가 그런 세부사항을 맡아서 우리 '사령관' 노릇을 해 줘야 할 것 같아. 여기까지가 내 생각이야. 다른 이야기 할 사람?"

아이들은 리사의 전혀 새로운 모습에 적응하는 데 약간 어려움을 겪는 것 같았다. 리사의 말은 마치 연습이라도 한 것처럼 능숙한 데다가 목소리에서 전혀 새로운 뭔가가 느껴졌다. 아이들은 그게 도대체 뭘까 궁금해했다.

한참 동안 흐르던 무거운 침묵을 깨고 크레이그가 말했다.

"내 생각엔 네 상상이 좀 지나친 것 같아, 리사. 솔직히 여기 누구 갱단한테 정말로 괴롭힘 당한 사람이 있어?"

아무도 대답하지 않았다.

리사는 뭔가 말하고 싶었지만, 다음 순간 이렇게 생각했다. '아니야, 차라리 애들끼리 한동안 입씨름을 하게 놔두자. 그러다 보면 내가 다시 말할 기회가 올 거야.'

찰리가 말했다.

"아니, 나는 우리도 이번 기회에 아예 갱단을 하나 만들어야 한다고 생각해. 더 이상 먹을 게 없잖아. 이젠 어디서 훔치는 수밖엔 없다구. 그러니 지금 상황에서는 힘센 갱단을 안 만드는 놈이 오히려 바보야. 그냥 멍하니 있다가는 다른 갱단한테 눌려서 찍소리도 못

할 거야. 걔네들이 쳐들어올 때까지 그냥 기다리면서 굶고만 있을 거야? 우리도 어서 갱단을 만들어야 된다구."

그 문제라면 리사도 할말이 많았지만, 애써 대꾸하지 않았다.

"아니, 난 리사 말이 맞는 것 같아."

줄리가 말했다.

'아, 줄리.' 리사가 속으로 외쳤다. '이젠 널 용서해 줘야겠구나.'

스티브는 찰리의 말에 동의하는 듯 고개를 끄덕이다가 드디어 입을 열었다.

"솔직히 말해서 우리 집에는 먹을 게 전혀 없어. 그리고 찰리가 한 말처럼 이젠 부잣집 애들 걸 털어 오는 수밖에는 방법이 없어. 그런 집에는 식료품 저장실에 통조림이 잔뜩 쌓여 있을 테고, 걔네들은 손도 안 댔을 테니까. 어제 보니까 재닛 레스터는 자기 집 수영장에서 헤엄치면서 놀고 있더라구. 걔네 집에는 아직도 먹을 게 넘쳐난다는 뜻 아니겠어? 그러니 차라리 치데스터 녀석들이 털기 전에 우리가 먼저 터는 게 어때? 그 자식들은 다 가져가는데 우리는 가만히 있어야 된다는 게 이상하지 않아?"

'이제 우리가 모실 만한 사령관이 최소한 두 분은 생긴 셈이네. 스티브 아니면 찰리로 말이야.' 리사는 둘의 생각이 못마땅했지만 여전히 침묵을 지켰다. 질이 뭔가 한 마디 해 주었으면 싶었다. 리사는 질을 평소에도 존중했으니까. 하지만 크레이그가 다시 말을 받았다.

“나는 우리가 농사를 지어야 한다고 봐. 봄까지 기다릴 필요도 없다구. 난 지금 일광실을 만들고 있어. 말하자면 온실 같은 건데, 거기서라면 한겨울에도 채소를 키울 수 있어. 우리 아버지가 예전에 채식주의자에 대해 말씀해 주신 적이 있는데, 그 사람들은 채소밖에는 안 먹는대. 채소만 있으면 최소한 먹고살 수는 있다는 뜻이지. 우리도 충분히 재배할 수 있을 거야.”

‘자, 이제 슬슬 이야기가 진전되는군.’ 리사가 생각했다. 그러면서 마음속으로 크레이그를 응원했다. 그런데 그때 질이 갑자기 이렇게 말했다.

“그래, 네가 먹을 걸 키운다고 쳐. 그러면 그걸 우리한테 나눠 주기라도 할 거야? 혹시 네가 농사를 망치기라도 해서 남는 게 거의 없으면, 그때는 누굴 먼저 줄 건데?”

“그거야 일단 에리카랑 내가 가져야지. 그게 걱정되면 너희들도 우리처럼 똑같이 농사를 지으면 될 거 아니야. 배우고 싶으면 내가 다 가르쳐 줄게. 여기 있는 애들이 전부 농사를 지으면 그게 얼만데 그래?”

논의는 이미 의용군이라는 주제에서 멀리 벗어나 버리고 말았다. 이 와중에 어떤 아이는 교회를 짓자고 제안했다.

“우리 엄마가 돌아가시기 전에 말씀하시길, 전염병은 하늘이 내린 벌이래. 그러니 우리도 싸우지 말고 기도해야 돼. 하느님은 싸우는 것처럼 악한 일은 싫어하셔. 우리가 열심히 기도하면 하느님이 먹을 걸 내려 주실 거야. 그리고 어쩌면 갱단을 얼씬도 못하게 해 주실 거고 말이야."

누군가는 차라리 치데스터 갱단과 친하게 지내자고 했다. 또 누군가는 탐 로건의 갱단을 우리 편으로 끌어들이자고도 했다.

"네가 몰래 숨겨 놓은 생필품 있잖아, 리사. 거기서 먹을 걸 좀 덜어 주면 걔들이 우릴 지켜 줄 거야. 귀찮게 뭐 하러 굳이 의용군 같은 걸 만들어?"

더 이상은 기다릴 수 없었다.

"우리 생필품을 덜어 주자고? 우리가 몰래 숨겨 놓은 걸? 아, 그래, 참 퍽이나 훌륭한 생각이구나. 웃기지 마! 내 물건을 어떻게 쓰는가는 내가 알아서 결정할 테니까! 넌 신경 끄고 앉아 있어, 알았어?"

리사는 화가 치밀었다. 이제 자신이 생각한 전략을 펼칠 차례였다.

"너희들 모두 이제는 먹을 게 전혀 없다고 생각하니까 기껏 생각하는 게 도둑질이나 하는 갱단을 만들자느니, 교회를 세우자느니 그딴 것뿐인 거야. 솔직히 우리한테 필요한 게 먹을 것뿐이니? 아스피린은? 일회용 반창고는? 비누는? 성냥은? 손전등은? 숯은? 화장지는? 소염제는? 비타민은? 너네 일광실에서 키울 채소 씨앗은 어디서 구할래? 또 갱단을 만들어서 기껏 다른 집에 도둑질을 하러 갔더니, 그 집 애들도 이미 가진 걸 전부 써 버리고 남은 게 없으면 어쩔 거야? 그러면 도대체 훔치러 다닌다고 해서 무슨 이득이 있는

데?”

리사는 준비한 천 가방을 열고는 방금 자기가 말한 물건을 하나하나 꺼내 보이기 시작했다. 처음에는 콜라를 한 병 꺼냈다.

“이거 먹고 싶은 사람?”

그리고 이번에는 초콜릿 바를 한 움큼 꺼냈다.

“이거 먹고 싶은 사람 없어?”

곧이어 리사는 열 개나 되는 채소 씨앗 봉투를 바닥에 홱 집어던졌다. 당근, 옥수수, 호박, 콩 등 종류도 여러 가지였다. 이제 보여 줄 만큼 보여 준 셈이었다. 아이들의 눈은 그 온갖 보물들을 바라보며 휘둥그레 커져 있었다.

“난 알아.”

리사가 말을 이었다.

“이 모든 물건들을 어디서 구할 수 있는지 알고 있다고. 지금 우리 집에도 이런 물건들이 잔뜩 쌓여 있어. 이건 내가 운이 좋아서도, 내가 너네보다 훨씬 잘나서도, 싸움을 더 잘해서도 아니야. 이건 내가 너희들처럼 질질 짜기나 하고, 도둑질이나 하는 갱단을 만들자고 징징거리는 대신, 머리를 썼기 때문이야, 머리를!”

아직 할말은 많았다.

“하지만 난 절대로 너희들에게 이 음식들을 나눠 주진 않을 거야. 단 하나도! 할 수 있으면 우리 집을 공격해서 가져가 봐. 그 전에 너희들 같은 도둑놈들이 손 하나 까딱 하지 못하게 싸그리 불태워 버릴 테니까!"

이렇게까지 노발대발하는 것은 원래 리사의 계획이 아니었다. 리사는 목소리를 누그러트리려 애썼다. 그러려니 잠시 시간이 필요했다.

"크레이그 말이 맞아. 시간이 지나면 우리도 농사짓는 법을 배워서 그걸로 먹고살 수 있을 거야. 하지만 그때까지는 내가 가진 물건이 있어야만 다들 살 수 있어. 그걸 얻고 싶으면, 우선 모두들 의용군을 조직하겠다고 약속해 줘야 해. 크레이그 말처럼 농사를 짓건, 아니면 내 계획에 따르건 간에, 일단은 갱들과 맞서서 우리가 서로를 지켜 줄 수 있어야 돼. 그 자식들은 이제 다른 데서 훔칠 게 없어지면 우리 쪽으로 쳐들어올 게 뻔하니까. 머리만 제대로 쓰면 우리는 채소 재배하는 법이랑, 생필품 만드는 법을 배울 수 있을 거고, 그러면 굳이 남들에게서 뭘 빼앗지 않고도 살아갈 수 있을 거야. 하지만 그러려면 우선 의용군이 있어야 돼. 그래야 우리도 머리를 쓸 수 있는 시간적 여유를 얻을 수 있으니까. 의용군을 만드는 데 찬성하는 사람한테는 내가 가진 걸 기꺼이 나눠 줄 거야."

리사는 말을 마쳤다. 고안해 두었던 전략이 먹혀드는 것 같았다. 어느 누구도 반박하지 않았다.

"더 얘기할 사람?"

리사가 물었다. 물론 누구든 더 할말이 없으리라는 걸 알았지만.

"그럼."

리사가 덧붙였다.

"투표로 결정하자. 의용군 만드는 걸 찬성하는 사람은 나 있는 쪽으로 와. 반대하는 사람은 트라이앵글 숲 쪽으로 가서 서고."

아이들은 모두 리사 있는 쪽으로 왔다. 그리하여 만장일치로 결정이 되었다.

"크레이그가 의용군 사령관을 맡아 줘."

리사가 말했다.

"내일 네 시에 여기서 다시 모이자. 그때까지 크레이그는 우리 동네 방어계획을 세울 거야. 내가 옆에서 도와줄게, 크레이그. 몇 가지 벌써 생각해 놓은 게 있어. 혹시 다른 제안이 있는 사람은 내일 모임 전에 크레이그한테 얘기해 주면 돼. 그리고 각 집마다 경보신호 하나씩 정해서 내일 우리한테 알려 주는 거 잊지 말고. 알았지?"

첫 모임은 그걸로 끝이었다. 어떤 아이가 리사에게 다가오더니 내일도 여기 나오면 팝콘을 먹을 수 있느냐고 물었다. 리사는 환하게 미소 지으며 그렇다고 대답해 주었다.

그리하여 그랜드 가 의용군이 탄생했다.

그날 밤, 리사의 머릿속에서는 여러 가지 생각이 오가고 있었다. 한참 뭔가를 생각하고 있는데, 갑자기 토드가 말을 걸었다.

"근데 전략이란 게 뭐야, 누나?"

너무 지쳐 있긴 했지만, 리사는 친절하게 대답하려고 애썼다.

“전략이라는 건 네가 어떤 행동을 계획하는 거야. 뭔가 먹혀들겠다 싶은 행동을 말이야. 그게 정말로 먹혀들면, 그건 논리적이라고 할 수 있어.”

‘논리적’ 이라는 말이 나오자 동생은 뭔가 알겠다는 듯한 표정을 짓더니, 또다시 이렇게 물었다.

“그럼 오늘 모임에서 누나의 전략은 뭐였는데?”

리사는 팝콘을 내놓음으로써 아이들의 호감을 얻은 게 바로 첫 번째 전략이었다고 말했다. 그 다음 아이들끼리 서로 이야기를 나누게 내버려 두었다가, 마지막에 가서 거래를, 그러니까 식량과 의용군을 맞바꾼 것이 결정적 전략이었다고 했다. 그리고 자기가 괜한 말을 하는 게 아님을 보여 주기 위해, 가방 안에 있는 물건을 꺼내 보인 것도 결국 전략의 일부였다고 설명했다.

“자유롭게 살고 싶으면 일단 우리의 삶을 좌지우지하려 하는 다른 사람들에 맞서 싸워야 해. 어느 누구도 나보고 어떻게 하라고 명령하거나, 내가 애써 얻은 걸 빼앗을 권리는 없어.”

하고 싶은 말은 많았지만 리사는 너무 지쳐 있었다.

“잘 자, 토드. 내일은 무척 바쁠 거야.”

전염병이 퍼진 이후로 리사는 이제껏 친구나 이웃을 한사코 무시해 왔다. 자기랑 토드, 둘만의 세계를 만들어 놓고 그 안에서만 살았던 것이다. 리사는 이제야 그것이 얼마나 위험천만한지를 깨닫게 되었다.

'애들은 세상 돌아가는 모습을 내가 보는 것처럼 보진 못하나 봐.' 리사는 생각했다. '그러니 애들하고 좀 더 가까이 지내야겠어. 안 그러면 기껏 애써서 만들어 놓은 걸 다 망치겠는걸. 하긴 세상 사람이 전부 죽어 버리고 더 이상 도둑질할 상대가 없다면 이런 생각들이 다 무슨 소용이겠어?'

보물창고를 발견한 것은 당분간 비밀이야

리사는 우선 누군가를 믿는 것부터 시작해야 했다.

"크레이그, 오늘 나랑 같이 생필품 가지러 갈래? 차 타고 다녀오는 동안 의용군 얘기도 좀 하고."

크레이그는 대꾸가 없었다.

"아, 그리고 너희 식구들한테 필요한 물건 있으면 적어다 줘. 오늘 잘 하면 노다지를 발견할 수 있을 것 같거든. 갖가지 물건이 잔뜩 들어찬 곳을 하나 찾아낼 것 같다 이거야. 우리가 필요한 물건은 뭐든지."

이 말이 정곡을 찌른 모양이었다. 소년은 그제야 같이 가겠다고 대답했다.

"아홉 시에 봐."

약속 시간이 되어 나가 보니, 크레이그는 이미 와 있었다. 그런데 차 옆에 서 있는 크레이그는 약간 신경이 곤두선 듯 보였다. '얘는 또 왜 이래?' 크레이그는 리사가 다가오는 것조차 눈치채지 못하고 캐딜락의 긁히고 움푹 파인 부분을 주시하고 있었다.

"그래, 나 땜에 차가 좀 고생을 하긴 했지."

리사가 시인했다.

"하지만 이젠 나도 운전 실력이 제법 괜찮아. 일단 타 보기나 해!"

하지만 크레이그는 여전히 안심이 안 되는 모양이었다. '여자가 무슨 운전을 하느냐 이거지?' 그레이크가 좌석에 앉자마자 안전벨트를 채우는 것을 곁눈질로 본 리사는 이렇게 생각했다. '어디, 두고 보라지!' 리사는 최대한 집중해서 차를 안전하고도 자연스럽게 거리로 몰고 나갔다. 한 군데도 안 긁히고 말이다!

"어때? 내가 운전하는 게 아직도 불안해?"

"아니. 그냥 천천히 가기나 해!"

크레이그의 얼굴에서는 어느덧 창백한 기운이 사라져 있었다.

"내가 전부터 점찍어 둔 데가 있어. 거기 있는 식량만 가져와도 우리 동네 아이들 전체가 봄까지는 버틸 수 있을 거야. 물론 아닐 수도 있지만."

스위프트 거리의 그 농장 이야기를 하는 것이다.

"하지만 오늘은 다른 실험을 한번 해 봐야겠어. 내가 제대로 짚었다면 우리는 진짜 보물창고를 찾게 될 거야. 앞으로 몇 년은 먹고살 수 있는 식량과 생필품이 있을지도 몰라. 아마 다른 중요한 것들도 있을 거야. 약이나 연장 같은 것 말야. 하지만 일단은 네가 내 생각을 비밀로 지켜 준다고 맹세해야만 돼. 무슨 일이 있어도 말이야. 나를 도와준다고 약속하면, 우리가 찾아내는 비밀장소에서 너희 식구들이 필요한 만큼 생필품을 가져가도 돼. 하지만 다른 애들에게는 의용군을 정말로 지지한다는 확신이 들기 전에는 나눠 주고 싶지 않아. 무슨 말인지 알겠지?"

"알았어. 일단 어디로 가는지나 얘기해 봐. 에리카 혼자 너무 오래 있게 하는 것 같아. 그리고 좀 천천히 가, 리사. 이러다가 전신주 들이받겠다!"

'어린애처럼 쪼잔하긴.' 리사는 속으로 혀를 찼다. '전신주 근처에도 안 갔구만, 뭐!'

"알았어. 오늘은 뭘 찾으러 갈 거냐면……."

리사는 망설였다. 아직 크레이그를 믿어도 되는지 확신이 서지 않았기 때문이다.

"정말 맹세하는 거다, 크레이그? 무슨 일이 있어도 비밀 지키는 거야, 응?"

크레이그가 다시 약속하자, 리사는 그때부터 소년을 그냥 믿기로 했다. 하긴 달리 무슨 방법이 있겠는가? 리사 혼자서는 생필품을 쉽게 나를 수 없는데다가, 이렇게 멀리 혼자 나오는 것도 위험하다. 믿을 수 있는 누군가의 도움을 받기만 하면 매번 물건을 나르는 데

걸리는 시간을 절반으로 줄일 수 있다. 남자애를 한 명 데리고 다니면 훨씬 안전하기도 하다. 특히 크레이그 같은 애라면.

그때 중요한 생각이 리사의 머리를 스쳤다.

"또 하나 맹세해 줬으면 하는 게 있어, 크레이그. 혹시 나한테 무슨 일이 생기면 나 대신 우리 토드를 좀 돌봐 줘. 이 정도면 공평한 계약 아니니? 내가 비밀창고를 알려 주면 너희 식구들은 먹을 것을 얻는 거야. 대신 너는 내 비밀을 지켜 주고 우리 토드가 위험할 때 돌봐 주면 되는 거고."

"알았어, 그렇게 할게. 그럼 내가 네 동생을 위한 보험이라 이거지?"

둘은 '재미있는 생각이야' 라는 듯한 미소를 교환했다.

"자, 그럼 이제 네 생각이 뭔지나 말해 봐."

"알았어. 우린 지금 노스 가의 쥬얼 식료품 도매상 창고를 찾아가는 거야. 거기에는 아직 우리가 필요로 하는 물건이 잔뜩 남아 있을 거야. 네가 생각하기에도 그럴듯하지 않아?"

"진짜, 네 말이 맞아. 정말 기발해! 도대체 그런 생각은 어떻게 한 거야?"

"글쎄, 나도 잘 모르겠어."

이때 갑자기 크레이그가 소리쳤다.

"조심해, 리사!"

크레이그의 경고는 시기적절했다. 차는 하마터면 떠돌이 개를 한 마리 칠 뻔했다.

두 아이는 침묵 속에서 엘름허스트 동쪽을 향해 천천히 차를 몰았다. 둘은 창밖의 거리를 유심히 살펴보았다. 아무것도 없었다. 몇 마리 떠돌이 짐승들 빼고는 누군가 살던 흔적조차 전혀 없었다. 문득 이 동네 아이들은 다 어디로 갔을지 궁금해졌다. 다들 어디로 가버린 걸까? 노스 가의 상점과 공장은 완전히 텅 비어 있었다. 아이들은 지금 도대체 어떻게 살아가고 있을까? 어떻게 살아남는 법을 배웠을까? 언젠가 상황이 나아지면 알아 볼 수 있을 것이다. 하지만 오늘은 더 중요한 일이 있다.

83번 도로가 나오자, 리사와 크레이그는 잠시 멈춰 서서 지도를 확인했다. 머리 위에 걸린 신호등은 꺼진 지 오래였다. 차도에서는 건물 주소를 확인하기가 쉽지 않았다. 리사는 어느 건물 앞에 커다랗게 푸른색으로 씌어 있는 글씨를 한참이나 보다가, 그 글씨가 '쥬얼'을 뜻한다는 사실을 깨달았다. 결국 도착한 것이다.

하지만 리사는 그 건물을 그냥 지나쳐 바로 옆 골목으로 들어섰다. 크레이그는 영문을 모르고 어리둥절해했다.

"우리가 발견한 걸 숨기기 위해서야."

리사가 어른스럽게 설명했다. 이렇게 적막한 길가에서 움직이는 차는 당연히 모두의 관심을 끌게 마련이니, 공연히 갱들에게 보물창고의 위치를 고스란히 노출시킬 필요는 없다는 것이다.

하지만 창고 건물 앞에 선 리사의 가슴은 덜컥 내려앉았고, 눈에서는 왈칵 눈물이 쏟아질 뻔했다. 건물 앞쪽의 유리창이 박살 나 있었던 것이다. 자기 말고도 다른 누군가가 더 일찍 같은 생각을 했던 모양이다. '결국 나도 그렇게 똑똑한 편은 아니잖아, 안 그래?' 리사는 스스로를 꾸짖었다. 방금 전까지도 머릿속에서 뭉게뭉게 피어올랐던 미래에 대한 행복한 공상은 싹 가시고 말았다. 화가 난 리사는 바로 차에 올라타 집을 향해 차를 몰았다.

"뭐 하는 거야, 리사? 안에 들어가 보지도 않을 거야? 이렇게 멀리까지 왔는데 아깝지도 않아?"

하지만 리사는 아랑곳 않고 계속 차를 몰았다.

"세워, 리사. 다시 돌아가. 일단 들여다보기라도 해야 될 것 아냐!"

리사는 차를 세우더니 크레이그의 얼굴을 빤히 쳐다보았다. 잠시 그러고 있다가 입을 뗐다.

"미안해, 크레이그. 네 말이 맞아. 들여다보지도 않고 그냥 간다는 건 멍청한 짓이지. 일단 돌아가자."

"저기 있는 건물 좀 봐, 리사. 오래된 공장 같은데, 저 건물 유리도 전부 박살이 났잖아. 어떤 녀석들이 그냥 장난삼아 유리만 깨 버리고, 그 안에 들어가 보진 않았을 수도 있어. 문이 아직 그대로 닫혀 있잖아."

리사는 다시 창고 쪽으로 차를 돌렸다. 그러고는 크레이그가 안전벨트를 풀기도 전에 차에서 내려 건물 입구로 달려갔다. 문은 단단히 잠겨 있었다. '됐어!' 창문을 살펴보았지만 역시 누군가 들어갔던 흔적은 없었다. 리사는 벽돌을 하나 집어 들고 제일 가까운 쪽 창문으로 다가갔다.

"잠깐만, 리사!"

크레이그가 뒤에서 소리쳤다.

"거기는 깨트리지 마. 안이 훤히 들여다보이면 다른 애들이 금방 눈치 챌 거야."

"그러면 저기 덤불 뒤에 있는 창문은 어때?"

이제야 됐다는 듯 크레이그가 고개를 끄덕였다. 두 아이는 곧바로 커다란 유리창을 하나 박살 냈다.

"차 트렁크에서 공구 상자 좀 갖다 줄래? 여기 있는 쇠창살을 잘라야 할 것 같아. 자, 열쇠 여기 있어."

크레이그는 리사가 미리 공구까지 챙기며 만사를 그토록 치밀하게 준비했다는 사실에 내심 크게 놀랐다.

두 아이는 톱으로 단단한 쇠창살을 열심히 잘라냈다. 크레이그가 톱질을 하는 사이, 리사는 창고 안을 들여다보며 눈에 보이는 것을 크레이그에게 설명했다.

"큰 상자가 줄줄이 쌓여 있어. 뭔지는 모르겠는데, 하여간 누가 들어왔던 적은 없는 것 같아."

한 시간이 지난 뒤에야 두 아이는 창살 한쪽을 잘라낼 수 있었다. 크레이그가 먼저 창살 너머로 기어들어간 다음, 리사가 들어오게 도와주었다.

그곳은 정말 보물창고였다! 거기엔 아이들이 원하던 물건은 뭐든지 다 있었다! 두 아이는 눈앞에 펼쳐진 광경을 믿을 수가 없었다. 식량뿐만이 아니었다. 공구, 책, 약품, 옷, 성냥, 양초, 숯, 손전등, 종이접시, 깡통따개, 비누 등 정말이지 없는 게 없었다. 둘은 신이 나서 창고 여기저기를 껑충거리며 뛰고 소리를 질러댔다.

"크레이그, 이것 좀 봐! 여기!"

창고 안에는 무려 수백, 아니, 수천 개도 넘는 탄산음료 캔이 쌓여 있었다. 그것도 바닥부터 천장까지 가득! 리사는 이것만 있으면 얼마든지 아이들의 협조를 얻을 수 있을 거라는 걸 직감했다.

"크레이그, 여기로 좀 와 봐."

리사는 크레이그와 물품 운반용 경사로 근처에 있는 상자 속에 땅콩버터가 몇 통이나 있는지 따져 보며 기분이 한껏 들떴다.

"여기 있는 통조림 수프만 해도 지금 전 세계에 남아 있는 것을 다 합친 숫자보다 훨씬 많을 거야. 있지, 우리 이렇게 하면 어때? 너는 여기 있는 아스파라거스 크림 맛 전부 가져. 그럼 나는 닭고기 국수 맛 전부 가질게."

뜻밖에도 소년은 순순히 응낙했다. '희한한 녀석이야.' 리사는 조금 의아했다. '얘는 정말로 아스파라거스 크림수프를 좋아하나?'

그 많은 음식들을 보고 있자니 둘은 문득 배가 고파졌다. 크레이그의 제안에, 두 아이는 배 통조림을 하나 따서 나눠 먹었다. 리사는 잔뜩 쌓여 있는 상자 속에서 감자 칩 몇 봉지를 가져왔다. 상자 하나에 과자 봉지가 열두 개씩 들어 있었다. 두 아이는 배와 감자 칩, 그리고 미지근한 탄산음료로 식사를 했다. 크레이그는 배 통조림을 하나 더 땄다. 손으로 집어먹어야 했지만, 그것도 나름대로 재미있었다.

둘은 식사를 하면서도 어디를 비밀창고로 해야 할지, 그리고 어떻게 이 물건들을 안전하게 옮길지 의논했다. 다른 무엇보다도 이 사실은 절대 비밀로 간직해야만 했다. 크레이그는 그것이 얼마나 중요한지 이제 충분히 이해했다.

리사는 자기 계획을 크레이그에게 설명했다.

"좋았어, 그럼 통조림은 모조리 가져가는 거야. 하나도 빼지 말고 말이야. 그건 최소한 1년은 가겠지. 안 그래? 시리얼이나 분유 같은 건 오래 못 가. 그러니까 그건 내년 봄까지 필요한 만큼만 가져가자."

리사는 시종일관 진지했다.

"여러 군데에 나눠서 보관해야 돼. 그래야 혹시 한 군데가 발각되더라도 안전하지."

두 아이는 다른 아이들에 의해 발견될 확률이 적은 장소 여섯 군데를 골랐다. 듀페이지 카운티 공항의 빈 격납고, 스위프트 거리에 있는 농장의 오래된 저장고, 코팅턴 가구점 지하실, 글렌엘린에 있는 교회 세 곳의 보일러실 하나씩.

하지만 막상 계획을 세우고 있자니, 애초의 흥분은 온데간데없고 앞으로 맞닥뜨리게 될 어려움과 위험이 훨씬 크게 다가왔다. 이 물건을 다 옮기려면 앞으로도 수없이 차로 왔다 갔다 해야 할 것이다. 그것도 완전히 깜깜한 한밤중을 틈타서. 한밤중에 여기서 노스 가까지 라이트도 켜지 않고 가야 한다니, 생각만 해도 간담이 서늘해지는 일이었다.

"리사, 한 시간 뒤에는 의용군 회의를 열어야 해. 슬슬 움직여야겠어."

둘은 영영 다시 볼 수 없으리라 생각했던 물건들, 그러니까 껌이며 손전등, 마시멜로, 팝콘, 탄산음료, 초콜릿 바 등을 꺼내 차에 잔뜩 실었다.

"갈 때는 네가 운전해 봐, 크레이그."

리사가 먼저 조수석에 올라타며 말했다. 크레이그는 리사의 제안에 겁이 덜컥 났지만, 티를 내지 않으려고 애썼다. 크레이그의 마음을 눈치 챈 리사가 부담을 덜어 주기 위해 말했다.

"내가 운전을 어떻게 배웠는지 알아? 우리 아빠가 엄마한테 운전을 가르쳐 주면서 하시던 잔소리를 하나하나 기억해 냈기 때문이야. 아빠가 어찌나 똑같은 잔소리를 많이 하시던지, 내가 아주 달달 외워 버렸다니까."

리사가 아버지의 잔소리를 하나하나 들려주는 동안, 크레이그는 창고 주차장에서 천천히 차를 몰기 시작했다.

"주위를 둘러보고… 브레이크 밟은 발을 천천히 떼고… 액셀러레이터는 살짝만……."

차가 앞으로 툭 튀어나가더니 창고 옆의 쓰레기통을 쿵 들이받았다.

"그래."

크레이그가 말했다.

"이래서 '살짝만' 가라는 거였군."

차는 크게 망가지진 않았고, 오른쪽 범퍼만 좀 찌그러졌을 뿐이었다.

"이 고물차는 절대로 망가지지 않는 모양이야. 예전 세상이 우리한테 남겨 준 놀라운 물건이네."

크레이그가 말했다.

건물을 빠져나오면서 리사는 뒤를 한번 돌아보았다. 새로 발견한 보물창고의 모습을 잊고 싶지 않아서였다. 리사의 눈에 그 창고는 처음 바깥에서 봤을 때보다도 열 배는 더 커 보였다.

차를 타고 오는 동안, 두 아이는 11월의 회색빛 거리 풍경에 눈을 돌리지 않았다. 머릿속에는 그 비밀창고의 멋진 모습이 꽉 들어차 있었기 때문이다. 창고는 굶주림과 싸워야 하는 아이들의 삶에 희망이 되어 줄 것이다. 그 보물을 옮기고 숨기는 과정에서 현명하게, 그리고 조심스럽게만 행동한다면, 앞으로 1년 동안은 식량 걱정 없이 미래를 구상하는 데에만 전념할 수 있을 것이다.

크레이그는 금세 운전 방법을 익혔고, 리사는 열심히 칭찬을 해 주었다. 처음에는 자기가 당했던 것처럼 옆에 앉아서 잔소리를 좀 해 줄까 싶었지만, 지금 같은 상황에서 크레이그를 놀리는 것은 옳지 못하다는 생각이 들었다. 어쨌거나 같이 돌아다니면 덜 지루하고, 덕분에 기회도 더 많이 잡을 수 있을 테니까.

이때 갑자기 소년이 뭔가에 놀랐는지 급브레이크를 밟았다. 그 바람에 뒷좌석에 실려 있던 탄산음료와 마시멜로가 앞좌석으로 우르르 쏟아졌다. 리사는 깔깔대며 아빠의 말씀을 다시 한 번 복창했다.

"브레이크는 실살 밟고!"

크레이그는 리사가 믿을 수 있는 유일한 '나이 많은 남자애'였다. 리사는 크레이그의 삶이 지금 어떤지, 어떤 두려움을 갖고 있는지 이해할 수 있었다. 자기 역시 그와 마찬가지이기 때문이다. 그런 식으로 누군가를 이해할 수 있다는 건, 왠지 리사에게도 위안이 되었다.

크레이그는 리사의 또 다른 보급창고에 대해 물었다. 리사가 스위프트 거리의 농장과 그곳 주인이었던 아주머니가 남긴 쪽지에 대해 얘기해 주자, 크레이그는 매우 흥미로워했다.

"있잖아, 리사. 나는 차라리 그런 농장에 가서 살고 싶어. 뭔가를 기른다는 건 무척 재미있을 거야. 나중에 그 농장에 같이 가 보자. 우리 아버지는 나한테 원예에 대해서 많이 가르쳐 주셨기 때문에,

나 혼자서도 채소를 기를 수 있을 거야. 지금처럼 먹을 걸 찾아다니는 것보다는 차라리 뭔가를 우리 힘으로 만들어 내는 게 더 낫지 않겠어?"

리사는 한참 동안 생각한 끝에 대답했다.

"누군가가 먹을 걸 길러 내긴 해야겠지. 그건 맞아. 하지만 크레이그, 정말 그런 농장에 가서 혼자 숨어 살고 싶니? 그것보다는 세상을 예전처럼 돌려놓기 위해 뭔가를 계획하고 노력하는 게 더 재미있지 않겠어? 학교도, 병원도, 전기도, 전부 예전 그대로 말이야. 그런 것들이 얼마나 중요한지 이젠 알잖아? 그 멋진 것들이 다시 돌아오지 못한다면, 그냥 흙만 판다고 해서 무슨 재미가 있을까?"

리사는 크레이그의 반론을 기다리기라도 하는 듯 잠시 말을 멈추었다.

"오헤어 공항 활주로에 있는 커다란 비행기를 생각해 봐. 예전에는 그 비행기가 많은 사람들을 근사한 곳으로 실어 날랐지만, 지금은 그냥 거기 멀뚱히 있을 뿐이잖아. 오늘 우리는 종일 먹을 걸 찾아다녔어. 다행히도 많이 찾아냈으니, 이제는 다른 것들을 원래대로 돌려놓을 차례야. 그러니까 비행기랑 기차랑, 또……."

"리사, 꿈이 너무 큰 거 아냐? 비행기를 조종하는 게 한두 해에 되는 일인 줄 알아? 이젠 그런 걸 가르쳐 줄 선생님도 없고, 기술 자체가 사라져 버린거나 마찬가지야. 리사, 책만 갖고서는 배울 수가 없어. 그것까지는 무리야. 현실을 똑바로 보라고. 우린 기껏해야 아직 어린애일 뿐이야."

"크레이그, 말도 안 되는 소리란 건 나도 알아. 하지만 그게 우리가 해야 할 일이라고 생각해. 난 세상을 되돌릴 수 있을 거라고 믿어. 맞아, 우리는 그저 어린애일 뿐이야. 하지만……."

리사의 말은 리사가 품었던 확신이 혼란에 빠져든 것과 동시에 꼬리가 흐려졌다.

두 아이가 집에 도착할 무렵, 노스 가는 여전히 텅 비어 있었다. '다들 어디로 간 거지?' 둘은 말없이 그랜드 가로 돌아왔다.

도착해 보니 아이들은 벌써부터 거리에 나와 의용군 회의와 팝콘 파티를 기다리고 있었다. 리사와 크레이그는 차를 차고에 대는 동안 그 아이들을 바라보며 그들의 진짜 모습을 새삼 깨달을 수 있었다. 그들은 더 이상 어린애들이 아니었다. 이제는 자신의 삶을 스스로 개척해 나갈 수 있는 능력의 소유자들이 된 것이다.

너랑 나는 뭐 어린애 아니니?

'내가 나설 회의는 아니지.' 리사는 크레이그가 회의 진행을 맡기로 해서 다행이라고 생각했다. 지금은 너무 혼란스러워서 앞에 나서고 싶은 기분이 아니었기 때문이다.

크레이그는 그랜드 가 방어에 대한 자신의 구체적인 계획을 아이들에게 설명했다. 사실 크레이그가 방어계획보다는 다른 데 마음이 가 있다는 것을 아는 사람은 리사뿐이었다. 크레이그가 갖고 있는 농사에 대한 애정과 평온하고 소박한 삶에 대한 열망은 방어나 전쟁과는 전혀 다른 이야기였다.

하지만 아이들은 크레이그의 설명에 다들 열심히 귀를 기울였다. 모두들 안심이 되는 눈치였다. 내일부터 바로 방어장치 만드는 작업을 시작하기로 했다. 집집마다 서로 다른 경보신호를 만들고, 글렌엘린 경찰서에 가서 총과 탄약도 가져올 것이다. 유리병에 휘발유를 넣어 화염병도 만들고 집집마다 사나운 경비견도 키우기로 했다. 칼이나 돌 등 간단한 무기도 하나씩 가지기로 결정했다.

모든 게 다 잘 풀려가는 것 같았다. 아니, 최소한 아이들은 그렇게 믿고 있었다. 아이들은 크레이그의 계획을 신뢰했고, 이제 어느 누구도 감히 그랜드 가의 철통 같은 방어망을 공격해 오진 못할 것이라고 생각했다.

리사는 그런 아이들의 얼굴을 가만히 바라보았다. '애들 표정 좀 봐, 크레이그 말에 홀딱 넘어가서는……. 에리카는 지난번 생일파티 때보다 더 밝아 보이네. 줄리도 웃고 있고…….'

리사의 눈길은 이윽고 토드의 얼굴에 머물렀다. 그런데 유독 토드의 표정만은 다른 아이들과 달라 보였다. 토드는 저쪽 어딘가를 바라보는 듯 하더니 삽시간에 얼굴이 하얗게 질렸다. 손가락은 치데스터 쪽을 가리키고 있었다. 리사의 시선은 그 손가락 끝을 향했다.

치데스터 갱단이었다! 50명도 넘는 녀석들이 야비한 표정을 지은 채 그랜드 가 아이들이 있는 쪽으로 다가오고 있었다. 몇몇 아이들이 비명을 지르며 도망쳤다. 회의는 이미 물 건너간 셈이었다.

"기다려!"

리사가 소리쳤다.

"아무도 움직이지 마. 저녀석들이 뭐라고 하는지 들어 보자. 도망가지 마! 겁내지도 말고!"

갱단은 저만치서 걸음을 멈추었고, 그중에서 지도자로 보이는 녀석이 앞으로 걸어 나왔다.

"리사 넬슨!"

소년이 말했다.

"앞으로 나와! 할 얘기가 있어!"

리사는 당당히 아이들 사이를 헤치고 나가 소년과 마주 섰다.

"할말이 뭔데?"

리사는 일부러 차갑고 딱딱한 말투로 물었다.

"난 탐 로건이야. 너랑 거래를 하고 싶어."

소년의 얼굴에는 두려운 기색이 전혀 없었다.

"조건을 말해 봐."

리사 역시 겁낼 게 뭐 있냐는 듯 대꾸했다. 아이들은 숨을 죽인 채 둘을 지켜보고 있었다.

"너희가 식량과 생필품을 많이 갖고 있다고 들었어. 어디서 갖고 온 건지는 모르지만, 아마 조만간 우리도 거기가 어딘지 찾아내게 될 거야."

마치 협박이라도 하는 듯한 말투였다.

"맘만 먹으면 너희 정도는 이 자리에서 쓸어버릴 수 있어. 그리고 너희가 갖고 있는 것도 다 털어갈 수 있고. 하지만 그럴 필요까진 없잖아?"

탐은 자기 말을 좀 더 위협적으로 들리게 할 생각이었는지, 여기서 잠시 말을 멈췄다.

"그래, 굳이 그럴 필요까진 없잖아?"

탐은 마지막 말을 되풀이했다.

"너흰 생필품을 갖고 있고, 우린 군대를 갖고 있어. 그러니 거래를 하자는 거야. 우리가 너희를 보호해 줄 테니까, 그 대신 너희가 갖고 있는 생필품을 나눠 달라 이거지."

리사는 아무 말도 하지 않은 채 탐이 말을 끝내기를 기다렸다.

"우리 말고도 갱단은 많아. 너도 아는지 모르겠지만."

탐은 슬슬 짜증이 나는 모양이었다.

"그 자식들도 상당히 세다고. 여차 하면 당장 내일, 아니, 오늘 밤이라도 너희 물건들을 싹 다 털어갈 수 있어. 그러니 너희도 우리 도움이 필요할걸. 그러니까 그걸 너희 생필품하고 맞바꾸자 이 말이야."

리사는 여전히 말이 없었다.

"리사, 너도 기억하지? 우리 누나가 예전에 너희 집에서 2년 동안이나 널 돌봐 주는 아르바이트를 했던 거. 누나는 널 참 좋아했어. 나도 뭐, 너희 식구들에 대해서는 나쁜 감정이 없고. 그러니 우리가 손을 잡기만 하면 얼마든지……."

하지만 리사가 기다리는 말은 따로 있었다.

"그래, 리사."

탐은 결국 할 수 없다는 듯이 말했다.

“동생 일은 미안하게 됐어. 하지만 달리 방법이 없었다고. 애들을 부려 먹으려면 뭘 먹여야 할 거 아냐. 우리 애들은 늘 배가 고파. 그래서 나도 어쩔 수 없었어.”

이제야 리사는 탐을 더 잘 이해할 수 있을 것 같았다.

“미안해, 탐. 하지만 난 너를, 그리고 너희 갱단을 도저히 믿을 수가 없어. 바로 이웃에 사는 애들을 한 번 배신했는데, 다시 그러지 않는다는 보장이 있어? 적어도 지금으로선 확신할 수가 없어.”

“아니, 아니, 잠깐만.”

탐은 뭔가 변명을 하려 했지만, 리사는 틈을 주지 않았다.

“우리 일은 우리가 알아서 할 수 있어! 그래, 네 말이 맞아. 우린 네가 상상할 수도 없을 만큼 많은 식량과 생필품을 갖고 있어. 하지만 우리도 조만간 군대를 조직할 거야. 너희 갱단 따위는 우스울 정도로 강한 의용군을 만들 거라고. 그러니 가져가고 싶으면 가져가 봐. 하지만 그래봤자 시간낭비일걸. 오늘은 별로 훔칠 만한 게 없을 테니까. 하지만 우리도 결코 가만히 있진 않을 거라는 걸 알아둬!”

‘그렇게 감정적으로 대할 것까진 없잖아!’ 리사는 마음속으로 자신에게 주의를 주었다. ‘침착해.’ 하지만 리사는 토드를 괴롭힌 녀석을 똑같이 괴롭혀 주고 싶었다.

“널 탓하려는 건 아니야, 탐. 진짜야.”

리사의 말투는 다소 부드러워졌다.

“그리고 너희 갱단하고 말썽을 일으키고 싶지도 않아. 다만 우리는 너희들의 도움이 필요하지 않다는 거야. 우리 일은 우리가 알아서 하고 있고, 또 앞으로도 그럴 거니까."

아이들은 잠자코 있었다. 도대체 리사는 어떻게 저런 말을 할 용기를 얻었는지 궁금해하면서.

한편 탐의 자신감은 흔들렸다. 처음엔 겁만 조금 주면 너끈히 넘어올 줄 알았다. 하지만 문득 리사와 '과거의' 이웃 아이들에게서 뭔가 심상치 않은 기운이 느껴졌다. 탐은 일단 물러나는 것이 낫겠다고 판단하고 돌아섰다. 갱단 역시 두목을 따라 치데스터로 돌아가 버렸다.

회의가 질서를 되찾기까지는 약간의 시간이 걸렸다. 어느 누구도 갱단의 제안을 환영하진 않았지만, 자칫 위험해지지는 않을까 걱정스러워했다. 식량과 생필품을 충분히 구했고, 확고한 방어계획까지 세웠는데도 아이들은 여전히 두려움에 쌓여 있었다.

"팝콘 먹을 사람?"

리사는 지난번처럼 뇌물을 써서 분위기를 바꿔 보려고 했다. 하지만 이번엔 통하지 않았다.

"아니, 됐어."

아이들은 이구동성으로 대답했다. 대신 비밀창고며 의용군에 관한 갖가지 질문을 던지기 시작했다. 아이들은 그랜드 가의 주민으로서 자신의 미래를 지키고 싶은 것이다. 팝콘이야 나중으로 미뤄도 상관없는 문제였다.

리사는 크레이그에게 속삭였다.
"지금도 네 눈엔 애들이 아직도 연약한 어린애들로 보여?"
리사는 덧붙였다.
"아까 한 약속 잊지 마. 절대로 비밀창고가 어디인지 다른 애들에게 알려 주면 안 돼."
크레이그는 고개를 끄덕인 뒤, 자신의 약속을 되새겼다. 그나저나 리사는 뭔가 남다른 애가 분명했다. 약간 맛이 갔다고 할 수도 있겠지만, 어쨌든 대단하긴 대단했다.
"그래, 그 약속 꼭 지킬게."
크레이그는 이렇게 다짐하고 토드를 보며 생각했다. '불과 하루 만에 군대를 이끄는 사령관이 되고, 어떤 아이를 위한 보험 노릇까지 하게 되다니. 믿을 수 없는 하루야!'
"자, 애들아."
리사의 자신감에 찬 목소리는 아이들의 웅성거림을 압도했다.
"우리 다같이 엘린 호수에 가서 캠프파이어를 하는 게 어때? 트렁크에 오늘 가져온 마시멜로랑 감자 칩이 있어. 크레이그, 남자애들을 데리고 가서 장작을 좀 주워 봐. 보트 창고 옆에 모닥불을 피우면 좋겠어. 여자애들은 이불을 들고 오고. 줄리, 캠프파이어 노래책 좀 갖다 줄래? 토드, 너는 탄산음료 나르는 것 좀 도와줘."
불과 몇 분 만에 그랜드 가는 어떠한 갱단이라도 마음 놓고 털어 갈 수 있을 만큼 텅텅 비어 버렸다. 아이들은 모두 신이 나서 엘린 호수로 향했다. 청동색 캐딜락이 선두에 섰고, 지금 이 순간만큼은 세상에서 제일 행복한 아이들 스무 명이 크리스마스 캐럴을 부르며 뒤따랐다.

사실 아이들은 크리스마스에 대해 거의 잊고 있었다. 하지만 조만간 크리스마스가 돌아올 것이다. 질이 돌봐주는 아이들 중 아일린이라는 아이는 산타가 이번 크리스마스 때도 선물을 줄지 궁금해했다. 리사는 당연히 그럴 거라고 큰소리쳤다. 나중에 창고에 있는 장난감을 가져다가 포장해서 크리스마스 아침에 나눠 줄 생각이었다.

"찰리, 너희 집에 혹시 크리스마스 트리 장식 있으면 좀 갖다 줄래?"

찰리는 리사의 부탁에 의아해했다. 크리스마스를 축하하기에는 너무 일렀기 때문이다. 하지만 찰리는 리사가 원하는 대로 따랐다.

아이들은 호숫가에서 크게 모닥불을 피웠다. 아이들의 노랫소리를 따라 호숫가에 도착한 찰리는 갖가지 장식품이 담긴 상자를 몇 개 내려놓았다.

"근데 이걸로 뭘 하려고?"

찰리가 리사에게 물었다.

"뭐긴 뭐겠니? 크리스마스 트리 장식을 하려는 거지."

리사는 상자를 모닥불 옆의 소나무 쪽으로 옮겼다. 아이들은 장식품을 서로 달겠다고 다투었다.

"잠깐만. 모두 한꺼번에 할 수는 없어. 그러니 케이티랑 토드가 대표로 트리를 꾸미도록 해."

아이들은 모두 함께 기억나는 대로 크리스마스 캐럴을 불렀다. 특히 줄리는 노래에 대한 기억력은 알아줬기 때문에 노래 부르기를 이끄는 역할을 했다. '눈사람 프로스티', '징글벨', '아름답게 장식하세', '루돌프 사슴코' 같은 노래들을 연달아 불렀다. 마시멜로는 게 눈 감추듯 순식간에 사라져 버렸고, 아이들 모두 흥겹게 파티를 즐겼다. 모닥불은 크고 밝게 활활 타올랐다. 아이들은 웃고 노래하며 내일의 걱정을 잊었다.

마치 전염병이 퍼지기 전의 파티 같았다. 오늘 밤은 모두들 그야말로 '아이'로 되돌아간 셈이다. 다른 누구보다 더 큰 두려움에 떨었던 찰리 역시 예전의 장난치기 좋아하는 오빠의 모습으로 돌아가 동생을 약 올리며, 결국 줄리를 화나게 만들기도 했다. 하지만 지금은 심지어 그런 모습조차도 재미있기만 했다. 물론 줄리는 그렇게 생각하지 않겠지만 말이다. 아이들은 밤늦게까지 추운 줄도 모르고 웃고 떠들었다.

보름달의 밝은 빛이 호수 표면에 내려앉았다. 리사는 잠시 아이들 무리에서 빠져나와 혼자 조금 걷기로 했다. '과연 앞으로 무슨 일이 벌어질까?' 리사는 지난 10월 이후 수백 번도 넘게 이 질문을 던졌다. 달라진 것이 있다면 더 이상 이 질문에 대한 답을 두려워하지 않는다는 점이었다. 이제는 스스로 미래를 좌우하고 있다는 자신감이 생겼기 때문이다. 하지만 그러려면 머리를 써야 한다. 그게 핵심이다. 그리고…….

"리사? 거기 리사 맞니?"

어두운 선착장 한쪽 구석에서 리사를 부른 사람은 질이었다.

"잠깐만 여기로 와 볼래? 너랑 하고 싶은 얘기가 있어."

리사는 질의 옆에 가서 앉았다. 두 소녀는 잠시 아무 말 없이 멀리서 들려오는 노랫소리에 귀를 기울였다.

"무슨 일인데, 질?"

침묵을 깬 것은 리사였다.

"어, 사실은 문제가 좀 있는데……. 너라면 도와줄 수 있을 것 같아서 얘기 좀 하자고 했어. 너도 알다시피 지금 우리 집에 같이 사는 애들이 열네 명이나 되는데, 먹성은 또 얼마나 좋은지 몰라. 그래서 먹을 것과 생필품이 항상 부족하지 뭐야. 리사, 우리를 좀 도와줄 수 있니? 필요한 게 너무 많아. 특히 약 같은 거. 어떤 애들은 감기가 무척 심하거든. 혹시 지금이라도 갖고 있는 거 있니?"

리사는 당연히 아이들을 도울 생각이었다. 하지만 그 아이들이 의용군 일을 돕지 않는다면? 그런데도 굳이 가진 것을 나눠 줘야 하는 걸까?

"알았어, 질. 그럼 이렇게 하자. 나도 너를 돕고 싶어. 하지만 공짜로는 안 돼. 내가 도와주는 대신에 너희 집 애들을 우리 그랜드가의 보초로 일하게 해 줘. 밤이고 낮이고 간에 한 시간에 한 명씩 번갈아서. 이쪽 끝에서 저쪽 끝까지 왔다 갔다 하면서 혹시 적이 쳐들어오나 감시하는 거야. 내가 우리 아빠 트럼펫을 갖다 줄 테니까, 그걸 불어서 위급상황을 알리는 법을 배우면 돼. 대신 밤이고 낮이고 간에 항상 지켜야 해."

질은 말이 없었다. 그러거나 말거나 리사는 계속했다.

"네가 해 줄 일은 또 있어. 애들 중에 최소한 두 명은 크레이그랑 나랑 같이 생필품 가져오는 일을 돕게 해 줘. 아마 한 번 갈 때마다 네 시간 정도면 충분할 거야. 하지만 1월까지는 일주일에 세 번만 갈 거야. 이것만 약속해 주면 돼." 리사가 말했다. "그러면 너랑 애들한테 필요한 생필품은 뭐든지 갖다 줄 테니까."

질은 이 계약을 탐탁찮게 생각하는 것이 분명했다. 아무 말도 하지 않고 있는 걸 보면 알 수 있었다. 긴 침묵 끝에 마침내 질이 입을 열었다.

"하지만 리사, 기껏해야 다섯 살짜리 어린애를 어떻게 혼자 내보내라는 거야. 그것도 한밤중에. 어디서 바스락거리는 소리만 들려도 소스라칠 텐데. 너나 나는 그래도 다 컸잖아. 우리야 없는 용기라도 짜내서 그렇게 할 수 있다고 쳐도, 걔들은 못 할 거야. 그렇게 어린애들한테까지 그런 일을 시킨다는 건 너무하지 않니? 다들 겁에 질려 있잖아. 그게 어떤 기분인지는 너도 잘 알잖아?"

"그래, 나도 알아, 당연히 알지."

리사가 대답했다.

"이제껏 단 한 순간도 두렵지 않은 적이 없었으니까. 하지만 우리 토드도 어린 건 마찬가지야. 걔도 기껏해야 너희 집 애들이랑 비슷한 또래라고. 하지만 내 동생은 뭐든지 자기가 알아서 하고, 그 덕분에 스스로도 더 즐거워하고 더 강해지고 있다고. 걔는 남의 동정을 바라지 않아. 오히려 누군가에게 도움이 되고 용감해지길 바라지. 아, 정말, 질! 솔직히 말해서 너랑 나는 뭐 어린애 아니니? 하지만 무슨 수를 써서라도 먹고살아야 하는 걸 어떡해? 이젠 상황이 완전히 다르다고. 너희 집 애들도 우리랑 똑같이 일할 수밖에 없어. 최소한 그렇게 하려고 노력이라도 해야 되는 거라고!"

하지만 아무리 우겨봤자 질의 고집 앞에서는 소용이 없었다. 그러다 보니 리사 자신조차 그렇게 힘없는 어린애들까지 군대에 끌어들이는 건 부질없는 짓이라는 쪽으로 기울었다.

결국 리사는 자기 뜻을 굽혔다. 하지만 그건 질의 말에 동의해서라기보다는, 자신의 생각에 확신이 서지 않았기 때문이었다. 정말 자기가 그 어린애들한테 너무 많은 기대를 하는 것일까? 어쩌면 질의 말이 맞는지도 모른다.

"알았어, 질. 네 생각도 맞는 것 같아. 어쩌면 내가 너무 많은 걸 바라고 있는지도 모르지. 하지만 그래도 네가 날 이해해 줬으면 해. 난 솔직히 우리의 문제, 그러니까 먹고사는 문제가 그렇게 힘들고 어렵기만 하다고는 생각하지 않아. 우리가 머리를 쓸 수만 있다면 말이야. 어쩌면 지금이야말로 우리끼리 즐겁게 살아갈 수 있는 기회일 수도 있다고. 오늘 내가 비밀창고를 발견하고 나서 느낀 것도 바로 그거였어. 하지만 지금 너는 내 말이 무슨 뜻인지 전혀 모르는 것 같구나."

하지만 질도 리사의 얘기가 뭔가 그럴듯하긴 하다고 생각했다. 단지 질의 일상은 리사의 생각과 너무 다르게 흘러가고 있을 뿐이었다. 질이 생각하기에 삶은 작은 슬픔들, 가령 아직 어린 고아나, 그 애들을 위해 먹을 것과 약을 찾아야 하는 자신의 슬픔이 뭉쳐져 이루어진 커다란 슬픔의 덩어리였다. 그렇기 때문에 질에게는 이러한 현실이 리사의 말처럼 즐겁다거나 어떤 원대한 계획의 일부라고는 전혀 느껴지지 않았다.

잠시 후 리사는 결심했다는 듯 말했다.

"질, 어쨌든 난 널 도울 거야. 우리 비밀창고에서 너희 집 애들한테 필요한 건 얼마든지 갖다 줄게."

리사는 질과 나눈 대화를 통해서 뭔가가 잘못되었다는 생각은 했지만, 정확히 뭐가 문제인지는 알 수 없었다. 자신의 생각이 정말 그렇게 유별난 걸까? 살아남기 위한 몸부림은 정말로 그렇게 슬프기만 한 것일까? 자신을 비롯한 남겨진 아이들에게 행복을 안겨 줄 열쇠는 아니고? 어느 쪽이라고 딱 잘라 말하기 어려웠다.

그러다 문득 리사는 아이들이 자기의 도움을 너무 당연하게 여기는 게 아닌가 싶었다. 모두들 그게 리사의 의무이고, 리사가 가진 것은 공동의 소유라고 생각하는 것만 같았다.

'하지만 어쩌겠어, 이해하는 수밖에.' 리사는 통 크게 생각하기로 했다. '다들 두려워하고 있는 걸. 난 오히려 운이 좋은 거야. 이런 혼란을 일종의 도전으로 받아들일 수 있으니까.'

그날 밤 따뜻한 이불 속에서 리사는 자신의 느낌을 토드에게 설명해 보려고 애썼다. 하지만 과연 토드가 이해하기는 하는지 리사 자신도 모르면서 하는 얘기였다.

"처음에는 나도 이 모든 상황이 너무 겁났어, 토드. 이러다가 굶어 죽는 건 아닌가 싶었거든. 생각만 해도 끔찍하지 뭐야. 죽지 않기 위해 뭔가를 계속해야 한다는 게 말야. 하지만 언제부턴가는 그런 몸부림 자체가 오히려 내가 지닌 최고의 자산인 것처럼 느껴지기 시작했어. 우리가 단지 로봇이라면 무슨 재미가 있겠어? 만약 모든 것이 이미 결정되어 있기 때문에 우리의 힘으로는 아무것도 바꿀 수가 없다면? 그런 삶은 얼마나 재미없겠어? 맞아, 우리 앞에는 지금 너무 많은 문제가 있어. 하지만 중요한 건 그 문제가 우리에게 도전이고, 그 도전 덕분에 우리가 더 신나게 살 수 있다는 거야. 우리가 두려워하지만 않는다면 말이야."

토드는 별 대꾸가 없었다.

"난 솔직히 내가 이런 생각을 했다는 게 정말 뿌듯해. 물론 나 말고 다른 사람들도 이미 이런 생각을 했는지도 모르지만. 토드, 너 자는 거니?"

물론 토드는 아직 깨어 있었고, 자기가 누나의 생각을 충분히 이해했다고 생각했다. 그래서 토드는 그날만큼은 옛날이야기를 해 달라고 누나에게 조르지 않았다. 자신들의 삶 자체가 그야말로 신나는 모험이라니까 말이다.

"누나."

토드가 졸린 듯한 목소리로 말했다.

"누나가 우리 누나라서 참 좋아."

남매는 기분 좋게 깊은 잠에 들었다.

일단은 오늘의 승리를 기뻐하도록 해

의용군을 만들기로 한 그날부터 그랜드 가의 아이들은 무척이나 분주해졌다. 계획한 일들은 착착 진행되었고, 아이들은 신나게 맡겨진 임무를 해냈다. 중요한 것은 보안이었다. 치데스터 갱단은 언젠가는 다시 돌아올 것이고, 다른 갱단 역시 언제든지 나타나서 생필품을 빼앗아 갈 수 있음을 알게 된 것이다. 이에 대해 철저한 대비가 필요했다.

줄리네 식구들은 경비견을 훈련시키는 임무를 맡았다. 명령 한 마디면 침입자를 공격할 수 있는 경비견을 키우는 것이 목표였다. 물론 이건 어디까지나 찰리의 주장일 뿐이었지만.

집집마다 경보신호도 정했다. 리사네는 토드의 트럼펫 소리를 이용하기로 했다. 크레이그네는 요란한 호각 소리, 그리고 질네 집 아이들은 북을 두드리기로 했다. 해리스네는 예전에 집에서 쓰던 종을 치기로 했다. 하긴 그 종소리로 말하자면 예전에도 저녁마다 한 블록 떨어진 곳까지 들릴 정도였으니까.

방어계획이 모양새를 갖추어 가는 동안, 그랜드 가는 마치 기계가 돌아가는 듯 요란한 소리를 끊임없이 냈다. 망치 소리며 개 짖는 소리, 경보장치 소리, 돌 굴러가는 소리, 아이들이 외치는 소리까지.

"야, 망치 어디에 뒀어?"

"크레이그, 이것 좀 봐! 이렇게 하는 거 맞아?"

오랜만에 듣는 소음은 대체로 활기찬 기운을 느끼게 해 주었으나 총소리만큼은 쉽게 익숙해지지 않았다. 크레이그는 매일 아침 9시마다 트라이앵글 숲에 들어가 표적을 걸어 놓고 사격 연습을 했다. 다섯 살 이상의 아이들은 누구나 그 연습에 참여해야 했다. 아이들은 소형 22구경 소총으로 야트막한 나뭇가지에 올려 놓은 깡통을 맞췄다. 교관은 크레이그였다. 비록 크레이그 본인도 총에 대해서는 별로 아는 게 없었지만 말이다.

지붕에 돌더미를 올려놓고 누군가 침입하면 그 돌들이 머리 위로 떨어지게 하는 리사의 아이디어는 이제 모든 집의 기본 방어장치가 되었다. 리사와 토드는 옷걸이 철사와 노끈을 이용한 경보장치를 아이들에게 가르쳐 주었다.

크레이그는 각 집의 '지휘관' 들에게 유리병과 휘발유를 이용해서 화염병 만드는 방법을 가르쳐 주었다. 그건 정말 위력적인 무기였다. 거리에 던지면 엄청난 폭음과 함께 불길이 확 일어났다. 물론 주유소의 기름은 이미 떨어진 상황이었지만, 집집마다 잔디 깎는 기계용으로 한두 통쯤 휘발유를 갖고 있었다. 아이들은 콜라 병에 그 휘발성 액체를 가득 채워 화염병을 만들었다.

지휘관들은 매일 아침 회의가 끝나면 그들이 그린 설계도와 공구, 밧줄과 철사, 요상한 모양으로 잘라 놓은 깡통, 사다리, 판자, 톱 등등, 도대체 어디에 쓸모가 있을까 싶은 갖가지 물건들을 잔뜩 들고 흩어졌다. 하지만 그것들은 모두 그날 하루의 작업에 요긴하게 쓰였다. 지휘관은 자기 집의 특성에 따라 원래의 방어설계를 약간씩 바꿔가면서 작업을 해 나갔다. 그랜드 가 아이들이 하루하루 변해 가는 모습은 정말이지 경이로울 정도였다. 아이들은 몸 여기저기에 반창고며 붕대를 감고 있었고, 상처가 채 낫기도 전에 같은 자리에 또 멍이 들곤 했다. 하지만 다행히도 크게 다친 사람은 없었다. 한번은 크레이그가 이런 농담을 했다.

“우리 몸에 두른 붕대로 치면 진짜 군대 못지않을걸. 아직 한 번도 전투는 못 해 봤지만 말이야.”

작업을 시작한 지 닷새째가 되자, 집집마다 지붕에는 돌더미가 쌓여 있었고, 끈만 잡아당기면 우르르 쏟아질 준비가 되었다. 모든 집과 집 사이에는 도르래 장치를 통해 밧줄이 연결되어 있어서, 중요한 메시지가 있으면 작은 주머니에 담아 주고받을 수 있었다. 무섭게 생긴 개들이 집집마다 묶여 있었고, 곳곳에는 경고판이 붙었

그랜드빌 철통방어! 갱단, 안 무서워!

다. 철물점에서 가져온 철조망을 나무에 둘러서 집을 둘러싼 일종의 장벽도 만들었다. 창문에는 판자를 덧대었다. 덧문은 경우에 따라 떼어 버리거나 아예 못질해 버렸다. 좁은 판자를 이용해서 집과 집 사이의 지붕을 연결하는 구름다리도 만들었다.

"대규모 공격이 있을 경우를 대비한 거야. 그럴 때는 한 집에 모여 있는 편이 더 안전할 테니까."

크레이그가 설명했다.

날이 어두워지기 직전에는 마을 아이들 모두가 참석하는 의용군 회의를 열었다. 아이들은 칼과 야구방망이, 그리고 새총과 창 쓰는 법을 연습했다. 좋아하는 무기를 하나씩 고른 다음, 가상의 적을 향해 사용하는 연습을 하는 식이었다. 크레이그는 갖가지 전투계획을 고안하고, 방어작전에 사용할 동네 지도도 만들었다.

아이들은 하루도 빠지지 않고 비상소집 훈련을 했다. 경보신호가 울리면 각자 무기를 들고 공격을 당하는 집으로 달려갔고, 크레이그는 얼마나 빨리 아이들이 모이는지 시간을 쟀다. 처음에는 아이들이 뒤죽박죽 엉켜서 그저 사방팔방 뛰어다니는 수준이었다. 하지만 훈련 횟수가 스무 번을 넘자, 길어야 4분이면 모두 집합하게 되었다.

첫 번째 소집 훈련을 마치고 나서, 아이들은 한 자리에 모여 서로의 실수를 꼬집으며 키득거렸다. 이때 질과 함께 사는 아이 중 한 명인 아일린이 기발한 아이디어를 내놓았다.

"진짜 재미있었어. 꼭 학교에서 화재대피 훈련 하는 것 같아. 음… 아예 나쁜 녀석들한테 소화기를 확 뿌려 버리는 건 어때? 그게 총 쏘는 것보다 훨씬 재미있을 것 같은데."

어떻게 이런 생각을 다 했을까! 아이들은 미처 생각지도 못한 아일린의 아이디어를 모두 좋아했다. 크레이그는 당장 아이들 몇 명을 포리스트 글렌 학교로 보내 소화기를 몇 개 가져오게 했다. 아이들은 아직도 쓸 수 있는 빨갛고 기다란 소화기를 가지고 돌아왔다. 소화기 분말은 최소한 적에게 혼란을 주고 공격을 늦추게 할 수 있을 것이다.

아이들은 진정한 공동체를 만들어가고 있었다. 그것도 약간 거친 공동체. 아이들은 길 양쪽 끝을 철조망으로 막고, 잘 짖는 개를 데려다 놓았다. 그 옆에는 다음과 같은 경고판을 세웠다.

☼

경고

사유지임. 무단출입 불가.

우리는 친구와 평화를 원함.

당신을 해치고 싶지 않음!

그랜드빌 시민 일동

☼

이제 모든 준비가 되었다. 모두 그걸 느끼고 있었다.

의용군을 결성하고 6일째 되던 날, 리사와 크레이그는 밤에 창고에 가서 생필품 가져오는 일을 다시 시작해도 되겠다는 데 동의했다.

"아예 차를 두 대 끌고 가는 게 나을 거야."

리사가 말했다.

"혹시 고장이라도 나면 꼼짝없이 걸어와야 할 테니까. 너희 아버지 차가 있으니까 그걸로 가면 되지 않겠어, 크레이그?"

"그렇게 해 볼게, 리사."

크레이그가 대답했다.

그날 밤, 주위가 조용해지자 리사는 보초에게 지시했다.

"오늘은 특별히 조심하도록 해. 자정까지는 돌아올 거야."

두 대의 자동차는 헤드라이트도 켜지 않은 채 조용히 동네를 빠져나왔다. 뒤에 남은 보초는 그 모습을 보며 왠지 모르게 마음을 졸였다. 칠흑같이 어두운 밤이었고, 달빛조차 전혀 없었다. 보초는 차가 리포드 가 언덕 너머로 사라질 때까지 계속 꽁무니를 바라보았다.

그때 갑자기 자동차가 사라진 방향에서 뭔가 요란하게 부딪치는 소리가 났다. 보초는 언덕 위까지 달려가 보았으나 아무것도 볼 수 없었다. 다시 초소로 돌아와 불안한 마음을 달랬다. '전봇대에 스쳤거나 깡통을 치고 지나갔겠지. 그나저나 제발 아무도 못 들었으면 좋을 텐데.' 보초는 동네를 다시 한 번 둘러보며, 추위를 이겨 내기 위해 양손을 비볐다.

그때 차 안에서는 리사가 갖가지 생각을 하고 있었다. '이런 바보 같으니! 왜 가만히 서 있는 차 옆구리를 긁은 거야? 크레이그가 뒤에서 보고 얼마나 웃었을까! 그나저나 비밀창고가 아직 멀쩡했으면 좋겠는데……. 오늘은 뭘 가져오지? 토드가 오늘따라 유난히 말이 없었지. 다음에는 아예 토드도 데리고 와야겠어. 이젠 마을 아이들 모두 즐거워하는 것 같으니 다행이야. 솔직히 난 우리가 누구하고든 진짜 싸울 일이 없었으면 좋겠어. 가능할지도 모르지. 어쩌면 우리가 아주 센 것처럼 보여서, 다른 애들이 감히 건드리지 못할 수도 있으니까. 여섯 군데 보급기지만 완성하면 우리도 농사를 시작할 수 있을 거야. 그런 다음에는 약 만드는 법하고 구급처치법도 더 배워야 할 거야. 누가 갑자기 다치기라도 하면 어떡해. 크레이그는 지금쯤 무슨 생각을 하고 있을까?' 리사는 지금 당장 크레이그랑 이 문제에 대해 이야기를 해 보고 싶어 못 견딜 지경이었다.

'으악! 하여간 요즘은 곳곳에 떠돌이 짐승 천지라니까!' 리사는 갑자기 도로 한가운데로 뛰어든 고양이 때문에 급브레이크를 밟고 놀란 가슴을 쓸어내렸다. 그때, 뒤에서도 끼익 하는 거친 브레이크 밟는 소리가 들렸다. 리사는 충돌을 막기 위해 얼른 액셀러레이터를 밟았지만, 때는 너무 늦었다. 결국 크레이그의 차가 리사가 탄 차의 꽁무니를 받아 버렸다. 두 아이는 밖으로 나와 상황을 살펴보았다.

"별로 크게 망가진 것 같진 않아. 약간 찌그러진 것뿐이야. 두고 봐, 크레이그. 네 차도 조만간 우리 차 못지않은 고물딱지로 변할 거야."

크레이그는 가만히 서 있기만 했다. 리사가 안심하라는 듯 말했다.

"괜찮아, 별것 아니야. 다음부터는 너무 바짝 따라오지만 않으면 돼."

하지만 크레이그는 여전히 입을 다물고 있었다. 두 아이는 각자 다시 차에 올라탔다. 크레이그는 사실 이번 사고로 인해 약간 겁을 먹었지만, 차에 다시 올라타고는 또 다른 문제를 걱정하기 시작했다.

'아, 제발 다른 녀석들이 창고를 발견하지 말았어야 할 텐데. 이번엔 잊어버리지 말고 종자를 좀 찾아봐야겠어. 그나저나 나도 멍청하지, 그렇게 차를 박아버리다니……. 아버지가 그 꼴을 보셨더라면 아주 난리가 났을 거야. 아, 제발 다른 녀석들하고 싸우는 일은 없었으면 좋겠다……. 그나저나 왜 하필 내가 의용군 대장 노릇을 하게 된 거야? 내 성격에 싸움 따위가 맞을 리가 없는데. 리사한테 나 말고 다른 애를 사령관으로 삼으라고 말해 볼까? 그나저나 리사가 말한 농장에나 한번 가 봤으면 좋겠는데……. 아, 정말 그런 데서 채소를 기를 수 있으면 얼마나 좋을까. 물론 우리가 스스로를 지켜야 한다는 건 동의하지만, 내 생각에는 요즘 우리가 그 일에 너무 집착하는 것 같으니 말이야……. 애들은 모두들 그게 재미있다고 생각하는 것 같아. 총을 쏘고 전투계획을 짜는 것 따위를. 우리

중 누군가가 피를 흘린 다음에나 정신들을 차리겠지. 하긴 그 방범 장치니 뭐니 하는 걸 만드는 건 솔직히 재미있었지. 하지만 아무리 그래도 그렇지……."

칠흑같이 어두운 밤이었다. 차를 몰고 가는 동안 두 아이의 머릿속은 앞날에 대한 갖가지 생각들로 복잡했다.

'하나부터 열까지 다 새로 만들 필요는 없어.' 리사는 생각했다. '잘만 하면 예전과 똑같이는 아니더라도 충분히 비슷하게 세상을 되돌릴 수 있을 거야. 물론 지금 당장 비행기를 조종하는 건 무리겠지만, 전기나 수도 같은 것……. 그나저나 크레이그가 농장 일에 너무 집착하진 말았으면 좋겠는데. 농사야 다른 애들이 해도 그만이지만 세상을 되돌리려면 크레이그의 도움이 꼭 필요해. 그 정도면 머리도 똑똑한 편이고…….'

해야 할 일들, 중요한 일들이 너무 많았다. 그중에 학교와 병원을 세우고 평화를 유지하는 것이 급선무였다. 옥수수 키우는 법을 알아봤자 부상자의 몸에서 총알을 빼낼 때 아무짝에도 쓸모가 없다. 젖소가 있으면 고기랑 우유를 먹을 수 있겠지만, 그것이 겁에 질린 아이들에게 이 황량한 세상에서 살아가는 방법을 가르쳐 줄 수 있을까? 그러나 어쩌면 크레이그의 말이 맞을지도 모른다. 리사의 머릿속은 혼란스럽기만 했다.

도로 위에 희미하게 드러난 흰색 표시선을 주의깊게 보며 달리다 보니 눈이 빼근해져 왔다. 마침내 두 아이는 창고에 도착했다. 다행히 변한 것 없이 지난번 봤던 그대로였다.

생필품을 꺼내 두 차에 옮겨 싣는 것은 결코 쉬운 일이 아니었다. 열 시 반쯤 되자 둘 다 완전히 녹초가 되었지만, 이를 악물고 한 시간이나 더 일했다. 이번에는 꼭 필요한 물건들, 정말이지 살아가는 데 있어 꼭 필요하다고 생각하는 것들만 담았다. 두 아이는 이미 이렇게 결론을 내린 바 있었다.

“감자 칩은 끼니가 될 수 없어. 그건 나중에 가져가자. 감기약은 꼭 필요하니까 챙기고, 이따가 소염제를 보면 그것도 몇 개 가져다 줘. 아스피린이랑 반창고도.”

“애들한테 몇 번은 더 한턱을 내야 하지 않을까, 리사? 콜라하고 크림 케이크는 좀 가져가는 게 어때?”

두 아이는 서로 의논해가며 몇 가지 물건을 더 찾아 다른 생필품과 함께 챙겼다. 오늘은 지난번처럼 뭘 먹을 새도 없었다. 리사는 크레이그와 뭔가 이야기를 나누고 싶었지만, 역시 그럴 틈도 없었다.

집에 가는 동안에는 구름이 걷혀서 달빛이 도로 위를 비춰 주었다. 두 아이는 시속 20킬로미터에서 30킬로미터 정도로 속도를 높였다. 달은 두 지친 아이에게 위안이라도 주려는 듯 은은한 빛을 뿌렸다.

리사는 점점 속도를 높였다. 뒤따르던 크레이그도 덩달아 속도가 높아졌다. ‘재는 왜 갑자기 속도를 내고 난리야?’ 크레이그가 의아하게 생각했다. 벌써 시속 30킬로미터를 훌쩍 넘기고 있었다.

도로는 직선으로 쭉 뻗어 있었고, 방해가 될 만한 것은 전혀 없었다. 떠돌이 짐승들조차 지금은 어디론가 자러 간 모양이었다. 그러나 위험해 보이는 건 마찬가지였다. 크레이그는 경적을 울리거나 헤드라이트를 켜서라도 주의를 주고 싶었지만, 부지런히 뒤따르느라 그럴 새도 없었다.

'아주 미쳤구나, 미쳤어.' 크레이그는 할 수 없이 리사가 앞질러 가도록 내버려 두었다. '세상에! 80킬로미터는 되겠다. 저러다가 정말 큰일 나겠어!'

하지만 크레이그는 이내 속도를 아예 확 올리기로 작정했다. 여자한테 질 수는 없으니까 말이다. '그래, 어디 한번 해 보자 이거지!'

속도계 바늘이 거의 100킬로미터에 가까워지자 앞서 가던 리사의 차가 시야에 들어왔다. 크레이그는 양손으로 운전대를 꽉 붙잡았다. 근육은 팽팽하게 긴장된 상태였다. 크레이그는 롬바드 교차로에서 길 왼쪽으로 끼어들면서 리사의 차를 추월해 버렸다.

53번 도로에서는 리사의 차가 크레이그의 차를 따라잡았고, 둘은 거의 거북이 속도로 느릿느릿 움직였다. 직선 도로에서는 몰라도 스위프트 거리의 구불구불한 길에서는 감히 속력을 낼 수가 없었기 때문이다.

한밤중의 자동차 경주로 들뜬 두 아이의 마음은, 그랜드 가로 접어들자마자 경악으로 바뀌고 말았다. 무슨 일이 일어났는지, 지금쯤 자고 있어야 할 아이들이 모두 거리로 나와 있었기 때문이었다.

"무슨 일이야?"

리사가 다급히 보초에게 물었다. 치데스터 갱단이 습격해 왔다고 했다.

"아까 출발할 때 네가 리포드 쪽에서 사고 낸 소리를 들었나봐. 아까 그 소리 네가 낸 것 맞지? 그래서 네가 여기 없는 걸 알고 기회다 싶어서 쳐들어온 것 같아."

"혹시 누가 다쳤어?"

리사가 물었다.

"아니."

보초를 섰던 아이가 말했다.

"별것 아니야. 그 자식들이 나한테 달려들길래 얼굴을 때리고 곧장 너희 집으로 달려갔어. 토드가 경보신호를 울리고 돌 투하장치 끈을 잡아당겼어. 개들은 전혀 쓸모가 없었어. 나쁜 놈들이 집 안에 들어왔는데도 같이 놀자고 달려들더라. 하지만 돌 투하장치는 제 몫을 톡톡히 했지. 탐 로건, 그 자식도 머리에 돌을 맞고 쓰러졌어. 두목이 없으니까 갱단 놈들도 당황하더라고. 우리한테는 천만다행이었지. 곧바로 나타난 애들은 겨우 네 명뿐이었거든. 다들 나무 뒤에 숨어서 보고만 있다가, 좀 안전하다 싶으니까 기어 나오더라."

소년은 무슨 무용담이라도 펼치듯이 숨 쉴 틈도 없이 이야기를 계속했다.

"갱단이 도망치는 걸 보고 있자니, 처음에는 탐을 죽인 건가 싶어서 좀 겁이 나더라고. 사실 나야 뭐 평소에도 그 자식을 좋아하진 않았지만, 그래도 뭐랄까……. 솔직히 우리가 애초부터 누굴 죽이려는 건 아니었잖아. 안 그래? 하여간 그 자식들이 초소 근처를 지나갈 때 보니까, 탐 그녀석이 제 발로 서 있더라고. 하지만 머리를 제법 크게 다친 모양이야. 갱단 놈들이 나를 붙잡으러 달려오는데 그 자식이 철수시키더라."

재빨리 경보신호를 이용한 토드는 모두의 칭찬을 한몸에 받았다.

"정말 잘했어, 토디 보이!"

"토드 만세! 만세!"

아이들은 하나같이 이렇게 토드를 칭찬했다.

누나를 다시 만난 토드는 스스로가 자랑스러워 어쩔 줄 몰라 했다. 그러고는 누나에게 지금까지 있었던 이야기를 다시 한 번 주저리주저리 늘어놓았다. 리사는 동생의 말에 귀를 기울이며 한 가지 새로운 사실을 깨달았다. 토드는 더 이상 침울한 아이가 아니었다. 이제는 활기차고, 자부심이 강한 아이가 되었다. 물론 한편으로는 여전히 겁에 질려 있긴 하지만 말이다.

"넌 정말 용감했어, 토드. 네 덕분에 다들 목숨을 건진 거야. 안 그랬으면 그 자식들이 우리 걸 다 훔쳐갔을 테니까."

리사는 비겁한 행동을 보인 다른 아이들을 한바탕 혼내주고 싶었다. 하지만 그랜드 가 의용군은 이런 리사의 마음도 모르고 운 좋은 승리의 기쁨을 모두의 것으로 간직하고 싶어 했다.

"진짜로 먹혀들었어!"

아이들은 소리쳤다.

"우리 방어계획이 정말 먹혀들었다구!"

아이들은 자부심을 느꼈고, 확신까지 얻게 되었다. '그래, 좋을 대로 생각하게 내버려 두자.' 리사는 리사대로 생각이 있었다. '그래서 다음번에 좀 더 용감해질 수 있다면야 나쁠 것 없지.'

하지만 리사는 분명 다음에도 비슷한 일이 생길 거라 생각했다. 그리고 다음에는 결코 이번처럼 운 좋게 승리로 끝나지는 않으리라는 것도 알고 있다. 절대, 절대, 이번처럼 운이 좋지만은 않을 것이다!

아이들은 오늘 밤새도록 승리를 축하하고 싶어 했다.

크레이그가 아이들을 위해 가져온 음식들을 꺼내 왔고, 찰리는 길 한가운데에 모닥불을 피웠다. 누군가가 '그랜드빌'에 대한 노래를 만들어 보자고 했다. 줄리는 '내가 처음 이 땅에 왔을 때When I First Came to This Land'라는 노래에 다음과 같은 가사를 붙여 불렀다.

내가 처음 이 땅에 왔을 때
우린 전혀 행복하지 않았다네
우린 모두 군대를 만들었고
우린 이제 힘을 얻었네
우린 선포하리 이 땅을

그랜드 가의 땅으로

그랜드빌, 그랜드빌로.

아이들은 이 노래가 원래 있었던 노래인 양 부르고 또 불렀다. 몇 시간을 그렇게 부르고 나자 거기 있던 모두가 그 가사와 곡조를 머릿속에 담아 두게 되었다.

리사는 그날 저녁 특별히 선포했다.

"내일을 그랜드빌의 첫 번째 공휴일로 정하자. 늦잠 자고 싶은 사람은 얼마든지 자도 좋아. 하지만 정오까지는 모두 호숫가로 나오도록 해."

아이들이 질러대는 기쁨의 환성은 리사가 기대하던 바였다. 아이들은 새로 배운 노래를 흥얼거리며 각자 집으로 돌아갔다.

오전의 소풍과 한밤의 화재

토드와 나란히 침대에 누워 있는 동안에도 아이들과 부르던 그 노래는 계속 리사의 머릿속을 맴돌았다.

"토드, 너 오늘 정말 용감했어. 내일은 나랑 같이 비밀창고에 갈래? 네가 좀 도와줬으면 해서 그래. 앞으로는 크레이그랑 나랑 번갈아서 창고에 가야 될 것 같아. 그래야 우리 둘 중 한 사람은 계속 여기 남아 있을 수 있으니까."

이것이야말로 리사가 동생에게 줄 수 있는 최고의 상이었다.

"그럼 차에 태워 주는 거야? 와, 그래! 누나, 나도 같이 가!"

"그리고 하나 더 있어, 토드. 너도 이제는 운전하는 법을 좀 배웠으면 해. 내일 글렌바드 주차장에 가서 같이 연습하자."

오늘만큼은 토드야말로 이 세상에서 가장 행복한 소년이었다. 리사는 동생이 신이 나서 종알거리는 소리를 들으며 곯아떨어졌다.

다음날 아침, 그랜드 가의 시민들은 어느 누구도 늦잠을 자지 않았다. 하긴 그럴 만도 했다. 그날은 바이러스가 퍼진 이후 다들 처음으로 맞는 공휴일이었으니까. 아침 여덟 시가 되자 몇몇 아이들이 몰려다니며 자칭 자명종 부대를 결성했다. 맨 먼저 깨어 부대에 합류한 사람은 줄리, 그리고 오빠인 찰리와 여동생 낸시였다. 곧이어 질네로 간 부대는 질, 미시, 케이티 등 몇 명이 더 합세함으로 해서 모두 열여섯 명으로 불어났다. 아이들은 스티브와 셰릴의 집으로 향했다. 스티브는 처음에는 짜증을 냈지만 아이들이 너무 재미있게 노는 걸 보자 자기도 얼른 거기 끼어들었다.

이 장난꾸러기 부대는 곧이어 크레이그네 집으로 향했다.

"얘네들 좀 놀려 주자."

스티브가 말했다. 아이들은 그 집을 빙 둘러싼 다음, 판자를 덧댄 창문을 막 긁어서 요란한 소리를 내고는, 하나 둘 셋 신호에 맞춰 "왁" 하고 소리를 지르며 깔깔거렸다.

"흥! 누가 겁낼 줄 알아?"

에리카는 애써 아무렇지도 않은 척 둘러댔다.

"아, 잠 좀 자자."

크레이그는 너무 피곤했는지 대꾸조차 제대로 못했다.

"이번에는 리사랑 토드를 깨우러 가자!"

누군가가 소리쳤다. 크레이그도 그 소리에 잠자리를 박차고 일어났다.

리사네 집은 다른 집보다 훨씬 튼튼한 요새라서 들어가기가 쉽지 않았다. 그래서 아이들은 크레이그네 지붕과 연결된 구름다리를 통해 들어가기로 했다.

"조심들 해."

크레이그가 주의를 주었다. 아이들은 한 명씩 좁은 판자 위를 걸어 옆집으로 넘어갔다.

"살살 좀 걸어! 그러다가 다 깨지겠어!"

크레이그는 구름다리 건니는 것도 의용군 훈련과정에 포함시키고 있었다.

"겁내지 않는 법을 배워야만 해."

크레이그가 아이들에게 거듭 얘기해 주었지만, 여전히 대부분의 아이들이 조금이라도 힘든 훈련을 할 때마다 두려워했다. 심지어 우는 아이들도 있었다. 하지만 오늘은 모두들 용기백배해서 척척 걸어 나갔다.

"지붕에서 들창문으로 들어가는 거야, 한 사람씩."

크레이그가 속삭였다.

"내가 먼저 들어가서 도와줄게. 지금부터는 '소리 안 내기' 훈련을 하는 거야. 자, 분명히 기억해 둬. 찍 소리도 내면 안 돼."

소년은 열쇠를 꺼내 자물쇠를 열었다.

이건 그야말로 희한한 광경이었다. 서른 명에 가까운 아이들이 지붕 위에 있다가 한 명씩 지붕 속으로 사라지고 있었으니까. '진짜 놀라운걸.' 크레이그가 생각했다. '맘만 먹으면 이렇게까지 조용히 움직일 수 있다니 말이야.'

그때 누군가가 사다리에서 미끄러지면서 뭐라고 욕을 중얼거렸다.

"조용히 해!"

크레이그가 속삭였다.

"발 조심하고…… 무엇보다 그 입!"

크레이그가 덧붙였다.

누군가 욕하는 소리를 듣자 아일린은 킥킥 웃음을 터트렸다. 다른 아이들이 일제히 쏘아보며 웃음을 제지했다. 리사와 토드가 지하실에 살고 있었기에 망정이지!

얼마 안 있어 아이들은 모두 어두컴컴한 다락방 안에 들어와 있었다. 아이들은 손과 발이 제멋대로 서로 얽힌 채로 키득거렸다.

"이거 네 발 맞아, 에리카?"

케이티가 물었다.

"아니, 내 발은 아닌 것 같은데."

에리카가 대답하자, 또다시 여기저기서 웃음이 터져 나왔다.

크레이그가 엄하게 야단쳤다.

"소리 안 내기 훈련이라고 했잖아! 다들 정신 차려, 입 다물란 말이야!"

아이들은 한 무리가 되어 살금살금, 아주 조용히 계단을 내려가 창문 하나 없는 지하실 방에 도착했다. 다른 아이들에게 한 것처럼 소리 질러서 깨우는 대신, 줄리가 방문을 똑똑 두들겼다.

"도대체 어떻게 여기까지 내려온 거야?"

리사가 깜짝 놀라 물었다. 토드는 아직 졸린 눈으로 활짝 웃는 아이들의 얼굴을 멍하니 쳐다보았다.

두 아이가 옷을 입는 동안, 아이들은 비밀창고에서 오늘 쓸 생필품을 꺼냈다. 물건은 차 두 대에 나눠 담았다.

"천천히 차를 몰아 줘."

찰리가 말했다.

"그러면 내가 차 위에 올라타서 갈 수 있잖아."

"야, 그거 좋은 생각이다."

스티브가 말했다. 덩달아 몇몇 아이들이 차 지붕 위로 올라갔다. 어린 아이들은 차 안으로 쑤시고 들어갔다. 아이들은 모두 함께 호수로 출발했다. 걸어서 와야 하는 아이들이 부러워서 야유를 쏟았다.

날씨는 정말 화창했다. 12월인데도 불구하고 무척이나 햇빛이 쨍쨍하고 날씨가 따뜻해서 야외에서 놀기에 딱이었다. 어떤 여자애들은 모닥불 가에 앉아 노래를 불렀다. 찰리, 크레이그, 스티브, 그리고 그보다 나이가 어린아이들 대여섯은 하늘에 구름이 낄 때까지 축구를 하고 놀았다.

구름이 끼면서 날씨가 갑자기 추워지자, 아이들은 모두 보트 창고로 몰려갔다. 보트 창고는 그야말로 완벽한 대피소였다. 아이들은 금세 큰 모닥불을 피웠다. 모두들 웃고 노래하며 몇 시간이나 더 놀았다.

“근데 리사랑 토드는 어디 갔어?”

누군가가 말하고 나서야, 다들 두 아이가 사라지고 없다는 걸 깨달았다.

“금방 돌아올 거야.”

크레이그가 말했다. 크레이그는 토드가 줄리랑 글렌바드 주차장에서 운전 연습을 하고 있다는 사실을 아무에게도 말하지 않기로 약속했다. 그러나 아이들은 크레이그의 어설픈 얼버무림을 수상쩍게 생각했고, 크레이그도 사실을 고백할 수밖에 없었다. 머지않아 주차장에는 구경꾼들과 운전을 배우고 싶어 하는 아이들이 잔뜩 모여들었다.

“솔직히 별로 어렵지 않아 보이는데?”

어떤 아이가 허풍을 떨었다.

“토드 진짜 잘한다. 저것 좀 봐!”

토드는 오늘도 여전히 영웅 대접을 받고 있었다. 얼마 안 있어 스티브가 아이들 무리로 다가와서 말했다.

“자, 이제 누가 보초 교대 좀 해 줘. 오늘은 내가 정오부터 지금까지 혼자 보초 서고 있었으니까!”

결국 스티브 혼자만 그 좋은 구경거리를 놓치고 만 셈이었다.

“스티브, 너도 운전 연습 한번 해 볼래? 내가 가르쳐 줄게.”

스티브는 운전을 매우 빨리 배웠다. 리사는 속으로 쾌재를 불렀다. '이런 식이라면 조만간 차 여섯 일곱 대를 한꺼번에 움직일 수 있겠는데?'

스티브의 운전 연습이 끝나자, 리사는 아이들을 모두 불러 모았다.

"좋아, 이제 전부 챙겨서 집으로 돌아가자. 어서 준비들 해. 조금 있으면 어두워질 거야."

첫 번째 공휴일은 이렇게 지나갔다.

"앞으로 맞이하는 어떤 공휴일도 오늘처럼 특별하진 못할 거야."

리사의 말에 아이들은 모두들 옳다고 맞장구를 쳤다.

밤이 되자 리사와 토드는 떠날 준비를 했다.

"오늘 밤에도 한눈팔지 말고 철저하게 감시하도록 해."

리사가 보초에게 말했다. 남매는 이번엔 일부러 리포드 가 쪽으로 가지 않았다. 만의 하나라도 빌미를 줘서는 안 된다는 생각에 엘름 가와 메인 가 쪽으로 나갔다가 5번 가에서 다시 세인트 찰스 거리로 갔다.

토드는 차를 타고 가는 내내 신이 나 있었다. 하지만 토드와 달리 리사의 머릿속에는 예전부터 품고 있던 의구심들이 떠오르기 시작했다. 계속 뭔가 불안한 느낌이 들었다. 오늘 있었던 소풍은 정말 재미있었지만, 어쩐지……. 리사 자신도 도대체 무엇 때문에 이렇게 불안한지 알 수 없었다.

리사는 갑자기 생각났다는 듯 차를 멈춰 세웠다.

"토디, 여기서부터 네가 한번 몰아 볼래?"

동생이 운전대를 잡기 전에, 리사는 계기판 보는 법과 야간운전 요령을 설명해 주었다.

"헤드라이트를 켜면 안 되는 거야?"

안 된다는 건 이미 누나가 운전하는 걸 봐서 잘 알고 있음에도 불구하고 토드는 아무 생각 없이 이렇게 다시 물었다. 그리고 운전대 너머로 펼쳐진 어두운 길을 보기 위해 목을 쭉 뺐다.

"자, 토드, 엉덩이 밑에 뭘 좀 받치고 앉는 게 좋겠다. 그래야 뭐가 보이지."

리사는 외투를 접고 거기에 뒷자석에 있는 쿠션을 하나 보태 토드의 의자에 깔아 주었다.

"어때, 이젠 좀 뭐가 보여?"

리사는 꼬마 운전사에게 이것저것 가르치기 시작했다.

"브레이크는 살살… 운전대는 천천히… 확 돌리면 안 돼, 토드! 브레이크 살살 밟으라고 했잖아!"

토드는 의외로 시작한 지 얼마 되지 않아 제법 차를 몰기 시작했다. 겨우 다섯 살짜리 아이가 이렇게 운전을 할 수 있다는 생각을 과연 누가 해 보기나 했을까?

"여기까지 오는 동안 어디 부딪치지도 않았어, 누나."

창고 주차장에 차를 주차한 뒤, 토드가 자랑스러운 듯 말했다.

“그래, 진짜 잘하더라, 토디.”

지금까지 그 차에 리사 혼자서 만들어 놓은 무수한 흠집들을 생각해 보면, 이거야말로 리사가 토드에게 줄 수 있는 최상의 찬사였다.

“아, 이젠 그런 식으로 별명을 부르지 좀 마.”

이전까지만 해도 아무렇지 않게 부르던 별명이었다. 리사는 동생이 이제 자기가 다 컸다고 생각하나 싶었다.

“알았어, 토드.”

리사는 순순히 약속했다. 그날 이후로 토드는 누나에게서 ‘토디’라는 별명을 한 번도 듣지 못했다.

토드는 비밀창고를 보자마자 홀딱 반해 버렸다. 손전등을 들고 신이 나서 여기저기 끝도 없이 돌아다녔다.

“이제 그만 하고 이리 와, 토드. 할 일이 많단 말이야.”

남매는 두 시간에 걸쳐서 물건을 들고, 나르고, 포장했다. 토드는 비로소 ‘일’이란 말이 무슨 뜻인지를 깨닫게 되었다.

집으로 향하는 내내 얼마나 피곤했던지 토드는 꾸벅꾸벅 졸았다. ‘같이 오길 잘했어.’ 리사가 생각했다. ‘아직 어리지만 제법 힘이 셌으니까.’

리사는 마음속으로 토드에게 말했다. ‘토드, 어제 저녁은 그냥 운이 좋았을 뿐이야. 하마터면 치데스터 갱단 놈들한테 박살 날 뻔했어. 의용군이란 놈들은 어떻게 그럴 수가 있어?’ 리사는 의용군을 좀 더 강하게 훈련시킬 수 있는 방법을 생각하기 시작했다.

차가 스위프트 거리로 접어들었을 때, 이상한 예감이 리사의 머리를 스쳤다. 그러나 이렇게 스스로를 타일렀다. ‘아니, 오늘 밤은 아닐 거야. 어제 당하고 나서 오늘 또다시 공격을 하지는 않을 거라구. 어제 그러고 갔으니 오늘은 아마 그랜드 가도 완전 비상경계태세일 거라고 생각하겠지…….’

하지만 리사의 판단은 완전히 틀렸다. 얼마 안 있어 리사의 눈앞에 그 증거가 뚜렷이 나타났던 것이다.

거대한 불기둥이 나무 사이로 활활 솟아오르고 있었다. 세인트 찰스 거리에서도 그 무시무시한 불길을 볼 수 있을 정도였다.

“토드! 일어나! 토드! 토드!”

“왜 그래, 누나?”

토드도 고개를 들자마자 방금 자기가 던진 질문의 대답을 두 눈으로 똑똑히 보았다. 남매의 집은 완전히 불덩어리로 변해 있었다.

집 앞에 선 남매의 눈에서 눈물이 주르륵 흘러내렸다. 두 아이는 그토록 소중히 여겼던 집 앞에 서서 아무 말도 못하고 그저 몸을 부들부들 떨었다. 마치 석상처럼 꼼짝도 않은 채 서러움에 북받쳐 눈물을 흘렸으나, 뜨거운 불길은 그 눈물조차 금세 말라붙게 만들었다.

“그만 해, 리사. 자, 그만 해, 토드.”

다른 아이들이 말했다.

“어쩔 수 없어. 이제 너무 늦었어.”

하지만 두 아이의 귀에는 아무 말도 들어오지 않았다. 두 아이는 그대로 선 채 집이 불타는 모습을 끝까지 지켜보았다.

"이젠 어쩔 수 없어, 리사."

질이 말했다.

"너랑 토디랑 이제부터는 우리랑 같이 살자. 우리 집에 방이 있으니까, 응?"

"토디?"

토드가 갑자기 뒤를 돌아보며 소리쳤다.

"누구야? 누가 그랬어? 난 토드야! 토드 넬슨이라구!"

토드는 마치 최면 상태에 빠져 있다가 그 말 한마디에 다시 현실로 돌아온 사람 같았다.

리사는 위로하는 아이들을 향해 뒤돌아보지 않았다. 단 한 번도. '도대체 왜?' 리사는 그저 이 말만 마음 속으로 중얼거리고 있을 뿐이었다. '도대체 왜?' 단순히 집에 대한 것만이 아니었다. 리사의 확신과 기쁨, 그리고 이 세상을 다시 세우겠다는 바람 모두가 흔들리고 있었다. 리사의 꿈과 계획은 바로 이 집과 함께 박살나 버리고 만 것이다.

리사는 밤새 거기 그렇게 서 있었다. 아무런 느낌도 없었다. 불길은 점차 사그라져 잿더미가 되고, 곧이어 그 위에 아침 햇볕이 내리쬐었다.

그제야 리사는 토드와 함께 질네 집으로 향했다.

무심코 고개를 들었는데 마법의 성이 나타났어!

"요즘 리사가 왜 그러지?"

아이들은 모두 걱정스러워했다.

"무슨 생각을 그렇게 골똘히 하는지 매일 앉아만 있잖아."

그건 사실이 아니었다. 리사는 집이 불에 탄 뒤 지금까지 한 주 내내 거의 아무 생각도 하지 않았다. 물론 가끔 호숫가를 혼자 거닐거나, 토드와 이런저런 이야기를 잠자리에 누워서 나누긴 했다. 하지만 대부분의 시간에는 아무것도 하지 않았다. 그도 그럴 것이 리사의 머릿속은 온통 뒤죽박죽이었기 때문이다.

"내가 너무 멍청했어."

리사는 무슨 이야기를 하던 간에 항상 이 말부터 시작하곤 했다.

"세상을 바꾸자고 했었는데, 세상이 먼저 날 바꿔 버렸지 뭐야.

내 힘으로 뭐든지 할 수 있다고 생각했는데……. 내 꼴이 이게 뭐야. 내가 뭔가 대단한 일을 할 수 있다고 생각했는데, 기껏해야 나도 다른 애들처럼 힘없는 고아일 뿐이라구."

그런 리사를 질은 늘 따뜻하게 대해 주었다. 질은 무척이나 참을성이 많았고, 그렇게 참을성 있게 지켜봐 주는 것이야말로 지금 리사에게 무엇보다 필요한 것이었다.

하지만 다른 아이들은 그날의 화재에 대해 리사가 보인 과도한 반응을 도무지 이해하지 못했다. 그보다 훨씬 더 큰 문제에도 당당히 맞섰고, 결코 주눅 드는 법이 없었던 리사가 아니었던가.

그러나 한편 시간이 흐르면서 리사는 자연스레 질네 아이들에 대해 관심을 갖게 되었다. 아이들은 무척이나 흥미로운 면면을 가지고 있었다. 그 집 아이들은 모두 질의 친절함을 좋아했다. 확실히 질은 언제나 아이들에게 상냥하고 다정하게 대했다. 하지만 뭔가가 빠져 있었다. 아이들은 예전처럼 신나게 놀지 않았다. 리사의 눈에 그것은 확실히 큰 문제였다. 아이들은 종종 여기저기를 쓸데없이 어슬렁거렸고, 관심을 끌고 싶거나 뭔가를 얻고 싶으면 막무가내로 칭얼거렸다. 리사의 생각에 아이들은 뭔가 자신만의 역할을 갖게 되길 바라는 듯 했다. 그리고 뭔가 새로운 아이디어를 떠올릴 때 활짝 웃는다는 것을 알게 되었다.

"언니, 언니, 우리 정원을 만들자. 꽃을 보면 다들 기분이 좋아질 거야."

누군가 말하면 질은 이렇게 대답하곤 했다.

"그래, 봄이 되면 그렇게 하자. 날씨가 따뜻해지면 말이야."

한번은 어떤 아이가 나무 조각 두 개를 이어서 아무 짝에도 쓸데없는 것을 무기랍시고 만들어 온 적이 있다. 그러자 질은 이렇게 말했다. "와, 아이디어가 정말 기발한데? 어떻게 쓰는 건지 한번 보여줘 봐." 그러고 나서 그 꼬마가 횡설수설 설명하는 것을 참을성 있게 들어 주었다.

하지만 리사의 눈에는 아이들이 사이 좋게 지낼 때보다는 서로 싸울 때가 더 많았다. 장난감이 몇 개 없었기 때문에 자기가 좋아하는 걸 차지하려고 항상 싸우곤 했다. 질조차도 사실은 그 때문에 종종 화를 내곤 했다. 특히 서로 나눠서 가지고 놀라고 타일러도 아이들이 듣지 않을 때는 더욱 그랬다.

'나눔? 어쩌면 그거야말로 문제의 가장 큰 원인일지도 몰라.' 리사는 어느 날 아침에 문득 그런 생각을 했다. 리사는 이 생각을 바탕으로 뭔가를 행동으로 옮기기로 했다. 사실 장난감 개수만 따져보면 한 명당 두세 개는 가질 수 있을 정도로 충분했지만, 아이들은 유독 낡아빠진 '인기 있는' 것만을 똑같이 원했다. 질이 "서로 나누라"고 하면 할수록 아이들은 어떤 한 가지에만 더더욱 집착하는 것 같았다. '정말로 자기 것이라고 할 수 있는 장난감이 하나라도 있었으면 해서 그러는 게 아닐까.' 리사는 어느 날 아이들을 모두 불러서 가지고 놀 장난감을 지정해 줘 보았다. 하지만 소용이 없었다.

아이들은 여전히 가장 인기 있는 몇 가지만을 차지하려고 다툴 뿐이었다.

질이 마당에 있다가 안으로 들어왔다.

"뭐 하려고 그래?"

질은 자기가 세운 원칙을 리사가 바꿔 보려고 하는 것을 탐탁잖게 생각했다. 나눔은 무척이나 중요한 개념이었다. 질은 그것을 철석같이 믿고 있었다.

리사는 질이 불쾌해하고 있음을 감지했다. 질과 느껴지는 거리를 좁혀야 한다고 생각했지만, 방법이 떠오르지 않았다.

리사는 다시 아이들에게로 눈을 돌렸다.

"음, 장난감을 하나하나 정해 주는 건 먹혀들지가 않는데… 다른 방법을 생각해 보자. 자, 그러니까 말이야……."

아이들은 모두들 귀를 기울였다. 리사가 오래간만에 우울한 표정에서 벗어나 뭔가 이야기를 하는 게 반가워서였다.

"너희들도 각자 장난감을 하나씩 가져야 할 것 같아. 그러니까 한 사람이 하나씩 말이야."

물론 아이들은 환호했다.

"하지만 지금 당장은 장난감이 없으니까, 각자 원하는 장난감을 가지려면 너희도 일을 해야만 해. 그러니까 한 가지를 가지려면 한 가지 일을 해야 한다는 거야."

아이들은 기꺼이 그러겠다고 했다.

질은 옆에서 뭔가 한 마디 하려다가 참았다. 아이들과 마찬가지로 리사의 눈에서 아주 오랜만에 슬픔 아닌 다른 빛을 보게 되어 반가웠기 때문이다. 리사가 계속했다.

“너희들도 알겠지만 우리한테는 지금 차가 무척이나 중요해. 비밀창고에서 먹을 것이나 다른 필요한 것들을 가져오려면 그게 꼭 있어야 되거든. 하지만 조금 있으면 차에 기름이 다 떨어질 거야. 그러니까 앞으로는 너희들이 우리를 도와줬으면 좋겠어.”

아이들은 무슨 뜻인지 몰라 어리둥절해했다.

“엄마 아빠가 예전에 잔디 깎는 기계 쓰시던 거 기억 나지? 그러니까 그 기계를 쓰려면 맨 먼저 깡통에 들어 있는 기름을 넣곤 했잖아? 왜, 붉은색으로 된 깡통 말이야. 옛날에 살던 집에 가면 그 깡통이 있지 않을까?”

아이들의 눈이 조금씩 빛나기 시작했다.

“자, 그럼 이렇게 하는 거야! 집에 가서 휘발유통을 찾아 오면, 내가 새 장난감을 줄게.”

아이들은 대부분 예전에 집 차고에 있던 그 통을 기억해 냈고, 몇몇은 이미 뛰어가 외투를 걸치고 있었다.

“아, 잠깐! 한 가지 더 있어. 부모님이 쓰시던 차 열쇠도 가져오면, 내가 특별히 보너스로 사탕 한 상자씩 더 줄게. 열쇠를 가져오는 사람한테만이야. 차 열쇠가 어떻게 생겼는지 알지? 아마 엄마 지갑이나 아빠 서랍에 있을 거야. 자, 그럼 지금부터 두 명씩 짝을 지어서 움직이고, 무엇보다도 조심해야 돼. 혹시 차고에 휘발유가 없으면 옆집 차고에라도 한번 들어가 봐. 잰, 너는 베스랑 가고, 빌은 래리랑 같이 가. 낸시, 넌 아일린하고 같이 가. 알았지?"

아이들은 임무를 하나씩 맡아 신이 나서 밖으로 나갔다.

"내 부츠 어디 있어, 누나?"

"내 보라색 목도리 누가 가져갔어?"

"장갑이 한 짝밖에 없어."

질은 아이들의 외출 채비를 일일이 도와준 다음, 엄마 같은 투로 소심해서 얼른 다녀오라고 인사했다.

아이들이 모두 떠난 뒤, 질이 리사에게 말했다.

"애들이 네 아이디어를 무척 좋아하는 것 같긴 한데, 난 솔직히 애들한테 뭔가를 나누는 걸 계속 가르쳐 줘야만 할 것 같아. 나눔이란 무척이나 중요한 거야, 너도 알겠지만."

"사실 난 요 며칠 동안 애들 하는 걸 가만히 지켜보고 있었어, 질. 내 눈엔 애들도 나누고 싶지만 생각처럼 되지 않는 것 같아. 자기 것이라고 할 만한 게 아무것도 없잖아. 물론 본인이 원한다면 나누는 건 좋은 일이야. 하지만 남에게까지 나누라고, 아니면 착하게 굴라고 강요하는 건 오히려 나쁜 게 아닐까. 그런 건 각자가 알아서 결정해야 하는 문제니까. 내 말 무슨 뜻인지 알지?"

하지만 질은 리사의 말에 흔쾌히 동의하기는커녕, 그냥 논쟁을 피해 버리려고 했다. 리사가 그런 질을 붙잡고 말을 이었다.

“네가 열심히 하는 거 알아, 질. 하지만 애들은 별로 도움도 안 되지. 그냥 여기저기 싸돌아다니기나 하고, 계속 징징거리고, 장난감 때문에 싸우기나 하잖아. 그런데도 넌 정말 잘 참고 애들한테도 잘해 주고 있어. 하지만 내 생각에 애들한테도 각자의 일거리와 그 대가를 주는 게 좋을 것 같아.”

이제 질도 논쟁을 할 준비가 되었다.

“하지만 리사, 애들은 다들 무서워하고 있다고. 애들이 밤에 뭐라고 잠꼬대를 하는 줄 아니? 그리고 또…….”

“그래, 알아, 나도 들은 적 있어.”

리사가 대답했다.

“내가 그랬잖아. 애들을 계속 지켜봤다고 말이야. 너는 밤새 애들을 달래서 재우곤 했지. 하지만 그럼 넌 도대체 언제 잘 건데? 너 정말로 피곤해 보여, 질.”

“그럼 내가 어떻게 해야 하는데?”

“내가 무슨 생각을 했는지 들어 봐. 지금 애들이 무서워하는 이유는 단 하나야. 아무것도 가진 게 없어서지. 하나도 가진 게 없어. 애들한테는 고아가 된 것보다도 오히려 그게 더 힘든 거야. 그러니까 각자의… 음… 뭐랄까, 성격이 사라진 것보다도 더 끔찍한 거라구.”

리사는 더 적절한 표현을 찾지 못했던 것뿐이었지만 질은 결국 이 말을 오해했다.

“리사, 우리 애들은 모두 착해. 그리고 각자 성격도 다르고. 도대체 방금 한 말 무슨 뜻이야?"

"음, 정확한 표현이 생각나지 않아서… 그러니까 무슨 뜻이냐면… 어… 음, 그러니까 쉽게 말해서 네가 걔들한테 뭐든지 다 해주면, 그 애들은 결코 행복해질 수 없다는 거야. 애들도 각자 일을 해야 하고, 그걸 통해서 자부심을 느낄 필요가 있어. 애들도 이렇게 말할 수 있어야 하는 거야. '나도 일을 맡았고, 그 일을 열심히 했고, 그래서 장난감을 얻었어' 라고 말이야. 무슨 뜻인지 알겠니?"

리사가 답답하다는 듯 물었다.

"그러면 네 일도 무척 쉬워질 거라고."

"어쩌면 네 말이 맞을지도 몰라. 하지만 재들은 아직 너무 어려."

리사는 자기 역시 그 애들 못지않게 두려웠지만, 먹고살기 위한 문제를 해결하느라 바쁘다 보니 두려움을 생각할 새도 없었다고 말하고 싶었다. 리사에게 두려움이란 뭔가 나쁜 일이 일어나기를 기다리는 동안에 느끼는 기분이었고, 반대로 즐거움이란 뭔가 좋은 일을 도모하는 동안에 느끼는 기분이었다.

하지만 어떻게 지금 이 이야기를 질에게 할 수 있겠는가? 지금 리사야말로 화재로 인한 두려움에 휩싸여 있고, 질이 돌봐 주고 있는 겁먹은 아이들과 다를 바가 없는데 말이다.

"그나저나 애들한테 주기로 한 장난감은 어디서 가져올 거니?"

질이 물었다.

"그야 간단하지. 오늘 크레이그가 생필품을 가져올 건데, 그때 좀 챙겨 오라고 하면 돼. 비밀창고에는 수백 개도 넘게 있으니까. 애들이 노는 법을 완전히 잊어버린 것 같아. 정말 이상하지 않니, 질? 애들이 장난감을 갖고 노는 법을 잊어버렸다니……."

대답 대신 질이 물었다.

"그 비밀창고란 데는 대체 어디야, 리사? 들으면 들을수록 신기한 생각이 들어."

리사는 솔직히 털어놓고 싶었지만 그냥 이렇게 얼버무렸다.

"미안하지만 그건 비밀이라 말해 줄 수가 없어, 질. 너뿐 아니라 다른 누구한테도 마찬가지야. 치데스터 갱 녀석들은 비밀창고를 알아내기 위해서라면 애들을 잡아다가 고문을 하고도 남을 거야. 그러니 거기에 대해서는 아는 사람이 적으면 적을수록 좋아."

"걔들이 널 고문해도 넌 말 안 할 자신이 있는 거야, 리사?"

질은 리사에게서 '아니' 라는 대답을 바라고 있었다.

"나도 모르겠어, 질. 다만 그런 일이 일어나지 않기를 바랄 뿐이야."

리사는 기분이 좀 나아졌다. 그나마 생각을 하고 계획을 짜고 했더니 생기가 도는 것 같았다. 아이들이 떠난 지 삼십 분쯤 지난 뒤, 리사는 질에게 의용군 간부 모임을 긴급 소집해 달라고 했다.

"다들 이리로 당장 와 달라고 전해 줘."

곧 찰리, 스티브, 크레이그, 토드, 질이 '어린이집' 거실에서 리사와 얼굴을 마주했다. '이제 다시 예전의 리사로 돌아왔구나.' 리사가 새로운 의용군 계획을 늘어놓는 동안, 모두들 그렇게 생각했다.

"지금까지 우리의 방어계획은 순 엉터리였어."

리사가 말했다.

"개들을 더 확실히 훈련시켜서 적들에게 반갑다며 달려드는 일이 절대로 없게 해야 돼. 그리고 애들도 훨씬 더 강하게 훈련시켜야 해. 다들 총을 쏘거나 누굴 다치게 하는 걸 겁내고 있어. 도대체 우리 집이 약탈당하는 동안 그 잘난 의용군들은 뭣들 하고 있었던 거야? 또 나무 뒤에 숨어서 불구경이나 하고 있었던 거 아냐? 만의 하나 토드가 집 안에 있기라도 했으면 어쩔 뻔했어? 화염병도 더 많이 만들어 놨다가 다음번에는 가차없이 사용해야 해."

그 자리에 모인 아이들은 모두 벙어리라도 된 듯 다들 입을 꾹 다물고 있었다. '너무 거칠게 말하진 말아야지.' 리사는 아이들을 너무 주눅 들게 하는가 싶어서 스스로에게 주의를 주었다.

분위기를 바꾸기 위해서 리사는 예전에 세웠던 계획을 비롯해서 학교를 열고 구급센터를 만드는 등 이런저런 꿈같은 이야기를 늘어놓기 시작했다. 물론 리사 자신도 전혀 가능하리라고 믿고 있지는 않았다. 그저 혼수상태에라도 빠진 듯, 자신의 계획을 기계적으로 중얼거릴 뿐이었다.

듣다 못한 찰리가 리사의 말을 막았다.

"리사, 너 미쳤어? 그런 엉터리 같은 소린 집어치우고, 지금 당장은 의용군 얘기나 하잔 말이야!"

찰리의 말은 마치 비수처럼 리사의 가슴에 꽂혔다.

"미쳤다구, 찰리? 내가 미쳤다구? 입 닥쳐, 이 자식아!"

리사는 자리에서 벌떡 일어났다.

"그래, 잘나빠진 의용군 지휘관들께서 다들 알아서 하셔! 그럼 너희가 계획을 세워 보란 말이야!"

리사는 갑자기 말을 멈추더니, 조금 전과는 달리 무척이나 차분한 말투로 이렇게 덧붙였다.

"그래, 너희도 할 수 있을 거야. 난 잠깐 나갔다 올게."

리사는 이렇게 말하고는 나가 버렸다.

엘린 호숫가의 벤치에 앉은 리사는 마음이 아팠다. '미쳤다구? 그래, 난 정말 미쳤는지도 몰라……. 아니면 어디 아픈 걸까? 너무 기운이 없어. 너무 큰 꿈 따위는 잊어버리고, 우선 당장의 문제를 해결해야 해.' 가령 아이들 스무 명이 의용군을 조직한다고 해서 무슨 큰 힘이 되겠는가? 만약 치데스터 갱단이 다른 갱단과 연합해서 공격해 오면 어떻게 막을 수 있겠는가? 수백 명이나 되는 적들 앞에서 새총이 무슨 소용이 있겠는가? 어차피 그런 일이 조만간 닥칠 것은 불 보듯 뻔했다. 그랜드 가의 다른 집들이 하나씩 불타오르는 광경이 리사의 눈에 선했다. '그랜드빌 시민'들이 하나하나 끌려가 고문을 당하고, 목숨을 구하는 대가로 각자의 생필품을 내놓은 다음, 결국 별수 없이 갱단에 합류하는 모습이 머릿속에서 펼쳐졌다.

그렇다. 이제는 리사도 확실히 깨닫게 되었다. 자신들의 힘만으로 그랜드 가를 방어한다는 것은 불가능했다. 차라리 높은 벽과 해자가 있는, 마치 아서 왕 시대의 것과 같은 성이라도 있다면 모를까. 리사는 다시 깊은 생각에 빠졌다. 리사는 호숫가를 돌아 보트창고를 지나쳐서 선착장 끝에 주저앉았다.

"뭔가 생각해 내고 말 거야!"

리사는 계속해서 중얼거렸다. 마치 그 말 자체가 어떤 생각을 만들어 내기라도 할 거라는 듯 말이다.

"높은 벽이 있는 성이라……."

리사는 곰곰이 생각했다. 그러다 무심코 고개를 들어 정면을 바라보았다. 그때 마법이 일어났다. 생각 속의 성이 있었던 것이다! 그것도 바로 눈앞에! 지금껏 수백 번도 넘게 지나쳐 온 곳인데, 이제껏 한 번도 그 성의 존재를 깨달은 적이 없었다. 하지만 이젠 분명히 보였다.

글렌바드. 유서 깊은 그 고등학교 건물이 언덕 위에 위풍당당하게 서 있었다. 벽은 아주 튼튼하고 높게 세워져 있었다. 그것도 벽돌로! 그 아래로는 들판과 호수가, 그러니까 지금 리사가 앉아 있는 곳이 내려다 보였다. 가파른 언덕을 따라 반대편으로 내려가면 크레센트 가가 있었다.

'좋았어!' 거기라면 수비대 스무 명이 수백 명의 적군과 상대해도 너끈히 이길 수 있을 것이다. 교실은 가족 단위로 쓸 수 있게 분배하고, 나머지는 생존법을 가르쳐 주는 학교로 삼을 수도 있다. 양호실은 구급센터로 쓰면 딱일 거고, 부엌도 있고, 회의실도 있고, 타자기에, 미술용품에, 목공용 연장에다가 교내 주차장까지! 그리고 무엇보다 중요한 것! 책이 꽉꽉 들어찬 도서관도 있다!

"정말 해자만 없다 뿐이지 성하고 똑같아!"

리사는 신이 나서 마구 소리를 질렀다.

"그거야! 바로 그거야!"

리사는 성 있는 데까지 달려가 주위를 돌아본 뒤, 이 사실을 아이들에게 이야기해 주기 위해 한달음에 집으로 달려갔다.

질네 집은 아이들 때문에 시끌벅적했다. 꼬마 일꾼들은 각자 날라 온 휘발유 통을 차고에 갖다 놓느라 바빴다.

"리사, 난 두 개나 가져왔어. 그럼 이제 장난감 주는 거야?"

"여기도 기름 있어, 리사. 이건 자동차 열쇠야. 두 개. 우리 아빤 차가 두 대였거든."

"잘했어. 그럼 휘발유 통은 차고에 갖다 놓을래? 차 열쇠 더 가져온 사람? 있으면 나한테 줘."

아일린은 울상을 짓고 있었다.

"언니, 난 기름 못 찾았어. 차 열쇠만 찾았는데, 차는 없어. 우리 아빠는 아프고부터는 차를 집에 안 가져오셨거든. 트럭인데 괜찮아? 되게 크고 좋아. 물건도 많이 실을 수 있고. 근데 기름은 없었어."

아일린은 또다시 훌쩍이기 시작했다. 그 이야기를 듣자 리사는 아일린을 달랠 생각도 못하고 얼른 물었다.

"트럭이라고 했어, 아일린? 어디 있는데?"

"어, 제네바 가에. 되게 큰 트럭이야. 우리 아빠는 도로 만드는 데서 일하거든. 거기 가면 덤프트럭이랑 불도저도 있어. 언니, 불도저는 못 쓰는 거지, 그렇지?"

리사가 아무 말 없이 심각한 표정을 짓자, 아일린은 또 울상이 되었다.

"그럼 나 사탕 못 먹는 거야, 응?"

"아니 아니, 사탕 줄게, 아일린. 트럭이 있다니! 고마워, 아일린. 정말 고마워. 언제 나랑 같이 너네 아빠 차고에 가자, 응?"

"응, 알았어."

미시가 무슨 일인지 궁금해하며 열심히 쳐다보고 있었다. 지금까지 아일린이 그렇게 서럽게 우는 걸 본 적이 없었기 때문이다. 미시가 아일린에게 다가가 말했다.

"우리 집에 기름통이 하나 더 있어. 가서 같이 가져오자."

두 아이는 신이 나서 밖으로 달려 나갔다. '그래, 저런 게 진짜 나눔이라고 할 수 있는 거지.' 리사가 생각했다.

집 안으로 들어가 보니 거실에서는 말다툼 소리가 시끄러웠다. 의용군 회의가 여전히 진행 중이었던 것이다. 굳이 무슨 일이냐고 물어볼 필요도 없었다.

"아니야, 그게 제대로 될 리 없어."

크레이그가 찰리에게 말하고 있던 중이었다.

"왔어, 리사?"

스티브가 리사를 보고 아는 척을 했다.

"자, 지금 누가 미친 소리 하는지 좀 들어 봐. 방금 찰리가 뭐라고 했는지 알아? 야, 찰리, 리사한테도 좀 말해 봐."

리사는 커다란 소파 위에 털썩 걸터앉았다.

"내가 그랬잖아. 쟤는 원래 좀 맛이 갔다구."

리사가 웃으며 말했다. 하지만 찰리도 가만히 당하고 있지만은 않았다. 찰리는 개들을 잘 훈련시키면 필요할 경우에는 적을 죽일 수도 있다고 주장했다. 예전에 읽은 탐정소설 가운데 어떤 남자가 개를 훈련시켜 살인을 저지르는 이야기가 있었다는 것이다. 그리고 자기 아버지가 보던 책 중에 경찰견 훈련법에 대한 것도 있다고 했다. 리사는 문득 성 주위에 훈련된 개를 묶어 두고 지키게 하면 좋겠다는 생각을 했다. '그게 아마 해자보다는 나을 거야.'

리사의 미소를 보고 찰리는 리사가 자기 계획을 비웃는 줄 알았다.

"아직 안 끝났어, 리사."

찰리가 차갑게 말했다. 그러면서 그 용도에 가장 적합한 개는 바로 셰퍼드이며, 마침 주위에 떠돌이 개들이 많으니 그중 열댓 마리를 찾아 훈련시키면 된다고 덧붙였다.

"개에 대해서라면 아마 나만큼 아는 사람도 없을 거야. 우리 아버지한테 배웠으니까."

실제로 찰리는 잉글리시세터 종 개인 대니를 몰래 훈련시켜 왔다. 찰리는 시범을 보여 주겠다고 리사에게 제안했다.

"아니, 그럴 필요까진 없어, 찰리."

리사가 대답했다.

"물론 아이디어 자체는 아주 좋아. 애들을 시키느니 차라리 개를 시켜 싸우게 하는 게 낫긴 할 거야. 그리고……."

리사는 모두를 놀래키기로 작정했다.

"아마 성에서도 쓸모가 있을 거야."

"성이라니?"

모두가 동시에 한 목소리로 물었다.

"너희들이 아까 그랬잖아. 내가 미친 소리를 한다고 말이야, 안 그래? 그러니 어디 진짜로 미친 소리를 한번 들어 보라구!"

리사가 자기 계획을 설명하는 동안 아이들은 점점 더 리사의 말에 빨려 들었다. 아무도 웃거나 농담을 던지지 않았고, 그저 진지하게 고개를 끄덕일 뿐이었다. 아이들은 그랜드 가를 자기들의 힘으로 방어하기는 너무 힘들다는 사실에 동감했다. 또 이번 화재로 인해 깨우친 바도 있었다. 다음 차례는 우리 집이 될 수도 있다는 사실 말이다.

리사는 친구들이 떠나기 싫다며 반대하리라고 예상했었다. 그러나 그 새로운 아이디어는 매우 신선하게 받아들여진 모양이었다.

"그럼 언제부터 시작하는데?"

질이 물었다.

"그야 물론 당장 오늘부터지."

리사가 말했다.

"허비할 시간이 없어. 물론 제대로 준비될 때까지는 며칠 걸릴 거야. 아마 한 닷새나 엿새쯤? 아일린네 아빠가 예전에 큰 트럭을 갖고 있었대. 그걸 운전할 수 있을지 확인해 본 다음에 밤을 틈타서 우리 짐을 모조리 싣고 글렌바드로 떠나면 되는 거야."

아이들은 밤늦도록 치밀하게 계획을 세웠다. 준비가 완료될 때까지는 여섯 명의 지휘관을 제외한 누구에게도 이 사실을 말하지 않기로 했다. 그동안 스티브는 트럭 운전을 연습하기로 했다. 리사와 질은 내부 배치계획을 짜기로 했고, 크레이그와 토드는 생필품 운반을 계속 맡기로 했다. 이 모든 활동은 밤 중에 이루어질 것이며, 찰리가 임시로 의용군 사령관을 맡기로 했다. 아이들은 안전하게 성으로 이사하기 전까지 치데스터가 다른 갱단과 연합하지 않기만을 바랐다. 하지만 설사 그렇다 하더라도 어쩌면 맞대결해서 이길 수 있을지도 몰랐다. 이제 그랜드 가 아이들은 하나로 똘똘 뭉쳤으며, 미래를 위한 구체적인 계획도 가지고 있었기 때문이다.

그날 밤 질네 집 아이들은 아무도 울지 않았다. '정말 리사가 말한 이유 때문이었나?' 질은 내심 몹시 궁금했다. '정말 장난감을 갖게 됐기 때문에 다들 얌전해진 걸까?' 어쨌든 덕분에 질도 그날 밤은 푹 쉴 수 있었다.

하지만 토드와 리사는 너무 흥분해서 잠을 잘 수 없었다. 특히 리사는 왜 자기가 그렇게 신이 났는지 동생에게 설명해 주고 싶어서 안달이었다. 하지만 동생이 잘 이해할 수 없는 것이라면, 어떻게 설명을 해 주는 것이 좋을까? 옛날이야기로 풀어서 들려 주는 게 나을 것 같았다. 하루 종일 성과 옛날 일만 생각해서인지, 리사는 금세 이야기를 만들어 낼 수 있었다.

옛날 옛적 바다 건너에 빈찍이는 갑옷을 입은 기사들이 갖가지 모험을 위해 떠나던 작은 왕국이 있었어. 그곳에 사는 사람들은 모두 행복했어. 다들 자기가 하고 싶은 일을 하느라 바빴고.

바다가 내려다보이는 커다란 성에는 왕과 그의 아들, 그러니까 왕자가 살고 있었어. 왕국은 아주 부자였는데, 왜냐하면 그 왕이 세상에서 가장 현명한 사람이었기 때문이야. 최소한 그 당시에는 말이지.

너도 알겠지만 다른 동화를 보면 왕들은 백성한테 세금을 바치라고들 하잖아. 그런데 이 왕은 그러지 않았어. 그래서 현명하다고 한 거였지. 다른 왕들은 백성들한테 소와 선물과 보석을 내놓으라고 강요했지. 백성들한테는 아무것도 안 주면서 말이야. 그런 왕들은 농부들이 충성스러운 백성이라고 생각하지 않았거든. 반면에 이 왕은 백성들을 노예로 보기보다는 귀한 손님처럼 여겼어. 왕은 세상 누구보다도 똑똑한 사람이었기 때문에(웬만한 사람 열 명을 합친 것보다 나았으니까) 말하자면 자기 지혜를 팔았어. 백성들은 뭔가 불행한 일을 당하거나, 어려운 문제를 겪으면 꼭 그에게 와서 조언을 구했어. 그래서 왕이 문제를 풀어 주면(물론 십중팔구는 그랬지) 백성들은 그 대가를 지불했어. 왕은 문제 크기에 따라 요금을 매겼어. 가령 농업에 관한 조언은 염소나 돼지 한 마리면 충분했어. 하지만 그가 전문으로 삼은 '행복해지는 방법'의 경우, 사실 행복이란 이 세상에서 가장 중요한 것이기 때문에 훨씬 더 많은 요금을 매겼지. 보통 사람들은 자기가 가진 보석 중에서도 제일 좋은 것을 내놓거나, 최소한 1년 동안 군대에 들어가서 다른 나라의 침략에 대비해 나라를 지켰어. 다른 나라 왕들은 남들을 공격하거나 약탈하는 것이야말로 제일 쉽게 부자가 되는 법이라 여겼거든.

다른 나라 왕들은 도무지 알 수가 없었어. 저 왕은 어떻게 해서 그렇게 부자가 된 걸까? 농부들을 그냥 자유롭게 내버려 두고, 백성들을 강제로 군대에 끌고 가지도 않으면서 말이야. 도대체 이해할 수가 없는 일이었지. 물론 다른 왕들은 그 나라 백성들이 왕의 충고를 듣기 위해 줄지어 섰다는 사실은 전혀 몰랐어. 덕분에 그 왕은 세상 누구보다도 더 큰 부자가 되었지. 그 나라 백성들은 점점 더 행복하고 자유로운 사람이 되어가는 한편, 더 열심히 일하게 되었고, 열심히 일할수록 점점 더 부유해졌으니까. 그리고 점점 더 부유해질수록 점점 더 많은 문제에 부딪혔어. 왕이 가진 비밀은 바로 이거였어. 자기가 가장 똑똑하고 가장 부자인 한 계속해서 요금을 올릴 수 있다는 거였지. 그런데 행복에 대한 왕의 충고에는 한 가지 비밀이 있었어. 사람들은 각자 조언을 듣고 한 가지 맹세를 했어. 절대 왕에게서 들은 걸 남들에게 말해 주지 않겠다고 말이야.

사실 행복은 어디에나 있었어. 그래서 백성들은 자기 나라를 '진정한 즐거움의 왕국'이라고 불렀어. 사람들은 뭘 하든지 진정한 즐거움을 느낄 수 있었거든.

이렇게 얘기하고 나니까 그야말로 행복만 넘치는 나라 같지 않아? 하지만 사실은 왕도 나름대로 문제를 갖고 있었어. 나라 안의 백성들이 모두 매일매일 점점 더 행복해지고 있는 동안에 유독 단 한 사람만큼은 너무나도 슬펐고, 매일매일 점점 더 불행해지고 있었어. 왕은 그게 너무나도 고민스러웠지. 그도 그럴 것이 불행해지고 있는 사람은 바로 왕자, 그러니까 왕의 아들이었기 때문이야!

왕의 지혜도 왕자에게는 소용이 없었어. 왕은 아들을 행복하게 해 주기 위해 갖가지 수를 써 봤어. 훌륭한 말을 선물로 주기도 하고, 친구를 붙여 주기도 하고, 장난감이나 하인들도 어마어마하게 마련해 줬지. 물론 왕자니까 일은 전혀 안 해도 되었고. 그러니 행복하지 않은 게 오히려 이상했지. 하지만 본인은 전혀 그렇지가 않은 거야.

왕은 불행한 왕자가 이 나라를 다스리게 할 수는 없다는 걸 알았어. 지혜는 물론이고 행복조차도 없는 인물이었으니까. 왕이 왕자에게 더 많은 것을 줄수록, 왕자는 점점 더 슬퍼지기만 했어. 머지않아 왕까지 슬퍼지게 되었어.

"나도 그렇게 똑똑하진 않구나."

그는 이렇게 혼잣말을 했어.

"내 아들 하나 행복하게 만들어 주지 못하니."

아들을 위한 왕의 지혜도 거의 바닥이 나자, 왕은 다른 누군가의 도움을 청하기로 했지. 큰 상을 내걸고 전국 각지에 방을 써 붙였어. 누구든지 왕자를 행복하게 만들어 주는 사람에게는 자기가 죽은 다음에 왕위를 물려주겠다고 했어. 거기에는 이렇게 서명이 되어 있었지. '진정한 즐거움의 왕국의 왕'.

당연한 일이지만 어느 누구도 왕이 원하는 조언을 해 주진 못했어. 수백 수천 명이 와서 시도했지만 모두 실패였어. 그때 갑자기 왕에게 비극이 닥쳤어. 평소보다도 더 슬프던 어느 날 한밤중에 왕자가 사라져 버린 거야. 흔적 하나 없이 말이야. 상황은 더욱 악화되기만 했어. 왕은 자기 지혜에 대한 확신을 잃어버렸고, 당연히 왕이 하던 사업도 기울기 시작했지.

그렇게 왕자가 사라진 지 2년이 흘렀어. 때는 봄이었는데, 이젠 왕의 사업도 영 인기가 없어서, 그날도 단 한 명밖에는 조언을 구하러 오지 않았어. 왕은 문득 깨달았지. 자기가 조만간 망하게 될 거라는 사실을 말이야. 왕은 몸을 부르르 떨면서 조만간 백성들로부터 세금을 걷어야겠다고 생각했어.

'그래도 앞으로 한 달쯤은 버틸 수 있겠지.' 왕은 생각했어. '거처를 더 좁은 곳으로 옮기면 말이야. 이 성은 유지비가 많이 드니까. 아, 다음에 오는 사람은 좀 비싼 문제를 물어봤으면 좋겠군.'

그때 방문객이 왕을 만나러 왔다는 연락이 왔어.

"폐하, 이 젊은이가 행복에 대해 폐하께 조언을 여쭙고자 찾아왔습니다."

'좋아.' 왕은 생각했어. '행복에 대해 물어보고 싶은 고객이라 이거지.'

"가까이 오게나, 젊은이."

왕이 말했어. 약간은 탐욕스러운 목소리로 말이야.

"그래, 뭐가 문제인가?"

그 젊은이는 끔찍하리만치 불행해 보였어. 값비싼 옷을 입은 걸 보니 요금을 많이 물려도 되겠다는 생각이 들었지. '그런데 내가 도와줄 수 없으면 어쩐다?' 왕은 생각했어. 이미 왕 스스로도 자신의 능력에 대한 믿음을 잃은 다음이었으니까.

"자, 이 얘기가 어떻게 끝나게? 솔직히 동화란 건 다 엇비슷하잖아, 안 그래? 뭐? 모르겠다구? 알았어, 그럼 내가 결말을 이야기해 줄게."

그 젊은이가 말했어.

"폐하의 지혜로운 조언 덕분에 저희 아버지는 부유해지셨습니다. 이제는 제가 폐하의 조언을 얻으려고 합니다. 저는 모든 것을 다 가졌음에도 불구하고 여전히 불행합니다. 행복해지려고 노력도 해 보았습니다. 괜히 혼자서 껄껄 웃어 보기도 했구요, 매일 옷과 말과 보석을 새로 사 보기도 했습니다. 하지만 저는 아직도 행복하지가 않습니다."

왕은 속으로 웃었어. '그야 간단하지. 그냥 평소에 쓰는 행복에 대한 조언이나 던져 주면 되겠군.'

"알았네, 젊은이."

왕이 대답했어.

"하지만 맨 먼저 한 가지 약속을 해야 하네. 내가 자네에게 말해 주는 조언을 결코 남들에게 이야기하지 않겠다고 말일세."

"알겠습니다, 폐하. 약속하겠습니다."

"내 조언에 대해 큰 돈을 낼 준비는 되어 있겠지?"

"그렇습니다, 폐하. 염소 400마리 값이나 되는 금반지를 갖고 왔습니다."

왕은 자기 옷자락에서 행복에 관한 조언이 적혀 있는 작은 카드를 슬며시 꺼냈어. 왕은 혹시 주위에 다른 사람이 들을까 봐 결코 큰 목소리로 말하지 않았어. 그것도 사업상의 비밀이라면 비밀이었으니까.

왕이 그 카드 위에 적힌 글을 젊은이에게 들려 주자, 그 젊은이는 지금까지의 슬픈 삶에서 처음으로 미소를 지었어. 글은 이런 내용이었어.

☼

뭔가를 가지는 것은 좋지만, 그게 전부는 아니다.
삶의 가치를 얻는 것이야말로
행복해지는 길이며, 삶의 전부다!

☼

"이 말을 기억하게, 젊은이. 그리고 그 뜻을 이해하게. 행복은 아주 간단하다네. 이 세상에서 자네가 극복할 수 없는 것은 하나도 없으니 두려워하지 말게. 두려움이야말로 가장 추악하다네. 그 자체만으로도 불행과 비슷하거든."

왕은 이 말을 마치고 나서 젊은이에게 금반지를 달라고 했어.

"제가 한 가지 여쭤 보아도 되겠습니까, 폐하?"

"뭐든지 물어보게!"

왕은 약간 조급해하며 말했어.

"그런데 말입니다, 폐하의 아드님조차도 그 조언을 듣고 행복해지지 못했다면, 제가 어째서 요금을 내야 하나요? 결국 폐하의 조언도 소용이 없다는 뜻 아닙니까? 그런데 제가 왜 저의 가장 소중한 보물을, 이 반지를 드려야 합니까?"

왕은 이제껏 뭐든지 술술 대답했지만, 그 순간만큼은 아무 말도 못했어.

"폐하가 말씀이 없으시니 제가 한 말씀 드리지요. 방금 제게 주신 조언을 약간만 바꿔서 말입니다. 아마 폐하께시도 조언을 필요로 하실 것 같군요. 지금 불행하신 것 같으니 말입니다. 폐하의 얼굴에 그렇게 씌어 있거든요."

젊은이는 자기 옷소매에서 다른 카드를 하나 꺼내 왕에게 건네주었어. 그걸 보자마자 왕은 얼굴이 하얗게 질렸지. 왜냐하면 거기엔 이렇게 씌어 있었어.

☼

당신의 아들이 당신의 설교대로 실천하게 하시오!

당신의 아들로 하여금 당신이 이미 알고 있는 진리를 발견하게 하시오.

"뭔가를 가지는 것은 좋지만, 그게 전부는 아니다.

삶의 가치를 얻는 것이야말로

행복해지는 길이며, 삶의 전부다!"

왕자로 하여금 자기 삶의 가치를 얻게 하시오!

☼

왕은 고개를 끄덕이며 말했어.

"자네 말이 맞네, 젊은이. 나는 내 아들에게 너무 많은 걸 줬지. 자네의 아버지가 자네한테 한 것처럼 말일세. 내가 아들을 도로 찾을 수만 있다면, 난 자네가 지금 해 준 조언을 실천하게 할 걸세. 내 지혜로 보건대 자네의 말이 백번 옳으니까. 아들에게 너무 많은 걸 준 것은 크나큰 실수였어. 제발 우리 아들을 찾아서 내게 데려다 주게! 자네의 조언이라면 그 아이도 행복을 찾을 수 있을 걸세. 그러면 내가 가진 모든 것은 자네에게 물려주겠네."

"폐하, 저는 이미 그를 찾았습니다. 그는 이미 제 조언을 잘 알고 있고, 지금은 진정으로 행복하답니다."

그 젊은이가 대답했어.

왕은 그 이야기를 듣고 깜짝 놀랐지. 그리고 젊은이가 내놓은 금반지를 보고서야 어떻게 된 영문인지 깨달았어. 그 반지는 바로 자기가 아들, 그러니까 왕자에게 준 거였거든.

젊은이, 아니 왕자가 변장을 벗어던지고 말했어.

"예, 아버지, 바로 접니다. 당신의 아들이며 이 왕국의 정당한 후계자입니다. 이제 저는 행복뿐 아니라 아버지의 것을 물려받을 자격을 제 힘으로 당당히 얻어낸 셈입니다."

더 말할 것도 없이, 두 사람은 이후 오래오래 행복하게 잘 살았대.

리사는 이야기를 마쳤다. 토드는 이야기를 듣는 내내 그 의미를 생각해 보려 애썼다. 하지만 이야기가 끝났는데도 그 의미를 완전히 이해할 수는 없었다.

그날은 리사에게 있어 화려한 새 출발의 날이었다. 리사는 이제 슬픔을 잊었다. 그랜드 가의 아이들을 위한 진짜 계획을 세웠다. 그리고 동생에게 이야기를 해 주는 내내 정말 소중한 진리를 깨닫기도 했다. 리사는 지금 정말 행복했다.

글렌바드 계획은 완벽하게 실행되었다. 1월 1일 밤을 기해 그랜드빌은 유령도시가 되었다. 그곳에 살던 시민들, 그리고 그들이 지닌 소중한 보물들은 지구상에서 영영 사라져 버렸다.

아니, 얼핏 보기에 그렇다는 말이다. 뒤늦게 그곳을 습격한 치데스터와 엘름 연합군의 눈에 말이다.

글렌바드에서의 모든 전투는 곧 방어

글렌바드로의 이주는 출발 직전까지도 일급비밀이었다. 의용군 지휘관들을 제외하면 어느 누구도 이 대이동에 대해 알지 못했다.

이주하던 날 밤, 의용군 지휘관들은 잠든 아이들을 조용히 깨웠다.

"겁낼 것 없어. 오늘 밤에 아주 멋진 새 집으로 이사 가려는 거야. 우리랑 같이 가고 싶으면 물건들을 전부 챙겨서 질네 집 앞으로 나와. 대신 조용히 해야 돼. 찍 소리도 내면 안 돼!"

지휘관들은 이 명령을 아예 외우고 있었다. 아이들이 최대한 빠르게, 그리고 순순히 이 명령에 따르도록 해야만 했기 때문이다. 마침내 아이들이 모두 모이자 이들을 나란히 두 줄로 세운 다음, 트럭 양쪽에서 짐을 받아 짐칸에 실었다. 짐칸 아래쪽이 꽉 차자 아이들은 위쪽으로 올라탔다. 워낙 큰 트럭이어서 그랜드 가의 아이들이 전부 한꺼번에 타도 넉넉할 정도였다. 트럭은 아이들과 짐을 싣고 어둠 속에서 요새를 향해 출발했다.

글렌바드에 도착한 아이들은 아까와 마찬가지로 트럭 양 옆으로 늘어서서 짐을 건물 안으로 옮겼다. 어두컴컴한 학교 지하실에서 아이들은 조용히 리사의 이야기를 들었다.

"여기는 내가 만든 도시, 글렌바드야. 여기서 살려면 꼭 지켜야 하는 몇 가지 규칙이 있어. 규칙을 지키기 싫은 사람은 각자 집으로 돌아가도 돼. 굳이 여기 있으라고는 말 안 할 테니까."

리사가 다소 엄한 말투로 말했다.

"앞으로도 치데스터 갱단은 물론이고 다른 나쁜 놈들이 우리를 찾아다닐 거야. 우리의 식량을 빼앗기 위해서 말이야. 그러니 그놈들이 우리가 여기 있다는 걸 눈치 못 채게 해야 돼. 앞으로 2주 동안 우리는 이 도시를 요새로 만들기 위해 무척 열심히 일해야 해. 여기는 이제 성이 될 거고, 우리는 아주 조용하게 작업을 해야 돼. 바깥에서 보기에는 그냥 텅 빈 것처럼 보이게 말이야.

자, 그럼 앞으로 2주 동안 너희가 지켜야 할 규칙을 말해 줄게, 잘 들어! 우선 촛불을 비롯해서 그 어떤 불도 절대 켤 수 없어. 밤이 아니면 절대로 건물 바깥으로 나가서도 안 되고, 나가는 것도 어디까지나 특수한 임무를 지녔을 경우뿐이야. 창문처럼 바깥에서 너희를 볼 수 있는 장소에 가서도 안 돼. 그리고 소리 지르는 건 절대로, 정말로 안 돼. 항상 나지막이, 아니면 속삭여서 이야기를 하도록 해.

뭔가 요란한 소리가 나는 걸 만들거나, 소음이 생기는 일을 하려면 여기 지하 보일러실로 내려와서 해. 앞으로의 일과는 일단 여길 구경시켜 준 다음에 설명할게. 앞으로 2주 동안은 아마 지금까지보다 훨씬 더 힘들 거야. 놀 수도 없고, 소리를 낼 수도 없고, 실수를 해서도 안 돼. 적어도 우리가 작업을 마치기 전까지는 말이야. 하지만……."

리사는 마치 아이들에게 용기를 주려는 듯 이렇게 덧붙였다.

"일단 작업이 끝나면 이 새 도시를 전 세계에 보란 듯이 선전할 거야. 엄청 크고 화려하게 축하행사도 할 거고."

그날 밤, 아이들은 모두 조용하기만 했다. 누군가 중얼거리는 소리만이 나지막이 들려왔을 뿐이다.

이튿날 아침, 새로운 집에 햇볕이 가득 쏟아졌다. 아홉 시가 되자 리사와 질은 아이들에게 건물 곳곳을 구경시켜 주었다. 건물은 마치 누군가가 이미 바쁘게 일해서 지금처럼, 즉 자신들이 살 만한 장소로 바꿔 놓은 것처럼 보였다.

아이들은 엘린 호수가 보이는 서관 위층에 살기로 했다. 교실은 이미 작은 방들로 개조되었고, 바닥에는 매트리스가 깔려 있었으며, 창문에는 블라인드가 쳐져 있었다. 각 방마다 세면대와 물 한 양동이, 쟁반, 비누, 수건, 큰 거울이 마련되어 있었다. 각 방문에는 거기에 묵게 될 가족의 이름이 적혀 있었다.

질과 리사가 아이들에게 방을 정해 주었다. 모든 아이들은 각자 '가족' 밑으로 편성되었다. 질이 돌본 아이들은 네 명이 한 방씩 차

지해서 모두 네 가족으로 나뉘었다. 질은 친동생인 케이티, 미시와 한 방을 썼다.

이 건물은 앞으로 사오백 명, 아니, 어쩌면 그 이상의 시민을 수용할 수 있을 만큼 컸다. 하지만 지금 당장은 서른다섯 명뿐이었고, 그 숫자는 건물의 규모에 비하자면 정말 한줌도 안 되었다. 건물을 구경하는 동안, 질과 리사는 아이들에게 앞으로의 계획을 설명해 주었다.

“여기는 식당으로 쓸 거야. 식사는 전부 여기서 할 거야. 매일 열한 시하고 다섯 시에 말이야. 늦게 오는 사람 몫은 없어. 줄리랑 낸시, 앞으로 주방을 좀 맡아서 운영해 줄 수 있지?”

두 아이는 그러겠다고 했다.

“리사 바우저랑 캐리 미드는 요리랑 설거지를 도와주고. 알았지, 얘들아?”

두 아이 역시 리사의 제안을 승낙했다.

리사는 모두에게 도시 안에서 해야 할 각자의 임무를 정해 주었고, 그 임무는 앞으로 일주일에 한 번씩 열릴 회의에서 변화를 주기로 했다.

리사는 아이들에게 그곳을 자기 건물이라고 소개했다. 리사 스스로 말이다. 그 성은 자신의 사유재산이며, 나머지 아이들은 모두 손님으로 머무르는 것이라고 했다. 대신 아이들은 이 도시를 꾸려가기 위해 각자 뭔가 한 가지씩 일을 해야 했다. 리사는 아이들이 이곳에 머무르기를 원했고, 사실 아이들을 꼭 필요로 하고 있었다. 하지만 아이들은 규칙을 숙지해야만 했다. 이곳의 대우가 부당하다고 느끼는 사람은 언제든지 떠날 수 있었다. 그러나 리사는 일단 아이들에게 편안한 기분을 느끼게 해 주고 싶었다.

"머지않아 다른 아이들도 여기서 우리랑 같이 살게 될 거고, 그러면 우리의 일도 지금보다는 훨씬 수월해질 거야. 그 전까지는 많이 힘들겠지. 하지만 여기 있는 한 우리는 모두 안전해."

"여기는 우리 양호실이야."

질이 말했다.

"앞으로 여기는 내가 맡을 거야. 미시랑 케이티는 간호사 역할을 해 줄 거고. 어디가 조금이라도 아프면 미루지 말고 곧바로 찾아와야 해. 여기는 약도 많고, 내가 응급조치나 치료법을 열심히 공부하고 있으니까. 최대한 빨리 진짜 의사처럼 될 테니 안심들 해."

아이들은 그 새하얀 칠이 된 작은 방을 들여다보았다. 작은 침대 두 개에는 새하얗고 깨끗한 시트가 깔려 있었다. 한쪽에는 책장도 있었고, 창문 쪽에는 커다란 싱크대랑 요상하게 생긴 금속 장비가 놓여 있었다. 이 방은 원래부터 이 학교의 양호실로 사용되던 곳이었다.

아이들은 세 개의 교실이 있는 곳으로 갔다.

리사는 아이들을 교실에 모두 모여 앉게 하고 또 다른 규칙에 대해 설명했다.

오, 나의 스위트, 글렌바드!

"매일 아침 일곱 시까지 이 교실에 와야 해. 우선 주스랑 크래커를 먹을 거야. 그래야 배가 안 고플 테니까. 열 시부터 열두 시까지는 쉬는 시간이고, 그 사이에 각자 볼일을 보고 점심식사를 하면 돼. 열두 시부터 두 시까지는 수업을 할 거야. 수업이 끝나면 글렌바드를 진짜 도시로 만들기 위해 각자 맡은 일을 하는 거야. 거기에 대해서는 나중에 더 자세하게 얘기해 줄게. 교사는 크레이그가 맡고, 질이랑 나도 몇 가지 과목을 가르칠 거야. 대신 우리가 일하는 동안에는 줄리랑 줄리네 식구들이 보조교사가 되어 줘. 알았지, 얘들아?"

아이들이 고개를 끄덕이자, 리사는 크레이그에게 앞으로 나와서 이야기하라고 손짓했다.

크레이그는 원래 사람들 앞에서 말하기를 좋아하지 않았지만, 그래도 자신이 교사 일을 새로 맡게 되었다는 것만큼은 신이 나는 모양이었다. '이것도 농장을 운영하는 것 못지않게 재미있겠어. 의용군 사령관 노릇보다는 당연히 더 재미있을 거고.' 크레이그는 속으로 이렇게 생각하고 있었다.

"우선 아침에는 말이야." 크레이그가 자신의 학생들을 향해 이야기하기 시작했다. "생존기술 수업이 있어. 리사랑 질, 그리고 내가 가르칠 거야. 너희들은 요리, 응급처치, 기초적인 농사법, 야영 방법 같은 걸 배울 거야. 제일 어린 아이들은 질이 가르칠 거야. 그러니 다섯 살 밑으로는 이 교실에서 질하고 같이 공부하면 돼. 오후에는 특별고급반을 운영할 거야. 이름이 좀 웃기게 들릴지도 모르지만, 이제 우리도 각자 직업을 가질 준비를 해야 하는데, 특별고급반에서 그 준비를 할 거야. 가령 농사, 의학, 교육, 군사, 기계, 건축 등에 대해서 말이야.

모두들 이 도시에서는 한 분야의 직업을 가져야 해. 아침 수업 시간에 선생님들이 어떤 걸 선택하는 게 좋을지 상담해 줄 거야. 오후 수업은 앞으로 한 달쯤 뒤에나 시작할 거니까, 그때까지 각자 결정하면 돼. 다른 질문 있는 사람?"

아무도 질문하지 않자, 그레이그는 자리에 앉았다.

"아, 맞다."

크레이그는 한 가지를 더 기억해 냈다.

"이번 주에는 모두들 매일 점심식사 후에 '전략실' 에 와서 상황 보고를 해 줘. 계획해야 할 게 많아. 특히 방어에 관해서 말이야."

"그런데 '전략실' 이라는 게 뭐야?"

케이티가 물었다.

"아, 그건 좀 있다 직접 가 보면 알아."

질이 말했다.

'전략실' 은 칠판이며 글렌엘린의 지도가 잔뜩 걸려 있어 약간 특이하게 보였다. 한쪽 벽에는 글렌바드 외부의 사진과 그림이 걸려 있었고 긴 탁자 위에는 이 건물의 내부를 그린 평면도가 놓여 있었다. 위에서 본 평면도여서, 각각의 복도와 벽으로 나뉜 구조를 한눈에 볼 수 있었다. 탁자 위의 지도에는 40개의 장난감 병정이 놓여 있었다. 이제는 찰리가 새로운 의용군 사령관이었다.

"전략이란 건 말이지."

케이티의 질문에 대해 찰리가 답변하기 시작했다.

"결국 계획이라는 거야. 이 방에서 전투를 어떻게 해야 할지를 미리 생각해 보고, 가장 효과적인 방법으로 전투를 치르는 거야. 탁자 위에 장난감 병정 보이지? 자, 일단 적군이 이쪽에 있는 문을 통해서 우리 건물 안으로 쳐들어왔다고 쳐."

소년은 도면의 한 지점을 가리켰다.

"우리는 여기다가 적을 막기 위해 장난감 병정을 둘 거야. 우리 병력을 어느 위치로 움직여야 이 상황을 잘 다룰 수 있는지 결정하는 거지. 지도랑 칠판이랑 다른 도구를 써서 수백 가지도 넘는 전략을 세울 수 있어."

찰리는 또 덧붙였다.

"토드 넬슨, 스티브 콜, 케빈, 그리고 케빈네 식구 셋이 앞으로 내 밑에서 지휘관으로 일할 거야. 자, 이젠 이해가 됐지?"

찰리는 마치 진짜 군인이라도 된 듯 절도 있게 질문이 더 있느냐고 물었다. 찰리는 전쟁영화를 엄청 많이 본 게 틀림없었다. 아이들은 모두 찰리의 말뜻을 이해했다. 케이티가 손을 들고 질문했다.

"듣고 보니 무슨 놀이 같아. 나도 언제 한 번 해 봐도 돼?"

"전쟁은 놀이가 아니야!"

거친 성격의 신임 사령관이 화가 난 듯 대꾸했다. 질과 리사는 아이들을 전략실에서 도서관으로 데려갔다.

"이곳의 도서관에 있는 책들은 너희보다 나이 많은 애들을 위한 것들뿐이야. 그래서 조만간 글렌엘린 도서관으로 가서 아동서적을 모조리 가져올 생각이야. 지금 도서관으로 배정된 방은 여섯 개나 되니까, 다른 도서관에서도 가져온 책들을 충분히 보관할 수 있어. 우리 생각에는 이거야말로 언젠가 우리 도시에서 가장 중요한 부분이 될 것 같아. 일단 도시가 건설되고 나면 밤에도 촛불을 켤 수 있을 거야. 그러면 너희들도 저녁마다 자유 시간에 와서 책을 볼 수 있어. 아, 그리고 줄리 밀러랑 그 집 식구들이 도서관 운영을 맡기로 했어."

다음으로 아이들은 놀이방을 구경했다. 물론 아직은 놀이방처럼 보이지 않았다. 지휘관들은 지금은 비록 장난감 몇 개가 고작이지만, 일단 글렌바드가 완성되고 나면 방 전체를 장난감으로 채워 주겠다고 약속했다. 놀이방 운영은 셰릴 콜이 맡기로 했다.

아이들은 다른 방들도 둘러보았다. 식당 옆의 방 세 개는 식품창고였고, 생필품 창고도 두 개 있었다. 어떤 방에는 문에 커다란 나무 빗장과 자물쇠가 몇 개씩이나 달려 있었다.

"여기에는 총이랑 폭탄 같은 걸 보관할 거야."

질이 말했다.

앞으로 더 다양한 종류의 방을 만들 거라고도 했다. 자동차 수리 공구를 보관하는 자동차실, 목공 기술을 배울 목공실, 요리를 배울 주방 같은 곳들을 말이다.

글렌바드에서 처음 먹는 아침 열한 시의 식사는 줄리와 낸시(머지않아 자기들이 만든 음식은 물론이고, 요리 자체에 진저리를 치게 될)가 만들었다. 메뉴는 수프와 분유였다. 점심식사 후에 리사, 질, 크레이그, 이렇게 세 명의 지휘관들은 다른 아이들에게 오늘 해야 할 일을 정해 주었다.

"한시도 허비해서는 안 돼."

지휘관들이 말했다.

리사와 질은 이미 충분한 준비를 해 두었다. 아이들은 두 소녀가 이곳으로 완전히 옮겨 오기 전부터 밤마다 와서 열심히 준비했음을 깨닫게 되었다. 그 덕분에 글렌바드는 이미 어느 정도 아늑한 보금자리가 되어 있었던 것이다.

오후 여섯 시가 되자 글렌바드 시민들은 모두 온몸이 쑤셨다. 그러나 한편으로는 새로운 집이 생겼다는 사실에 신이 나고 행복했다.

"자, 지금부터는 다들 조용히 해. 이제 잘 시간이야. 절대 촛불을 켜면 안 돼!"

리사는 각 방을 돌며 확인해 보았다. 아이들은 마치 파자마 파티라도 하는 듯 들떠 있었다. 여기저기서 신이 나서 소곤거리는 소리가 들렸다. 리사는 잠자리에 드는 대신 각 방의 지휘관들과 따로 이야기를 나누었다.

"아이들이 규칙을 잘 이해했겠지? 우리 목숨은 완벽한 침묵과 비밀을 지키는 데 달려 있다는 사실을 말이야. 이제는 너희들이 각 방을 맡아서 잘해 줄 거라고 믿어. 혹시 뭐가 잘못되면, 제아무리 사소한 거라도 곧장 나한테 와. 내가 아침에 다시 올 때까지는 아무도 침대에서 못 나오게 잘 단속해 줘."

그리하여 바깥에서 볼 때 글렌바드는 여전히 텅 비고 오래된 고등학교 건물에 불과했다. 누군가 살고 있다는 흔적은 전혀 없었다.

물론 아이들이야 몰랐지만 글렌바드에는 밤에도 불이 켜진 곳이 딱 한 군데 있었다. 종탑의 작은 방이 그곳이었다. 그 방에서는 작은 촛불이 타오르고 있었고, 빛이 바깥으로 빠져나가지 못하도록 방안 곳곳에 장치가 되어 있었다. 창문과 복도 쪽 문에는 나무판자를 덧댔고, 가장자리는 검정색 테이프로 메운 것이다. 그야말로 봉인된 방이나 마찬가지였다. 마치 관 속처럼 좁고도 깜깜한 방이었다.

이 비밀의 방은 글렌바드의 운영위원회실이었고, 그 안에서는 앞으로도 수많은 밤 동안 촛불이 타오를 것이었다. 또한 바로 이 방에서 열릴 무수히 많은 회의를 통해 이 도시의 미래가 윤곽을 드러낼 것이다.

촛불이 너울거릴 때마다 작은 탁자 주위에 둘러앉아 소곤소곤 이야기를 나누는 세 명의 지휘관들의 얼굴에 드리워진 그림자가 흔들렸다. 이 회의를 주재한 사람은 리사였다. 오늘도 문제는 늘 골칫거리였던 방어계획이었다.

"내가 보기에 제일 먼저 해야 할 일은 이 건물을 봉인해서 아무도 들어오지 못하게 하는 거야. 모든 문과 창문 안쪽에 튼튼한 철제덮개를 달아야 해. 내가 보니까 체육관하고 화장실 문이 전부 나무로 만들어져 있더라. 거기부터 시작해야 될 거야."

"그래, 맞아, 리사."

크레이그가 말했다.

"자동차실에 용접도구도 있더라. 우리 엘리엇 삼촌이 용접기사셨는데 내 기억에는 전기가 없어도 할 수 있었던 것 같아. 토치 끝에다 불만 붙이면 통에서 가스가 나오거든. 거기 보니까 가스통도 많더라."

하지만 리사는 그게 무슨 말인지 얼른 깨닫지 못했다.

"그걸로 뭘 한다는 거야, 크레이그?"

리사가 물었다.

"뭐냐면, 우리가 그 쇠문을 철제 창문틀에 용접할 수 있다는 거야. 용접이야말로 가장 단단히 붙이는 거 아니겠어?"

크레이그가 설명했다.

"쇠창살이 있는데도 굳이 그걸 해야 할까?"

질이 물었다.

"창문을 모두 막아 버리면 너무 어두울 것 같은데? 그건 솔직히 마음에 안 들어."

"지금 당장은 맘에 들고 안 들고가 중요한 게 아니야."

크레이그가 말했다.

"쇠창살만 있으면 창살 사이로 화염병을 던질 수도 있고, 우리의 움직임을 엿볼 가능성이 있으니 안전하지 않아."

"내 생각엔 크레이그 말대로 하는 게 좋을 것 같아."

리사는 이렇게 말해 놓고 잠시 뭔가를 생각했다.

"그런데 생각만 해도 막막한걸. 이 건물에만 해도 창문이 아마 천 개는 넘을 텐데."

리사는 다시 생각에 잠겼다.

"그럼 일단은 1층만 하면 어떨까? 그러면 위층에는 빛이 들어올 테니까. 위층은 우리의 방어 계획으로도 충분히 지킬 수 있을 거야. 마지막 순간까지 밖에서 보기에 아무런 변화도 없어 보여야 해. 크레이그, 그러면 일단 준비를 모두 해 놓는 게 어때? 창문 크기에 맞춰서 전부 다 잘라 놓았다가, 마지막 날 밤에 창문에 달 수 있게 말이야."

"응. 그렇게 하면 되겠다."

"그래, 그럼 상황을 확인해 보고, 내일 저녁에 우리한테도 알려 줘."

아이들의 계획은 매우 치밀했다. 아이들은 할 수 있는 한 모든 가능성을 고려해 보려고 애썼다. 그랜드빌에서 겪은 실수가 항상 언급되었다. 이번에는 모두들 확실히 하고 싶었던 것이다. 노력한 만큼 방어 계획은 서서히 꼴을 갖춰가고 있었다. 그것은 매우 복잡하고도 기발했다.

“나폴레옹도 아마 우리한테서 한 수 배우려고 할걸?”

크레이그조차도 어느 날 이렇게 말 할 정도였다.

아이들은 호수길 쪽 언덕 밑으로 비밀 지하통로를 파기로 했다. 찰리가 기르는 개들은 이 계획에서 중요한 역할을 맡았다.

“조만간 우리한테 상황보고를 해 줘. 그리고 개들이 완전히 훈련될 때까지는 여기 데려오면 안 돼. 공항에 가서 훈련시키도록 해. 가능하면 우리에 넣어서 이동하고.”

리사는 도시가 완성되기 전에 개 짖는 소리가 여기서 흘러나가면 낭패라고 생각하며 이렇게 말했다. 하지만 뭐니뭐니 해도 방어계획의 핵심은 옥상 경비였다. 옥상에는 항상 10여 명의 보초가 근무하기로 했다. 검은 옷에 검은 마스크를 쓰고, 한 사람당 200미터를 담당하는 것이다. 각 초소 근처에는 작은 창고를 하나씩 만들어, 그 안에 총과 탄약, 그리고 백여 개의 화염병을 보관하기로 했다.

평평한 옥상을 빙 둘러싼 벽돌담은 완벽한 방패 구실을 해 주었다. 심지어 진짜 성처럼 총을 놓기 편하도록 담에 홈도 파여 있었다. 높이도 보초를 보호해 주기에 안성맞춤이었다. 담 뒤에 서면 밖에서는 머리만 비쭉 솟아나와 보였다. 옥상에는 벽돌과 유리조각, 모래를 담은 종이봉지를 쌓아둘 예정이었다. 적이 공격해 올 경우에는 한쪽 구석에 놓인 판자 선반으로 달려가서 벽에 달라붙은 적군에게 미사일을 발사할 수 있게 말이다.

아이들은 대규모 공격을 당할 때를 대비해 아주 위험한 무기를 고안하기도 했다. 각 초소 바로 옆에 놓인 기름통이 그것이었다. 기름을 바로 끓여서 통을 들고 지붕 테두리를 따라 죽 부으면, 벽을 타고 올라오는 대담한 적의 머리 위로 끓는 기름이 쏟아지는 원리다.

보초는 밤마다 자기가 맡은 초소에서 30분에 한 번씩 밖으로 돌을 던져야 했다. 개들이 그 소리를 듣고 날뛰거나 짖으면 아무 일도 없다는, 다시 말해 아래쪽의 네 발 달린 보초들이 경계를 늦추지 않고 있다는 뜻이었다.

하지만 이것은 글렌바드의 전체 방어계획 가운데 극히 일부분에 불과했다. 글렌바드의 깃발이 걸려 있고, 도시 전체가 긴장을 늦추지 않는 한, 그 어떤 것도 이들을 해치지 못할 것처럼 보였다. 아이들은 공격을 하지 않고도 자신의 집을 지킬 수 있었다. 이곳에서의 모든 전투는 곧 방어였다.

글렌바드의 몇몇 시민들은 밤이 되면 미끄러지듯 요새에서 빠져나와 글렌엘린의 비밀장소로 움직였다. 그리고 생필품을 운반하거나, 빈 집을 털기도 하고, 훈련을 하는가 하면 정탐을 하기도 했다. 임무를 맡은 아이들은 언제나 조용히 움직였다.

그렇게 한 주가 지났지만, 그 오래된 고등학교 건물은 여전히 텅 빈 것처럼 보였다. '도대체 그랜드 가 애들은 전부 어디로 간 걸까?' 다른 동네 친구나 적 모두가 궁금해했다.

한편 글렌바드에도 수수께끼 같은 일들이 연이어 일어나면서, 시

글렌바드를 지켜라!

① 철문 용접하기

② 미사일 준비

③

④

⑤ 우리는 글렌바드 시민이니까!

민들을 모두 궁금하게 만들었다.

"어, 이상하다? 여기 있던 모래더미가 어디로 사라진 거지? 어제만 해도 제재소 앞에 쌓여 있었는데."

"이것 좀 봐! 누가 도서관에 왔다 갔나 봐. 여기 좀 봐, 이쪽 서가가 거의 텅 비어 버렸잖아."

"어젯밤에 밖에서 무슨 소리가 들리나 싶더니, 어디서 또 개들이 짖더라고. 무서웠어. 한두 마리도 아니고 수백 마리가 한꺼번에 짖는 것 같은 게……."

운영위원회는 여전히 밤마다 모임을 가졌다.

"이러다간 계획대로 일정을 맞출 수 없겠어."

글렌바드로 이사한 지 2주째 되던 날 밤, 리사가 불평했다.

"찰리, 개 훈련시키는 건 어느 정도 진척이 있긴 있는 거야?"

"어, 그런 것 같긴 한데, 사실 지난 나흘 동안은 전혀 할 수가 없었어."

찰리가 리사에게 설명했다.

"눈이 와서 길에 쌓였잖아. 길에 발자국을 남기면 적들이 알아차릴까 봐 훈련을 못했어."

"정확한 판단이야."

리사가 화난 얼굴을 풀고 찰리를 칭찬했다.

"네가 그런 생각까지 하다니 대단한데! 맞아, 기회는 한 번뿐이야. 절대로 실수를 저질러서는 안 돼."

리사는 곧 새로운 논의거리를 꺼냈다.

"내가 어젯밤에 생각한 게 있어. 여기에는 안전한 공간이 넉넉한데, 우리들의 숫자는 그냥 한줌 정도밖에 안 돼. 게다가 할일은 많은데 일손이 너무 부족하고. 이 건물에 더 많은 사람들이 모여 살면 훨씬 더 안전할 거야."

"요점만 딱 말해, 리사."

크레이그가 말했다. 소년은 지쳐 있었다. 긴 하루였기 때문이다.

"알았어."

리사는 크레이그를 똑바로 보며 말했다.

"요점은 우리 글렌바드를 어린이 가족들로 가득 채워야 한다는 거야. 우리 요새의 일부분을 다른 아이들에게 빌려 주는 거지."

"이런, 이런, 쟤 또 시작이다."

크레이그가 질에게 말했다.

"난 감당 못하겠어. 그냥 자러 갈래."

"가지 말고 기다려 봐. 중요한 얘기야."

리사가 단호히 말했다. 질은 가만히 자리를 지키고 있었다.

"너도 알다시피 우리는 정말 특별한 걸 갖고 있잖아. 안전한 장소 말이야. 그러니 글렌바드가 완성되면 글렌엘린 곳곳을 다니면서, 아이들에게 이곳에 오면 편하게 잘 살 수 있다고 이야기하는 거야. 만일 우리가 정한 규칙을 따르고, 우리의 일을 분담할 생각이 있는 애들이면 얼마든지 받아들일 수 있다고 하고."

"맞아."

질이 뭔가 깊이 생각하는 듯 하더니 입을 열었다.

"네 말이 맞는 것 같아, 리사. 아니, 확실히 맞아. 그렇게 되면 일이 얼마나 쉬워지겠니? 줄리랑 낸시가 요리하는 걸 도와주는 사람도 생길 거고 말이야. 걔들은 요새 진짜 힘들어하고 있어. 하긴 우리 모두 마찬가지지만……. 그리고 친구들이 늘어나면 새로운 아이디어도 많이 나올 거고, 어쩌면 적이 줄어드는 것일 수도 있겠지."

리사가 바로 그거라는 듯 빙긋 웃었다.

"걔네들이 우리랑 여기서 같이 살면 굳이 갱단에 들어갈 필요가 없을 테니까."

"좋아. 하지만 그건 보통 문제가 아니야."

크레이그는 여전히 탐탁잖아 하고 있었다.

"분명 새로 온 아이들로 인해 골치 아픈 문제가 생길 거야. 그중에 스파이가 한 명도 없을 거라고 장담할 수 있겠어? 우리가 정한 규칙이며 체계에 대한 불만은 또 얼마나 많겠어? 그중 몇몇이 우리를 몰아내고 여길 차지하면 어쩔래? 그리고 절대 잊지 말아야 할 건 뭐냐면, 사람이 많아지면 먹을 것도 더 많이 필요하다는 거야."

스파이에 대한 지적은 크레이그의 말이 맞았다. 리사 역시 그 생각을 했었다. 하지만 리사는 여전히 자신의 생각을 밀어붙였다.

"그 문제에 대해서는 나도 한참 생각해 봤는데, 이렇게 하면 어떨까? 우선 새로 들어온 아이들한테는 우리의 규칙을 목록으로 만들어서 주는 거야. 일종의 계약서라고 할 수 있겠지. 거기에 서명을 하도록 하는 거야. 마치 시민권 증명서를 발급받는 것처럼 말이야.”

“내 생각에는 우선 우리가 잘 아는 애들만 가족으로 받아들이는 것이 좋을 것 같아. 그래야 더 안전하지. 그나저나 글렌바드에 몇 명까지 받아들일 수 있다고 생각하는 거야, 리사?”

질이 물었다.

“글쎄.”

리사는 조심스럽게 대답했다.

“처음에는 아주 적은 수만 받는 것으로 시작해야 할 거야. 그래야 무슨 문제가 생기는지 확인할 수 있을 테니까. 우리가 일단 세 가족을 받아들인다고 하면, 기껏해야 열댓 명도 안 되겠지. 그 정도면 시험용으로는 딱이라고 봐. 거기서 점차 수를 늘려 나가는 거지.”

크레이그는 리사의 말에 약간 안심을 한 듯했다. 불만스러워하던 표정이 누그러진 것이다. 리사도 그걸 확인하고 계속 자신의 계획에 대해 말했다.

“우리 글렌바드의 내부 배치를 나름대로 계획해 봤어. 내 계산으로 우리 도시는 800명 정도 더 수용할 수 있을 것 같아.”

크레이그는 그 말을 듣자마자 자리에서 벌떡 일어나 소리를 지르며 결국 밖으로 나가 버렸다.

“800명이라고? 맙소사!”

마치 큰 소리로 욕이라도 하는 것 같았다.

"재 정말 화 났나 봐, 리사."

질이 일어나 크레이그를 따라가려고 했다.

"질, 그냥 놔둬. 크레이그의 진짜 문제는 다른 데 있는 것 같아. 안 그래도 요즘 좀 별나게 행동한다 싶었거든. 이런 말 하긴 싫지만, 재는 여기 있는 게 불만인가 봐. 어쩌면 아직도 그놈의 농장 생각에 푹 빠져 있는지도 모르지!"

질과 리사는 리사의 새로운 아이디어에 대해 자세히 의견을 나누었다. 일단 가능성은 무궁무진해 보였다.

"도시가 완성되면 밖에 나가서 몇몇 가족들과 이야기해 보자. 세 가족 정도 모으면 우선 시험용으로는 충분할 거야."

"그래, 하지만 크레이그한테는 너무 뭐라고 하지 말자. 일단 기다렸다가 걔가 스스로 관심을 갖게 해 보자. 가족이 늘면 결국 농사지을 사람도 늘어난다는 뜻이니까."

두 소녀는 한동안 말없이 촛불만 물끄러미 바라보며 이 새로운 계획에 대해 생각했다. 마침내 질이 침묵을 깨고 리사에게 조심스레 물었다.

"리사, 그런데 너는 왜 여기를 네 도시라고 하는 거니? 왜 너의 재산이라고 말하는 거야?"

"그거야 그게 사실이니까. 여기 처음 온 날부터 내가 말하지 않았던가?"

"하지만 우리도 여길 만드는 데 한 몫씩은 했어, 안 그래?"

질이 주장했다.

"안 그래도 애들이 요즘 널 두고 이기적이라는 둥 뒷말이 많아. 여기를 네 소유라고 말하는 건 옳지 않다는 거야. 이 도시는 결국 우리 모두의 것이라고 생각하니까."

"내가 이기적이라고? 그래, 어쩌면 그게 사실일 수도 있지. 하지만 너희가 분명히 기억해 둬야 할 게 있어. 여긴 내가 발견한 거야. 그냥 버려져 있었던 곳을 내가 발견하고, 계획을 세우고, 내 물건들을 가져다 채웠고, 지금은 내가 운영하고 있어. 하지만 어느 누구도 내가 하는 일을 대신 하겠다고 나서지 않았잖아, 안 그래? 크레이그는 그놈의 농장인지 뭔지에 가고 싶어 난리고. 너 역시 언젠가 여길 나가서 네 나름대로 병원을 열겠지. 그런 게 바로 소유권 아니니? 넌 그럼 크레이그가 자기 농장을 갖고 싶다고 해서 이기적이라고 할 거니? 걔가 자기 농장에서 기른 농작물을 갖다 판다고 해서 걔가 이기적이라고 할 거야? 아, 질. 처음에는 나도 소유권 같은 게 아무 의미 없다고 생각했어. 하지만 글렌바드가 공동의 소유가 된다면 우리는 대표회의를 열어서 매사를 투표로 결정해야 할 거야. 그러면 상황은 더욱 나빠지기만 할 거고."

"나빠진다고? 어떻게 그렇게 생각할 수 있지, 리사? 투표란 좋은 거야. 어떤 중요한 일을 결정하는 데 있어 모두가 의견을 보탤 수 있다는 건 공평한 거 아니니? 너… 생각하는 게 정말 이상하구나?"

리사는 질이 준 모욕을 무시해 버리고 계속 말했다.

“그럼 넌 내가 기껏 찾아낸 생필품을 다짜고짜 공동 재산으로 하고, 그 물건들이 어떻게 쓰이는지도 모르는 게 공평하다는 거니? 그럼 만약에 아이들이 차에 대한 내 권리마저도 빼앗으면? 내가 기껏 다른 애들한테 운전하는 법까지 가르쳐 줬는데?”

리사는 흥분하기 시작했다.

“질, 네가 나누는 걸 좋아한다는 건 나도 알아. 하지만 만사가 네가 원하는 대로 흘러가지는 않아. 오히려 누구의 재산을 어떻게 나눌 건지를 놓고 말다툼만 하게 될 거야. 모두들 뭘 어떻게 나눌지에 대해 목소리를 높이다가 정작 중요한 일은 하나도 못하겠지. 누가 뭐라든 나는 이 도시를 소유하고 있다고 주장할 거고, 어느 누구에게도 여기 남아 달라고 애걸하진 않을 거야. 너뿐 아니라 다른 누구한테도. 그건 각자의 자유니까. 나는 걱정과 책임을 기꺼이 받아들일 준비가 되어 있어. 하지만 질서를 만들고 지키는 사람은 바로 나야, 알겠어?”

리사는 약간 화까지 내고 있었다.

“나보고 이기적이라고 하고 싶으면 마음대로 해. 하지만 이 도시는 어느 누구에게도 넘겨줄 수 없어. 대표회의건 뭐건 간에 말이야. 너도 한번 생각해 봐. 네가 병원을 차렸다고 쳐. 너의 아이디어와 판단, 그리고 노력으로 센트럴 듀페이지 병원 같은 곳을 세운 거야. 그런데 네가 고용한 사람들이 갑자기 너를 도와주겠답시고 대표위원회를 만드는 거야. 그때 네가 병원을 위한 뭔가 대단하고, 획기적이고, 신나는 계획을 하나 생각해 냈다고 쳐. 그런데 사람들은 오히려 너보고 정신이 나갔다는 거야. 그러고는 투표를 하자고 해서 너에게서 병원을 빼앗아 버린다면? 만일 투표에서 10대 1로 네가 졌다고 하더라도, 그걸 공평하다고 할 수 있겠니?"

"하지만 리사, 이건 좀 달라. 세상에 도시를 자기 소유로 한 사람은 없어. 도시는 너무 크고 복잡하기 때문에 도저히 한 사람이 운영할 수는 없잖아."

"네가 그런 생각을 한다는 게 잘못이라는 거야. 우리 아빠가 개인이 소유한 도시에 대해서 얘기해 준 적이 있어. 그 도시 사람들은 다른 사람들보다 훨씬 더 열심히 일한대. 왜냐하면 자유를 제한하는 사람이 딱 한 사람이기 때문이야. 대표회의니 뭐니 하는 것도 없고, 투표를 통해 개인의 물건을 빼앗아 가지 않는 거지. 주인이 도시를 잘 꾸려가지 못하면 사람들은 그냥 떠나 버리면 그만이니까. 우리 주위에서도 전염병이 처음 돌기 시작할 때쯤부터 그런 도시들이 만들어지기 시작했어. 어딘가에는 완전히 그런 식으로 운영되는 나라도 있다고 들었어. 잡지에 나왔었는데, 이름이 뭐더라… 그래, 미네르바라는 곳이래. 미네르바 공화국*."

"그래, 하여튼."

---

*미네르바 공화국 : 1972년 오세아니아의 인공섬에서 시도했던 초소형 국민체다.

질은 굳이 논쟁을 계속하고 싶지 않은 눈치였다.

"네가 여기를 '나의 도시' 라고 부르면 앞으로도 계속 문제가 생길 거야, 리사."

리사는 한참 생각한 뒤에 말했다.

"뭔가를 나누는 것보다는 자유가 훨씬 더 중요한 거야, 질. 여기는 내 도시야. 내가 발견하고 고안해서 만든 도시라고. 그렇기 때문에 나는 뭐든지 내가 최선이라고 생각하는 방식으로 할 자유가 있어."

리사는 잠시 멈췄다가 이렇게 덧붙였다.

"그리고 만약 네가, 아니면 크레이그나 다른 누구라도, 그게 싫으면 너희가 지닌 자유를 사용하면 돼. …그냥 떠나면 되는 거라고."

질은 물론 글렌바드를 떠나지 않을 것이다. 적어도 앞으로 한참 동안은 말이다. 하지만 질은 리사의 마지막 말을 듣자마자 리사를 혼자 두고 나와 버렸다. 아까 크레이그가 그랬던 것처럼 질도 화가 난 것이다. 물론 크레이그만큼 리사에 대해 비판적이었던 것은 아니지만 말이다.

'재는 왜 저렇게 고집이 센지 몰라. 두고 보라지. 분명 후회하게 될 테니까!'

하지만 후회하는 쪽은 리사였다. '넌 왜 이렇게 멍청하니, 리사? 그냥 '우리 도시' 라고 하면 애들도 좋아할 거 아니야? 살짝 다르게 부른다고 해서 네가 당장 결정권을 잃어버리는 것도 아니잖아. 세상을 되돌리고 싶다면, 바로 이 도시부터 제대로 세워야 해.' 스스로 자책하는 동시에 리사는 자신이 해야 할 일을 분명히 깨닫고 있었다. 아이들에게 다른 어디에서도 찾을 수 없는 무언가를 보여주어야 했다. '진정한 즐거움의 왕국처럼 말이야.' 리사는 토드에게 들려 주었던 이야기를 떠올리며 미소를 지었다.

'글렌바드 시민이 되기 위한 일종의 계약서를 쓰도록 하는 게 낫겠어. 지금 당장! 이놈의 대표회의인지 뭔지가 걷잡을 수 없이 되기 전에 말이야.'

그리하여 리사는 당장 몇 시간에 걸쳐서 새로운 도시의 헌법을 작성했다.

리사는 글을 다 쓰고 나서 촛불을 바라보며 생각했다. '모런 선생님이 보셨으면 절대로 A는 안 주셨겠네.' 문득 학교 다닐 때의 기억이 떠올랐다. 어쩐지 아주 오래 전 일처럼 느껴졌다. 부모님의 얼굴은 물론이고 그랜드 가에 있는 집조차도 쉽게 떠오르지 않았다. 좀 더 선명하게 머릿속에 떠올려 보려고 했지만 소용이 없었다. 모든 게 너무 멀고 흐릿하게만 보였다.

하지만 과거에 연연해 슬퍼하기만 할 리사가 아니었다. 리사에게는 과거보다 앞으로의 일들이 더 흥미로웠다. 눈 앞에는 언제나 새로운 문제가 나타났고, 또한 새로운 해결 방법이 나타났다! 리사에게 인생은 마치 그 현명한 왕이 한 말과 같았다.

"삶의 가치를 얻는 것이야말로 행복해지는 길이며, 삶의 전부다!"

복도에는 벌써 햇빛이 가득했지만, 종탑 방에 있는 리사는 아침이 밝아 온 것도 모르고 있었다. 또 다른 하루를 맞이하기 전에 리사는 팔에 얼굴을 묻고 잠시 쉬고 있었다. 리사가 밤새 끄적인 종이 위에는 리사의 머리카락이 지친 듯이 늘어져 있었다.

글렌바드 헌법은 주로 자유에 대해 다루고 있었다. 그 내용에 따르면 시민은 본인이 원한다면 언제든지 떠날 수 있었다. 아무것도 빚진 것 없이 자유롭게 말이다. 하지만 함께 사는 동안에는 규칙을 지켜야 한다. 규칙이란 이런 것이다. 모든 시민은 한 가지 직업을 선택해 일해야 하며, 어떤 직업을 가질 것인지는 양측, 그러니까 리사와 시민 간의 합의로 결정한다. 대표회의를 만들지는 않을 것이다. 이 도시는 리사의 소유니까. 물론 리사는 다른 아이들의 조언을 받아들이고, 최대한 공평하게 일을 처리하기 위해 노력하겠지만, 최종적 권한은 리사 자신이 가지기로 했다. 대신에 시민들 간의 분쟁에 대해 판정을 내리고, 거기에 도움을 줄 수 있는 일종의 고문회의를 구성할 생각이었다.

이 헌법에서 가장 중요한 부분은 바로 마지막 조항이었다.

"어떤 목적에서든지 다른 사람을 향해 무력을 사용하는 것은
글렌바드의 법률을 위배하는 행위다."

글렌바드의 개척자인 시민들 중 상당수는 이 헌법을 그리 탐탁해하지 않았지만, 결국은 모두 여기에 서명했다. 아이들 역시 리사가 만들어 낸 이 도시보다 더 나은 장소를 알지 못했던 것이다.

1월 16일 밤, 그동안 텅 빈 것으로 보였던 옛 학교 건물이 갑자기 활기찬 생명을 되찾았다. 위층 창문에는 환하게 불이 밝혀졌고, 지붕에서는 신나는 합성과 웃음소리가 울려 퍼졌다. 열댓 개의 횃불이 지붕에서 활활 타올랐다. 우렁찬 나팔소리가 울려 퍼지자 건물 바깥을 지키던 백여 마리의 개들이 요란하게 짖어댔다.

글렌바드가 보이는 숲 속에서 몸을 숨긴 채 이를 지켜보던 아이들은 언덕 위에서 불어오는 바람에 팝콘 냄새가 실려 오자, 이게 꿈인지 생신지 알 수가 없었다. 파티를 하는 모양인지 딱총 터지는 소리가 요란했다. 달을 향해 쏘아 올린 폭죽은 멀리 호수까지 날아가 떨어졌다.

글렌바드 시민들은 이번 축하행사가 그랜드빌의 첫 번째 공휴일보다 더 재미있었다고 입을 모았다. 이유야 많았지만 무엇보다도 그때보다 훨씬 더 축하할 거리가 많았기 때문이다. 서로 맞잡은 손에는 물집이 가득했지만, 바로 그 손이 무척이나 새롭고도 특별한 것을 만들어 낸 것이다! 하늘에 환하게 빛나는 폭죽은 그동안의 고생스럽고 비밀스러운 나날들에 대한 충분한 보상이 되었다.

수십 군데의 어두컴컴한 은신처에서 그 모습을 바라보던 다른 아이들은 이제야 그동안 품어 왔던 의문에 대한 답을 얻었다. 도대체 어디로 갔나 궁금했던 그랜드 가 아이들의 행방을 알게 된 것이다. 지난 몇 주 동안 들렸던 개 짖는 소리며, 밤마다 벌어진 이상한 일들의 원인이 무엇인지도 알게 되었다.

글렌바드 시민들은 늦은 밤까지 계속 새로운 노래를 지어 부르고 함성을 지르며 추운 밤의 적막을 깨트렸다.

이윽고 아침이 되어 해가 떠오르자 아직은 서투르기만 한 나팔 소리가 울려 퍼졌다. 그리고 아주 천천히, 오렌지색과 노란색이 뒤섞인 깃발이 새로운 도시의 꼭대기에서 휘날리기 시작했다.

리사의 도시, 주인을 잃다

그 후 한 해 동안 글렌바드 시민들은 무척이나 분주하면서도 즐거운 나날을 보냈다. 새로운 도시가 생겼다는 소문은 재빨리 퍼져나갔다. 지붕에 위치한 초소 아래의 거리에는 매일같이 새로운 어린이 가족이 찾아와 이렇게 묻곤 했다.

"우리도 이 도시에서 살 수 있나요?"

그러면 지붕 위에서 소총수들이 엄호하는 가운데 육중한 정문이 열리면서 세 명의 운영위원회원이 모습을 드러냈다. 그들은 도시에 들어오고 싶어 하는 어린이들에게 몇 가지 질문을 던졌다.

"이름은 뭐지? 원래 살던 곳은 어디지? 살던 곳에서 떠나온 이유는? 갱단에 소속된 경험은 있나? 그 갱단의 두목 이름은? 갱단에서 탈퇴한 이유는? 우리의 적이 아니란 것을 증명할 수 있나? 우리의 헌법을 제대로 이해하고 있나? 원래 살던 곳에 자동차나 집이 있나? 만약 있다면, 이 도시의 시민권과 교환할 의사가 있는지?"

글레바드에 살고자 하는 아이들은 위의 질문에 모두 답변해야만 했다. 그러자니 상당수가 발걸음을 돌려야만 했다. 방이 모자라서가 아니었다. 이미 입주한 아이들 가운데 어느 누구도 모르는 아이이거나, 혹은 아무도 '믿을 수 있다'며 보증을 서지 않는 경우에는 되돌려 보냈다. 위원회로서도 만사에 신중을 기해야만 하는 입장이었기 때문이다. 크레이그는 나머지 두 위원보다 더 의심이 많았다. 그래서 종종 무척이나 어려운, 그리고 교묘한 질문을 던지곤 했다.

"너 혹시 탐 로건이란 애랑 잘 아니?"

이 질문에 대해 선뜻 "그럼"이라고 대답하는 운 나쁜 아이는 곧바로 발길을 돌려야만 했다. 또한 탐 로건이 누군지 모르면서도 혹시나 자기에게 유리할까 해서 "그럼, 잘 알지!"라고 거짓말을 한 아이 역시 받아들여지지 않았다.

하지만 글렌바드의 새 가족이 된 아이들도 적지 않았다. 덕분에 도시 내에서도 새로운 얼굴을 종종 볼 수 있었다. 새로 온 시민들은 도시에 신선한 기운을 불어 넣었다. 계절이 바뀌어 여름이 되자 90명 정도의 시민들은 농사를 지어 보기도 했다. 가을에는 무려 300명 이상의 학생들이 교실에서 수업을 받았다. 이렇게 도시의 인구는 점점 더 늘어만 갔다.

도시를 세운 지 딱 1년이 되던 날 저녁, 거의 400여 명에 달하는 아이들이 건물 옥상에서 북적거리며 축하행사를 벌였다. 그러면서도 저 아래 어디선가 숨죽인 채 자신들을 위협하고 있을 적군들을 향해 야유를 퍼부었다. 전염병이 퍼진 지 19개월째가 되던 그해 4월 말이 되자 글렌바드의 인구는 500명을 넘어섰다.

일부 시민들은 아이들만 사는 도시를 세운 여자애, 리사를 좀 이상하게 생각하기도 했다.

"도대체 여자애 혼자서 어떻게 도시를 세웠다는 거야? 세운 것까지는 그렇다 쳐. 어떻게 여자애가 도시를 다스린다는 거야? 세상에 도시 전체가 자기 거라고 우기는 경우가 어디 있어? 그 여자애가 쓴 말도 안 되는 헌법인지 나발인지 읽어 봤어?"

모든 시민들이 리사를 좋아했던 것은 아니었다.

"도대체 그 여자애가 글렌바드를 위해 하는 일이 뭐야? 아예 코빼기조차 내밀지 않잖아."

하지만 리사는 분명히 다른 아이들 앞에 모습을 드러내곤 했다. 주방을 검사하고, 새로운 방을 만드는 일꾼들에게 이런저런 지시를 내리고, 비밀창고로 트럭을 보내고, 시민들 사이에 벌어진 다툼을 해결하면서 말이다.

대부분의 아이들은 리사를 존경했으며, 리사가 과감하게 일을 해치우는 모습을 좋아했다. 비록 리사가 늘 바빴고, 자주 웃거나 미소 짓지도 않았지만 아이들은 리사의 활기찬 모습을 보며 지금 리사가 행복하다는 것을 짐작할 수 있었다.

"그야 물론 행복하겠지. 저렇게 도시를 마음대로 좌지우지할 수 있다면 누군들 안 그렇겠어?"

어떤 아이들은 이렇게 말했다.

"그거 알아? 저 여자애야말로 이 세상에서 가장 부자라는 거? 뭐? 그건 뜬소문이고 전혀 믿기지 않는다고? 내 말을 지금 못 믿겠다는 거야?"

사실 리사는 도서관에서 많은 시간을 보내면서 '자신의 도시'에 필요한 아이디어와 해답을 찾아내기에 바빴다. 책이 생각보다 너무 많아서 사실 처음에는 매우 낙담했다. 도통 뜻을 알 수 없는 말들이 너무 많았고, 한 가지 문제에 대해서도 저자마다 의견이 엇갈렸다. 누구 한 명이 좋다고 하는 것에 대해, 열댓 명이나 되는 사람들이 반대하기도 했으니까. 지도자라면 무엇이 좋고 나쁜지를 반드시 알아야만 했다. 하지만 역사상 가장 위대한 사상가들의 의견이 모조리 엇갈린다고 하면, 과연 누구로부터 옳고 그름에 대한 조언을 들을 수 있단 말인가?

리사는 글렌바드처럼 급속히 성장하는 도시 하나를 유지하는 것이 결코 쉽지 않은 일임을 실감하고 있었다. 하루에도 수십 번씩, 거의 매분 매초마다 새로운 문제가 터졌다.

"리사, 횃불을 만들 연료가 다 떨어졌어."

찰리가 이렇게 보고하면, 리사는 즉시 해결책을 내놓았다.

"알았어, 보급품 리스트에 추가하고, 오늘 밤까지 갖다 줄게. 얼마나 있으면 돼?"

어떤 때는 책이 모자라다고도 했다.

"그러면 롬바드 학교에 가서 가져오도록 해."

서관에서 큰 싸움이 벌어지기도 했다.

"싸운 사람들을 나한테 보내도록 해."

110호실 공사가 예정일인 내일까지 완료되지 못할 것 같다고 하는데 윌슨네 아이들은 더 이상 체육관에서 지내기 싫다고 불평했다.

"그러면 누가 좀 야근이라도 해서 공사를 끝내도록 해. 약속은 약속이니까!"

간부회의에서는 이보다 더 큰 문제들을 논의했다. 거기 모이는 간부들은 항상 리사보다 한 발짝 뒤로 물러서 있는 듯했다. 하지만 회의는 여전히 재미있었다. 간부들은 회의 때마다 그날 하루 있었던 우스운 일들을 서로 이야기하며 즐거워했다. 장난삼아 서로를 놀려대기까지 하면서 점점 친밀한 사이가 되어갔다.

"오늘 리사가 뭘 했는지 알아?"

건설부장이 말했다.

"글쎄 남쪽 지하실 구역에 새로운 가족 방을 만들라고 도면을 줬는데, 세상에! 세 개의 방에 문을 하나도 안 그려 놓은 거 있지? 덕분에 정신이 하나도 없었어. 못도 하나 없이 벽을 세우는 게 얼마나 힘든지 알아? 장난이 아니야. 게다가 우리한테는 그 못을 박을 나무 판자조차도 전혀 없거든! 그나저나 목재는 언제쯤 얻을 수 있는 거야, 리사?"

여기서도 끊임없이 문제가 터지기는 마찬가지였다. 하지만 위원회는 도시 운영에 큰 도움이 되었다. 글렌바드에 들어오는 아이들은 나름대로 뭔가 새로운 기술을 지니고 있었다. 아이들은 갱의 위협과 굶주림을 피할 수 있어 모두들 기뻐했다. 그래서 최소한 적어도 처음 몇 달 동안은 이런 골치 아픈 문제들조차도 흥미진진하다고 여겼다.

아이들은 이전에 한 번도 도시를 운영해 본 적이 없었기 때문에, 그만큼 혹독한 수업료를 치르고 배울 수밖에 없었다. 하지만 일은 대체로 술술 풀렸다. 얼마 안 있어 글렌바드의 인구가 최대치에 도달했다.

"한 해 운영한 것 치고는 나쁘지 않은걸!"

리사는 이렇게 말한 뒤에, 한 가지 당연한 사실을 인정했다.

"한 해 동안의 '아주 힘겨웠던' 운영 치고는 말이야."

이 말과 동시에 리사는 감격에 겨워 크레이그, 질, 스티브, 토드, 찰리, 그리고 새로 들어온 다른 여섯 간부들의 얼굴을 하나하나 번갈아 보았다.

무엇보다도 가장 큰 성공을 거둔 것은 글렌바드의 방어계획이었다. 지난 한 해 동안 모두 여덟 번에 걸친 적의 침입이 있었지만, 그 중 어느 하나도 10분을 넘기지는 못했다. 끓는 기름을 얼굴에 뒤집어 쓴 부하의 몰골을 본 갱 두목들은 차라리 다른 목표물을 공격하자고 결심하게 된 것이다.

지금까지 일곱 개의 갱단이 글렌바드를 공격했다. 그중 여섯은 한 번 실패하자 뒤도 안 돌아보고 도망쳤다. 오로지 탐 로건만 두 번이나 공격을 시도했다. 특히 두 번째 공격은 꽤나 용의주도한 편이었지만, 옥상 위에서 기다리던 병사들을 물리칠 만큼은 못 되었다. 탐은 두 번째 공격에서 기름 공격을 받아 얼굴에 화상을 입었다. 찰리는 혹시나 탐이 앙심을 품고 더 큰 군대를 데리고 쳐들어오지 않을까 걱정했다. 지금 탐의 휘하에는 150명 가량의 부하들이 모여 있었다.

찰리는 군 지휘관으로서 탁월한 재능을 발휘했지만, 적어도 탐에 대해서만큼은 자신만만하지 못했다.

"리사, 내 생각엔 그 녀석이 다시 쳐들어올 것 같아."

찰리가 언젠가 간부회의 때 이렇게 말했다.

"그 녀석은 바보가 아니야. 그러니 그 녀석의 동향을 주시해야 해. 왠지 모르지만 그 녀석은 우리를 어떻게든 해 보고 싶어서 안달이 났어."

"찰리, 걱정이 지나친 것 아냐?"

그러나 리사는 대단치 않다는 듯 이렇게 대답할 뿐이었다. 그러면서 크레이그를 보며 이렇게 덧붙였다.

"너네 지휘관들은 어쩜 그렇게 똑같니!"

두 지휘관은 리사를 물끄러미 바라보았다. 곧이어 크레이그가 말했다.

"하지만 리사, 네가 오히려 걱정이 너무 없는 거야!"

그날 저녁 종탑 방에 혼자 있는 동안, 리사는 크레이그가 한 말의 뜻을 곰곰이 생각해 보았다. '어쩌면 크레이그의 말이 맞을지도 몰라. 우리가 불리할 수도 있어. 탐이 이미 스파이를 심어 두었을지도 몰라. 만의 하나 탐이 포기하고 물러났다 해도, 아직은 다른 갱단들도 많고……. 아니, 이제 그 녀석들도 단순한 갱 차원이 아니야. 그야말로 진짜 군대지. 이런 식으로 가다간 천 명이 넘게 모이는 건 시간문제야. 그러니 우리도 미리 대비해야 해.'

리사는 내일 이 문제에 대해 찰리와 의논하기로 했다. 뭔가 새롭고 더 안전한 계획을 마련하기로 말이다. 어쩌면 자체적으로 보병부대를 키울 수도 있다. 이미 글렌바드에는 오백하고도 열 명의 주민이 있으니까. '아니, 오백하고도 여덟 명이었나? 이젠 정확한 숫자도 모르겠네. 하도 빨리 늘어나니까 말이야.' 리사는 숫자를 혼동할 정도로 시민이 많아졌다는 사실에 자기도 모르게 미소를 지었다.

그러다 문득 생각이란 것 자체가 너무 버겁게 느껴졌다. 리사는 기분전환 삼아 지붕의 보초들을 보러 나가기로 했다. 바깥으로 나와 맑은 공기를 마시니 기분이 좋아졌다. 덩달아 답답했던 머릿속도 상쾌해지는 것 같았다.

"오늘 밤은 어떤 것 같아, 조디?" 리사는 자신이 보초병의 이름을 기억한다는 사실에 스스로 대견해하면서 말했다.

"아무 이상 없어, 리사. 근데 혹시 찰리를 보거든 개들이 좀 이상하다고 전해 줘. 몇 분 전에 돌멩이를 하나 던져 봤는데, 한 녀석도 짖질 않았거든. 다들 졸고 있나 봐. 우리가 먹이를 너무 많이 줬나?"

하지만 보초병이 다시 돌아보았을 때, 리사는 이미 자리에 없었다.

"조디! 이리 와 봐. 개들이 정말 자고 있는 것 같아. 아니, 그건 아닐 거야. 그렇게 먹이를 많이 줬을 리가 없는데……. 뭔가 이상해! 얼른 조용히 경계경보를 울려서 수비대를 올려 보내, 서둘러!"

리사가 명령했다. 보초병이 명령을 전하는 동안, 리사는 반대편 옥상으로 달려가 보았다. 그 아래쪽 개들 역시 가만히 누워만 있었다.

"내가 직접 가서 뭐가 문제인지 확인해 봐야겠어."

리사는 가장 가까이에 있는 보초병을 불렀다.

"소총수를 몇 명 데려와서 날 엄호해 줘. 여기 줄사다리도 좀 내려 주고. 아, 토드, 너구나?"

리사는 오늘 밤의 보초병 중 한 명이 자기 동생이라는 사실조차 잊고 있었다. 불행하게도 리사는 사다리에서 발을 떼는 순간 자신이 실수하고 있음을 깨달았다. 정말 무슨 문제가 생겼다면 혼자 여기까지 내려와서 뭘 할 수 있다고? 하지만 때는 이미 너무 늦었다. 리사는 이미 성 밖에 서 있었다.

리사는 일단 가장 가까운 데 누워 있는 개에게 달려가 보았다. 몸이 이미 차갑고 뻣뻣하게 굳어 있었다. 그 옆의 개도 마찬가지였다.

그 다음 개에게 달려가 보았다. 마찬가지로 죽어 있었다. '누가 독을 먹였구나!' 리사는 얼른 줄사다리로 달려갔다. 하지만 그때, 얼굴에 무시무시한 상처가 난 소년이 그 앞을 가로막았다.

"저리 비켜!"

리사가 말했지만, 그 소년은 글렌바드 소속이 아니었다. 소년은 대답 대신 리사의 팔을 움켜쥐었다. 리사가 재빨리 팔을 깨물자 소년은 소리를 질렀다. 그러자 두 명의 병사가 달려와 리사를 떼어 놓고 꼼짝 못하게 붙들었다.

"이거 놓지 못해! 경비병!"

리사가 지붕을 향해 외쳤다.

"사다리 올려! 얼른!"

"리사."

얼굴에 상처가 난 소년이 말했다.

"반항해 봤자 소용없어. 지금 내 부하 200명이 너의 그 잘난 글렌바드를 포위하고 있다고. 우리 계획에 선뜻 말려들어 주어 고맙군."

그가 웃었다. 리사는 도대체 이 소년이 누구길래 자기를 아는지 의아하다는 표정으로 소년을 쳐다봤다.

"이런, 내 얼굴이 변해서 못 알아보시나 보지? 나야, 탐 로건. 오늘만큼은 너희의 끓는 기름 장난이 먹혀들지 않을 거야, 리사. 네 도시는 이제 더 이상 네 것이 아니니까. 이제부터는 우리 도시야. 그러니 얌전히 굴어. 해칠 생각은 없으니까."

리사는 그 말을 도저히 믿을 수 없었다. 리사는 거세게 반항했고, 결국 병사들을 뿌리치고 달리기 시작했다.

"거기 서, 리사! 안 그러면 쏜다! 멈춰, 리사! 안 그러면……."

리사의 귀에는 바로 거기까지밖에 들리지 않았다. 몸 어딘가에서 끔찍한 고통이 느껴지면서, 그대로 덤불 근처 바닥에 쓰러져 버렸다.

"누가 쏘라고 했어?"

탐이 외쳤다.

"명령할 때까지 기다리라고 했잖아! 얼른 상태를 확인해 봐!"

한 병사가 달려가서 리사를 살펴본 뒤 돌아와 탐에게 보고했다.

"죽은 것 같아. 머리는 피투성이고 숨도 쉬지 않아."

탐은 몸을 부르르 떨었다. 제아무리 갱단을 거느리고 다녔어도 지금껏 한 번도 사람을 죽인 적은 없었기 때문이다. 탐은 자신이 큰 실수를 저질렀음을 깨달았지만, 이미 엎질러진 물이었다. '왜 하필 그 애를?' 탐은 잠시 혼돈스러웠다.

"앞으로 내가 명령하기 전까지는 절대로 쏘지 마!"

탐이 애써 냉정을 찾은 뒤 소리쳤다. 그리고 지붕에 있는 보초병에게 소리를 질렀다.

"리사는 우리가 데리고 있다! 너희 대장을 붙잡았단 말이야! 그러니 이상한 짓거리를 또 하기만 해 봐! 당장에 리사를 처형하겠어! 똑바로 들어! 정문을 열어! 이곳은 우리가 접수하겠다!"

그리하여 치데스터, 엘름, 그리고 레녹스 갱단의 연합군이 도시 안으로 진격했다. 이들은 아무런 저항을 겪지 않고 단숨에 글렌바드를 점령했다. 총까지 가지고 있었고, 무엇보다 리사를 포로로 잡고 있었기 때문이다.

"그것 봐!"

탐이 다른 갱단의 두목들에게 말했다.

"내 말대로 될 거라고 했지?"

갱단은 이 작전을 지휘한 탐을 새로 접수한 도시의 정당한 지배자로 선출했다. 곧바로 탐의 부하들은 도시 곳곳을 활개치고 다녔다. 글렌바드의 시민들은 겁에 질려서 감히 대항할 엄두도 내지 못하고 있었다. 평온했던 이들의 삶은 하루아침에 악몽으로 변하고 말았다. 도대체 리사가 무슨 일을 당한 것일까? 다들 걱정이 태산이었다.

"리사는 어디 있지?"

크레이그가 탐에게 물었다. 탐은 다시 한 번 둘러댔다.

"저 아래 안전한 장소에 가둬 놓았지. 어리석은 짓을 하지 못하게 말이야. 혹시라도 허튼 짓 했다간 그 애의 목숨이 위험해질 줄 알아!"

탐은 최대한 으박지르는 투로 말했다.

"그런데 그러고 보니 네가 여기 부두목인 모양이군. 그럼 지금까지 계집애 밑에서 일했단 말이야?"

탐은 일부러 크레이그의 아픈 데를 긁었다.

“자, 너희 패거리한테 가서 지금부터 이 도시의 주인이 나로 바뀌었다고 해. 얼른! 지금 당장 말이야! 그리고 분명히 전해! 혹시 허튼 짓을 하는 놈이 있으면 가만 두지 않겠다고. 잊지 마. 리사는 지금 우리 손아귀에 있다는 걸!”

상황이 이러니 크레이그는 글렌바드를 고스란히 탐에게 내어 줄 수밖에 없었다. 아이들만 사는 도시를 만든 바로 그 여자아이는 갑작스레 권력을 잃고 졸지에 포로, 아니, 어쩌면 그보다 더 절망적인 처지에 놓였다.

도대체 어떤 자식이 총을 쏜 거야?

당시 옥상에 있던 보초들 중에서도 가장 나이가 어린 한 아이가 있었다. 그 아이는 성 아래에서 펼쳐진 광경을 전부 목격했다. 리사가 덤불 근처에 쓰러지는 모습을 보고는 엎드려 엉엉 울기까지 했다. 이 세상에 그 보초보다 더 리사를 사랑했던 사람은 아무도 없었다. 단지 누나여서뿐만이 아니었다. 리사는 누구보다도 현명하고 친절하고 용감했으며, 동생 토드는 그런 누나를 무척이나 자랑스럽게 생각했다.

그 사건 이후로 어느 누구도 옥상 위의 그 작은 소년을 보지 못했다. 다른 보초들이 탑 앞으로 끌려간 뒤에도, 토드는 어두컴컴한 옥상에 남아 울고 있었다.

하지만 어느새 슬픔도 누그러지고, 이렇게 생각하기 시작했다.

'누나가 정말로 죽은 걸까? 확실한 것은 아직 모르잖아?' 토드는 직접 확인하지 않고서는 믿을 수가 없었다. '우리 누나가 죽었을 리 없어.' 토드는 이렇게 생각하며 줄사다리를 타고 내려갔다. 쓰러져 있는 리사 곁에 가 보니 정말 죽은 것 같았다. 토드는 눈물을 흘리며 리사의 몸을 부둥켜안았다.

"안 돼! 안 돼, 누나!"

이런 끔찍한 일이 벌어지다니, 도무지 믿을 수 없었다. 한참 동안 토드는 리사의 가슴에 얼굴을 묻고 울었다. 그런데 갑자기 소녀이 움찔했다.

"숨을 쉬고 있어. 누나가… 숨을 쉬고 있어! 누나, 누나!"

토드는 혹시 누가 들을까 싶어서 나지막한 목소리로 누나를 불렀다. 그리고 재빨리 활동을 개시했다. 우선 다른 누군가의 도움이 필요했다. 글렌바드 안은 이미 적군이 장악했고, 조만간 옥상 보초들도 다시 배치될 것이다. 빨리 행동해야 했다. 토드는 옥상으로 올라가 줄사다리를 크레이그의 방 창문 쪽에 걸쳤다. 그 사다리를 타고 크레이그의 방으로 내려갔다.

불행히도 창문은 잠겨 있었다. 크레이그도 방에 없는 듯 했다. 하지만 다행히 에리카가 침대에서 자고 있기에 창문을 두들겨 에리카를 깨웠다. 에리카는 창밖에 토드가 매달려 있는 걸 보고 깜짝 놀랐다. 에리카가 창문을 열어 주며 물었다.

"여기서 대체 뭐 하는 거야, 토드?"

“지금 무슨 일이 일어났는지 몰라서 하는 말이야?”

토드가 다급하게 말했다.

“적군이 리사를 총으로 쏘고 우리 도시를 점령했어. 아무 소리도 못 들었어?”

“어머, 어떡해!”

에리카가 외쳤다.

“난 전혀 몰랐어, 토드. 리사는 어때? 많이 다쳤어?”

“어, 그런 것 같아. 온통 피투성이야. 하지만 그래도 아직 숨은 쉬어.”

소년으로선 누나가 정말로 크게 다친 건지 아닌지도 알 수가 없었다.

“난 지금 안으로 들어갈 수가 없어, 에리카. 그러니 날 좀 도와줘. 가서 되게 아픈 척 하면서… 어! 그래, 배가 아픈 척 하고…….”

에리카가 어리둥절해했지만 토드는 계속 말을 이었다.

“정말로 아픈 척 하란 말이야. 그리고 질 누나를 찾아가. 누나보고 양호실로 데려가 달라고 해. 나는 그쪽 창문 밖에서 지금처럼 기다리고 있을게. 리사 누나를 다른 데로 옮겨야 하는데, 도움이 필요해. 속이 아파서 토할 것 같은 흉내를 내면 돼. 한번 해 봐! 어디 나 좀 똑바로 보면서……. 그래, 그 정도면 되겠다. 조심하도록 하고, 서둘러 줘. 제발 부탁이야. 한시가 급해.”

토드는 도로 옥상에 올라갔다가 이번에는 줄사다리를 양호실 창문 바로 위에 걸쳤다. 그런데 순간 이쪽이 맞는지 헛갈리기 시작했다. '잠깐, 종탑 방에서 두 번째 창문이었나? 아니면 세 번째였나?' 얼른 기억이 나지 않았다. '운에 맡기는 수밖에 없겠어.' 어느덧 가장 작은 보초 소년은 이렇게 대담해져서, 사다리를 타고 양호실 창문으로 내려갔다.

'아직 안 왔나?' 토드는 아무도 없는 방안을 들여다보며 초조해했다. '제발, 제발 빨리 좀…….' 토드의 머릿속에 피를 흘리고 누워 있는 누나의 모습이 스쳤다. '조금만 기다려, 누나!'

갑자기 문이 열리더니 에리카를 비롯한 아이들 네 명이 방안으로 들어왔다. 토드는 얼른 창문 옆으로 몸을 숨겼다. 그러고는 창문 옆에서 빠꼼히 방안을 엿보았다. 아이들 중에는 탐 로건과 크레이그도 있었다. 둘은 뭔가 말다툼을 하고 있었다. '세상에, 에리카는 정말 아픈 사람 같네. 저러다 진짜로 토할 것 같아. 아, 다행이다. 저 자식이 먼저 나가네.' 탐은 복도에 경비병을 한 명 세운 다음 문을 닫고 양호실에서 나갔다. 안에 남아 있던 아이들이 창문을 열었다. 질이 토드에게 속삭였다.

"정확히 리사가 어딜 다친 거야? 내가 뭘 가져가야 될까? 들것이라도? 그래, 크레이그! 그걸 창밖으로 던져 줘. 토드, 리사가 의식은 있어? 여기, 붕대랑 알코올 좀 챙겨. 그래…… 아, 그리고 또 뭐가 필요할까? 아니, 됐어. 얼른 나가는 게 좋겠다. 에리카, 넌 우리랑 같이 가자."

토드가 마지막으로 창문을 닫는데, 무슨 영문인지 안쪽의 걸쇠가 저절로 잠겼다.

"우리가 어디로 사라졌는지 골치 좀 썩어 봐라, 탐, 이 자식."

토드는 오히려 잘됐다는 듯 중얼거렸다. 사다리에서 내려온 아이들은 리사가 있는 쪽으로 내달렸다. 크레이그는 들것을 든 채였다.

"개들이 모두 자느라 몰랐나 봐, 토디!"

에리카가 그 와중에 투덜거렸다.

"조용히 해."

토드는 에리카가 옛날 별명으로 자기를 불렀다는 사실도 미처 깨닫지 못하고 면박을 주었다. 지금으로선 개들이 모두 죽어서 다행이었다. 그 덕분에 조용히 빠져나와서 리사를 구하러 갈 수 있으니까.

"이쪽이야."

토드가 리사가 누워 있는 곳으로 아이들을 데려갔다.

"누나 좀 일으켜 줘, 질 누나. 나는 차를 몰고 올게. 크레이그 형, 혹시 누가 오나 감시해 줘. 내 총 여기 있어. 그리고 에리카."

토드가 걱정스러운 듯 말했다.

"넌 제발 입 좀 다물고 있어."

토드는 벌써부터 자기 누나처럼 말하기 시작했다.

들것에 실려 차 뒷좌석에 누울 때까지도 리사는 꼼짝도 하지 않았다. 하지만 살아 있는 건 확실했다. 몸은 싸늘했고 눈도 깜빡하지 않았지만, 사실이었다. 숨은 붙어 있었다.

"리사는 어떤 것 같아, 질? 누나가 치료할 수 있겠어?"

토드가 급히 차를 몰며 물었다.

"지금 어디로 가는 거야?"

크레이그가 물었다.

"스위프트 거리에 있는 농장으로."

토드의 말을 듣자 크레이그는 몸을 움찔 했다. '결국 그 농장에 가긴 가는구나. 하필이면 이런 상황에서…….'

글렌바드의 지휘관들은 낡아빠진 캐딜락에 몸을 싣고 피신을 하게 되었다. 한때는 도시까지 세운 리사가 이제는 정처 없이 떠도는 몸이 된 것이다. 어쨌든 토드의 판단은 정확했다. 그 농장은 리사를 돌보기에 안성맞춤이었던 것이다.

"이것 좀 봐, 질."

크레이그가 말했다.

"여기 석유난로가 있어. 기름도 있고. 성냥만 있으면 불을 켤 수 있어."

그나마 온기가 있으면 수술하는 방안 분위기가 좀 나아질 것이다. 어차피 지금은 불 피우는 법조차 새로 배워야겠지만. 질은 분주히 오가며 수술을 준비했고, 틈틈이 에리카와 크레이그, 그리고 토드에게 이런저런 지시를 내렸다.

리사는 여전히 의식을 잃은 채 소파에 누워 있었다. 그러나 어쩌다 한 번씩 몸을 꿈틀거리며 뭐라고 중얼거렸다.

"뭐라고 한 거야?"

토드가 물었다. 그러자 리사가 다시 중얼거렸다.

"운에 맡길 수는 없어. 운에 맡길 수는……."

"너무 오래 방치한 것 같아. 피를 너무 많이 흘렸어."

질이 걱정스러운 표정으로 말했다. 아이들이 이불을 더 찾아 리사에게 덮어 주는 동안, 질은 응급처치 요령에 관한 책을 뒤적였다. 글렌바드에서는 기껏해야 베이거나 조금 다친 상처만 치료하면 그만이었지만, 지금은 그야말로 총알을 제거하는 수술이었다. 도무지 뭘 어찌해야 할지 막막하기만 했다.

"이놈의 책은 뭐 하나 도움이 안 돼!"

급기야 질은 책을 내팽개쳤다.

"크레이그, 이 시트를 작은 천으로 좀 나눠 줘."

"넓이는 얼마면 돼?"

"폭 15센티미터 정도면 충분할 거야. 토드, 너는 혹시 부엌에 위스키나 뭐 그런 술 종류가 있나 좀 찾아 봐. 에리카, 너는 깨끗한 시트가 더 있나 보고, 찾은 건 전부 갖다 줘. 아니! 아니! 옷장 안을 뒤져 봐. 이쪽에."

질은 부엌에 있는 커다란 식탁을 수술대로 쓸 작정이었다.

"토드, 크레이그, 뒷방에서 작은 매트리스 좀 갖다 줘. 그래, 좋아. 그럼 이제 다들 깨끗이 손을 씻고 와."

"누나, 여긴 물이 없는걸."

토드가 말했다.

"그래? 그럼 우선 물을 떠와야겠다. 가서 양동이로 최소한 여섯 통은 떠 와. 얼른! 가까운 데 없으면 호수까지라도 갔다 와."

질은 점점 불안해졌다. 토드는 곧장 물을 구하러 나갔다.

"불 좀 피워 줘, 크레이그!"

질은 리사의 이마를 만져 보았다.

"아까보다 체온이 더 떨어진 것 같아. 물은 어떻게 하지? 토드가 정말 호수까지 다녀온대? 차라리 빗물을 받아오라고 할 걸."

곧 토드가 돌아와 양동이의 물을 끓이기 시작했다.

"잘했어, 토드."

질이 말했다.

"그럼 누가 이제부터 나를 도와줄래?"

크레이그와 에리카는 얘기만 듣고도 질색했다.

"토드, 그럼 네가 좀 도와줄래?"

토드는 당연히 그러겠다고 했다.

"좋아. 그럼 먼저 손을 깨끗이 닦아. 아주 살갗이 벗겨져 나갈 정도로 박박 말이야. 혹시 감염이라도 되면 큰일이니까."

질은 곧 수술 준비를 마쳤다.

"이제 부엌 식탁 위로 리사를 옮겨 줘."

리사의 얼굴은 무척이나 창백해 보였다. 리사를 치료하겠다고 나선 질이나 토드의 얼굴도 창백하긴 마찬가지였다. 질은 아까 덤불에서 상처에 임시로 감았던 붕대를 풀었다.

"아직도 피가 나나 봐."

물론 웬만한 병원의 정식 간호사라면 붕대를 풀었을 때 드러난 상처에 눈 하나 깜짝하지 않았을 것이다. 어쩌면 그 정도는 아무것도 아닐지도 모른다. 하지만 아이들에겐 정말 끔찍했다. 질은 이 순간 막대한 책임감을 느꼈다. '리사의 목숨이 내 손에 달려 있어. 혹시 죽기라도 하면 어쩌지? 뭘 먼저 해야 할까?'

피를 보자마자 크레이그와 에리카는 아예 밖으로 나가 버렸다.

"토드, 지금부터 총알을 빼내야 돼."

질이 애써 침착하게 말했다. 갑자기 용기가 되살아나는 것 같았다.

"우선 마른 피를 닦아 내자. 더운 물하고 큰 천 좀 가져와."

토드가 재빨리 물과 천을 가지고 돌아왔다.

"이제 천을 찢어서 손수건 정도 크기로 여러 개 만들어 줘. 손 깨끗이 씻었지? 그릇에 알코올 좀 따라 줘. 거기 손을 담가야 돼."

질은 따뜻한 물과 비누로 상처에 말라붙은 피를 닦아 냈다. 피를 씻어 내자 처음처럼 끔찍해 보이지는 않았다. 그건 그저 팔에 난 작은 총알 구멍이었다.

"쓰러지면서 머리를 땅에 부딪힌 것 같아."

질이 말했다.

"눈에 크게 멍이 들고 찢어진 데가 있잖아? 그래서 얼굴이 피투성이가 되었나 봐."

토드는 왜 그 치데스터 갱단 병사가 리사가 죽었다고 했는지 이제야 알 것 같았다. 얼굴이 피투성이인 걸 보고 머리에 총을 맞았다고 짐작한 것이다. 그 녀석의 멍청한 판단 덕분에 리사는 목숨을 건지게 된 셈이다!

상처 부위를 알코올로 소독하고 나자, 질은 또다시 신경이 곤두섰다. '지금까지는 쉬웠어. 하지만 이제 어떻게 총알을 꺼내지? 칼로 구멍을 더 넓혀야 하나? 그러다가 혹시 동맥이라도 건드리면 어떻게 해?'

리사는 아까 집어던진 책을 다시 집어서 순환계를 그린 화보를 살펴보았다. 리사는 책과 리사의 팔을 번갈아서 보고 또 보았다.

"그래, 이제 알았어!"

질은 기쁜 듯 소리쳤다.

"이런 식으로 살짝만 절개하면 아무 데도 건드리지 않을 거야. 토드, 이 칼날을 불에 30초 동안만 댔다가 다시 줄래? 살균을 해야겠어."

리사가 또 살짝 움찔하더니 다시 잠잠해졌다.

"지금은 리사가 의식이 없다는 게 오히려 다행이야. 리사는 아마 내가 외과 의사로 데뷔하는 모습을 보고 싶어 하지 않을 테니까."

"그럼 이제 괜찮아지는 거야?"

토드가 물었다.

"그래."

질이 대답했다.

"자, 지금부터 시작한다." 질은 지금이라도 질끈 눈을 감고 싶었다. 하지만 과감하게 5센티미터 가량 상처 부위의 살을 절개했다. 작은 총알이 리사의 팔 뼈 옆에 박혀 있었다. 다행히 총알은 피부에서 그리 깊지 않은 부위에 있었다. 질이 손으로 총알을 만질 수 있을 정도였다.

"천 좀 더 갖다 줘. 아니, 아직은 아니야. 토드, 넌 계속 피를 닦아. 내가 총알을 빼 볼 테니까. 피를 닦을 때 보통 천으로는 두세 번씩 찍어 내고, 알코올 묻힌 천으로는 한 번만 해. 천은 계속 깨끗한 걸로 갈아."

핀셋을 상처 속으로 집어넣자 딱딱한 총알이 느껴졌다.

"여기 있구나!"

질은 천천히 총알을 꺼냈다. 눈에는 눈물이 글썽거렸다.

"토드, 이젠 상처를 꿰맬 거야. 알코올 좀 더 갖다 줘. 쉽지는 않겠지만, 어쨌거나 해 봐야지."

상처를 다 꿰매고 나자 질이 말했다.

"그래도 아주 솜씨가 없진 않았지? 언젠가 나도 제법 솜씨 좋은 의사가 될 수 있을지 몰라."

그날 밤, 리사가 의식을 되찾았다. 토드는 누나 옆에 앉아 있었다.

"일어났어, 누나?"

토드는 목이 메어 더 이상 말을 이을 수가 없었다. 리사는 고개를 끄덕였다. 리사가 잠에서 깨어난 듯 보여서, 토드는 그간의 사정을 리사에게 설명해 주었다. 리사는 끙 하고 신음소리를 내더니 고개를 돌렸다.

"질 누나! 이리 와 봐!"

토드가 급히 질을 불렀다. 방으로 들어온 질에게 토드가 속삭였다.

"뭔가가 잘못된 것 같아."

"많이 아파?"

질이 리사에게 물었다. 하지만 걱정하는 기색은 아니었다. 리사는 고개를 끄덕였다.

"그래, 그럴 거야. 치료는 잘됐지만, 그래도 우리 힘으로는……."

질은 자기가 마치 외과의사라도 된 양 말하다가, 문득 리사가 놀랄지도 모른다는 생각에 이렇게 얼버무렸다.

"그래도 잘 마무리 됐으니까 금방 나을 거야. 지금 너한테 필요한 게 뭔지 난 알지."

질이 약간 짓궂은 미소를 지으며 나갔다가 금빛 액체가 든 유리컵을 들고 돌아왔다.

"자, 쭉 마셔. 맛은 별로겠지만."

색은 근사했지만, 과연 질의 말대로였다. 리사는 쭉 들이키려다가 도로 이불 위에 뱉어 버리고 말았다.

"이런, 리사."

질이 놀렸다.

"그새 예의를 잊어버린 거야?"

"웩."

리사가 얼굴을 확 찡그리며 토하는 흉내를 내고 질에게 물었다.

"이거 대체 뭐야?"

"위스키."

질은 마치 위스키가 물이나 탄산음료라도 된다는 듯이 아무렇지 않게 대답했다.

"환자를 취하게 해서 이찌려고? 친구란 게 잘하는 짓이다, 응?"

통증에도 불구하고 리사는 질의 장난에 맞장구를 쳤다. 친구, 그리고 이런 식의 농담이야말로 위스키보다 더 나은 치료일 테니까.

"농담이 아니야, 리사. 쭉 들이켜. 일종의 진정제 역할을 할 거야. 너도 덕분에 푹 쉴 수 있을 거고."

질은 다시 한 잔 가득 따라 건네주었다.

리사는 겨우겨우 위스키 한 잔을 비웠다. 이상하게도 마시면 마실수록 쉽게 넘어갔다. 마지막 한 모금은 그냥 꿀꺽 삼켰다. 자기가 생각해도 우스운지 리사가 키득거렸다.

"와, 기분 진짜 이상하다."

질은 리사에게 지금까지 일어난 일에 대해서 설명해 주었다.

"그래."

리사가 씁쓸한 표정으로 말했다.

"그렇게 멍청한 실수를 했으니 도시에서 쫓겨나도 할 말이 없지……."

자책하는 듯 한참 말이 없다가 이렇게 덧붙였다.

"하여간 이제는 내가 잃은 걸 도로 빼앗아야겠어. 뭔가 방법을 찾아야지."

위스키 탓인지 리사는 부상당한 지도자에서 갑자기 예전의 평범한 리사로 돌아간 것 같았다. 갑자기 키득거리기 시작한 것이다.

"얘, 됐어."

질이 보다 못해 말했다.

"너 취했어. 그러니 잠이나 자. 혹시 필요한 거 있으면 부르고."

"괜찮아."

토드가 의젓하게 말했다.

"내가 옆에 있을 거니까."

그날 밤에는 토드가 이야기꾼 노릇을 했다. 토드는 어느 머나먼 왕국에 사는 작은 왕자에 대한 이야기를 들려 주었다. 하지만 리사는 심각한 대목에서 자꾸 키득거렸다. 토드는 진지한 이야기는 포기하고, 대신 웃기고 황당한 이야기를 해 보려고 했다. 하지만 이야기에 집중할 수 없기는 토드 역시 마찬가지였다. 리사는 곧 곯아떨어졌다.

하지만 토드는 그러지 못했다. 이야기꾼 노릇을 못 하게 돼서 섭섭한 건 아니었다. 그의 유일한 청중이 지금 환자라는 사실을 잘 알고 있었으니까. 토드는 불을 끄고 큰 의자에 누웠다. 하지만 편안하지가 않았다. 소년은 차라리 수술대에 올라가 자기로 했다. 잠이 들기 직전까지 누나에 대해 생각했다. 누나가 회복하는 것을 보니 기뻤다. 토드는 누나로부터 배울 것이 아직 정말 많았기 때문이다. '누나도 그걸 알고 있을까?' 토드는 궁금했다.

그날 밤에도 글렌바드의 종탑 방에는 촛불이 켜져 있었다. 하지만 촛불 앞에 앉아 있는 사람은 리사가 아니라, 얼굴에 무시무시한 상처가 난 소년, 탐 로건이었다. '도대체 어떤 자식이 리사를 쏜 거야?' 탐은 생각하면 할수록 화가 치밀었다. '그 자식, 잡히기만 하면 죽도록 패 버리겠어.'

탐이 화가 난 것은 단순히 리사의 죽음이 글렌바드 시민들의 분노를 살까 봐, 혹은 지휘관으로서 자신의 일이 더 힘들어질까 싫어서가 아니었다. 탐이 분노한 이유는 리사를 절대로 다치게 하고 싶지 않았기 때문이다. 아니, 적어도 그런 식으로는 아니었다. 탐은 자기가 리사를 죽였다는 사실이 떠오를 때마다 도리질을 했다. 탐이 분노한 진짜 이유는 리사를 사로잡는 것이야말로 진정한 승리라 여겼기 때문이다. 그리고 또 하나의 다른 이유는, 지금 자신에게 다가온 정체 모를 두려움 때문이었다.

696명을 잃었지만, 네 명이 있으니까 괜찮아

700명 시민의 새로운 지도자가 된 탐은, 이 도시에서의 첫 번째 날을 어떻게 보낼지 고민하며 날이 새는 것도 모르고 앉아 있었다. 탐은 어두운 허공을 바라보다가 이미 다 타서 꺼져 버린 촛불을 바라보았다. '저 촛불은 리사하고 똑같구나. 이 도시는 그 애의 것이었지만 이제 리사는 없어져 버렸지…….'

한편 네 아이들의 새로운 지도자가 된 리사는 날이 샐 무렵에 깨어나, 어떻게 하면 잃어버린 도시를 되찾을 수 있을지 궁리했다. 리사는 햇빛이 들어올 때까지 창문의 환한 부분을 바라보았다. 몸에는 힘이 하나도 없었지만, 머리는 쌩쌩 돌아갔다. '그 도시는 내 거야! 반드시 도로 찾고 말 거야!'

따뜻한 방안에 햇빛이 가득 쏟아지자 토드가 눈을 떴다. 처음에는 낯선 천장을 빤히 바라보며 어리둥절해하다가, 문득 자기가 누운 곳 위의 등불을 기억해 냈다. 어제 수술대 위에 걸려 있던 바로 그 등불이었던 것이다. '그런데 내가 왜 여기서 잠이 들었지?' 그제야 토드는 어젯밤의 일들을 모조리 기억해 내고 얼른 환자가 누워 있는 쪽으로 고개를 돌렸다. 마침 역시 깨어 있었던 리사와 눈이 마주쳤다. 사실 리사는 아까부터 토드가 누워 있는 쪽을 바라보고 있었다. 리사가 토드에게 아침 인사를 했다.

"아침에 일어나도 이렇게 훈훈하니 참 좋다! 그치, 토드? 우리도 석유난로를 좀 찾아다가 글렌바드에 설치해야겠어. 애들 침실은 엄청나게 추울 테니까. 앞으로는……."

여기까지 말하다가 리사는 어제 일어난 일을 떠올리고 갑자기 말문을 닫았다.

토드와 리사는 각자 머릿속으로 지금은 먼 곳에 있는 글렌바드를 떠올렸다. 지금 그곳 상황은 어떨까? 과연 다시 가 볼 수 있을까? '물론이지!' 그 물음에 대해서만큼은 두 아이 모두 확실히 그럴 거라고 확신했다. 리사가 미소 지으며 토드에게 말했다.

"날 살려 줘서 고마워, 토드!"

"기분은 좀 어때, 누나?"

"실은 아직도 많이 아파. 혹시 아스피린 있으면 좀 갖다 줄래?"

토드는 얼른 테이블에서 내려와 구급상자를 뒤졌다.

그때 마침 들어오던 질이 말했다.

"차라리 위스키를 한 잔 더 마시는 게 어때, 리사?"

"너 장난 하니? 절대 안 마셔. 아직도 그 끔찍한 냄새가 안 가시는 것 같아."

리사는 고개를 설레설레 저었다.

"차라리 아프고 말지. 혹시 아스피린 같은 거 없어?"

"미안, 리사. 그건 깜박 잊고 못 챙겨왔지 뭐야."

질이 말했다.

"이 농장에도 하나도 없더라고. 사실은 남은 게 하나도 없다는 게 맞아. 우리가 오기 전에 벌써 누가 왔다 갔나 봐. 하여간 편하게 있어, 리사. 다행히 위스키는 많으니까. 토드, 넌 일어나서 코트 입어. 같이 나가서 먹을 것 좀 찾아보자. 배고파 죽겠다. 어쩌면 길 건너편 농장에는 뭐가 있을지도 몰라."

질과 토드가 밖으로 나가자, 방금 전까지만 해도 활기찼던 방안은 금세 조용해졌다. 리사는 그제서야 이 농장의 모든 걸 싹 털어간 사람이 바로 자신이었음을 깨달았다. 벌써 오래전에 먹을것은 물론이고 아스피린까지 모두 챙겨간 것이다. 이제는 이 농장에서의 일들도 명료하게 떠올릴 수 있었다. 어느 아주머니의 따뜻한 편지, 차를 운전하기로 한 자신의 기발한 아이디어, 처음으로 차를 몰던 것, 버들고리 바구니에 넣어 둔 암탉, 항아리 속의 과자를 말이다. 마치 아주 오래전의 일들처럼 느껴졌다.

의식을 되찾은 뒤로, 리사는 글렌바드를 되찾아야 한다는 절박함을 느꼈다. 그 때문인지 팔이 아프다는 것조차도 종종 잊었다. 아스피린이나 하물며 위스키라도 그 정도의 마취 효과를 내지는 못했을 것이다. '어떻게 하면 좋지?' 리사는 수백 번도 넘게 되뇌었다. 그러다 첫 번째 계획의 씨앗이 싹을 틔우기 시작했다. 그것은 곧 리사의 의식을 완전히 채워 버렸다. 토드와 질이 문 앞에 서 있다는 것조차 모를 정도였다.

"그래, 맞아!"

리사는 큰 소리로 중얼거렸다.

"많은 희생이 따르겠지만 다른 갱단하고 거래를 할 수도 있어. 2개월 분량의 생필품을 넘겨주는 대가로 도와달라고 하면 돼. 개들도 이미 죽고 없으니 어렵지 않게 잠입할 수 있을 거야. 그래도 탐보다는 우리가 글렌바드를 속속들이 잘 알고 있으니까……. 설마 누가 비밀통로 이야기를 하지는 않았겠지? 내부의 누군가가 스파이 노릇이라도 해 주면 좋을 텐데."

생각이 여기에 미치자 리사는 자신이 바보같이 느껴졌다. '스파이? 그 안에는 스파이가 되어 줄 만한 아이들이 이미 오백 명이나 있잖아? 아니, 오백하고도 열 명이던가?' 리사는 다시 낄낄거리며 웃었다. 아침식사를 준비하던 아이들이 영문을 몰라 리사를 쳐다보았다. '재가 지금 아파서 헛소리를 하는 건가?'

아니, 오히려 그 반대였다. 리사의 생각은 점점 더 또렷해져 갔다. 갖가지 아이디어가 계속 쏟아져 나왔다. 스파이로부터의 신호… 탐의 방이 어딘지를 보여 주는 새로운 배치도… 도시를 에워싼 용병… 이쪽 편 네 사람이 분장을 하고… 대낮에 터널로 들어가 안에서 공격을 하고… 바깥에 있는 부대에게 신호를 보내고…….

"리사, 아침을 좀 먹어야지?"

누군가 리사에게 물었다. 하지만 리사의 귀에는 들어오지 않았다. '여기 숨은 걸 들키기 전에 쳐들어갈 수 있을까? 새벽을 틈타 공격하면 될 거야. 그 녀석은 늦게 잘지도 모르니까. 그 녀석 방에 들어가려면 열쇠 한꾸러미도 있어야 돼. 그리고 권총 한 자루하고…….'

"눈은 멀쩡히 뜨고 있는데, 입술은 달싹달싹 움직이고 있어."

누군가 걱정스럽다는 듯이 말했다.

'바로 그거야.' 리사는 생각을 멈추지 않았다. '그 멍청한 자식 머리에다가 총을 겨누는 거야. 갱단을 모조리 바깥으로 몰아낼 때까지 그 자식을 인질로 삼고 방에 가둬야지. 죽이겠다고 협박하면 아마 갱단도 꼼짝없이 물러날 수밖에 없을걸. 그때 우리가 방어망을 다시 세우면 돼. 그런데 갱단 녀석들이 다짜고짜 덤벼들면 어쩌지? 기회를 잘 잡아야 돼. 우리 병력에게 신호가 오면, 비밀통로를 통해서 들어가야지. 옥상에서는 그쪽 출입구가 잘 안 보일 거야. 그렇게 치데스터 놈들을 쫓아내면 처음처럼 돌아가서…….'

"한번 흔들어서 깨워 볼까, 질 누나?"

토드가 물었다. 리사의 머릿속에서는 이미 전투가 벌어졌고, 자

작전명;
글렌바드를 탈환하라

스파이
(사실은 여장한 토드)
용병 대모집!
*식량을 줄테니
도와줘!
ㅋㅋㅋ
요건몰랐지?
비밀 통로로
몰래 들어가
글렌 바드를 접수한다!
와
와
작전 성공!
축제를 벌이자!

기편이 이기기까지 했다. '그 자식들이 모두 물러가면, 이번에는 아예 해자를 파야겠어. 개들을 데려다 놓는 것보다 더 안전하게 말이야. 그리고 기름이 있는 차를 더 찾아야지. 아니면 차에 넣을 기름을 더 찾든가. 주차장에 가면 차들이 많을 거야. 론 커우드가 휴대용 발전기에 대해서 뭐라고 했더라? 기름으로도 돌아간다고 했었지. 그러면 전기도 얻을 수 있어. 그래! 전기랑 난로랑 냉장고까지 갖는 거야… 음악까지도!'

리사는 고개를 아이들 쪽으로 홱 돌렸다. 그러곤 소리쳤다.

"음악이야!"

아이들은 리사를 빤히 바라보았다.

"음악! 니들 지금까지 거의 19개월 동안 우리가 한 번도 음악을 들은 적 없다는 거 알아?"

리사의 목소리가 어찌나 컸던지 다들 몸을 움찔했다. 리사는 아이들의 어리둥절한 표정은 아랑곳하지 않았다. 아이들은 리사가 헛소리를 하고 있다고 생각했다. 질이 와서 리사의 이마를 만져보았다.

"좀 더 쉬어, 리사."

질이 말했다.

"지금은 아무 생각 말고 쉬어. 밥이야 이따 배고플 때 먹으면 되니까. 물 좀 줄까?"

"고마워, 질. 난 괜찮아. 그냥 도시를 탈환할 생각을 하니, 정신이 팔려 버린 거 있지."

"식탁 있는 데까지 걸어갈 수 있겠어?"

질이 물었다.

"아침식사는 아주 그럴 듯했어. 네 몫은 좀 식었을 거야."

리사는 일어서려고 해 봤지만 결국 다시 소파에 쓰러지고 말았다. 질이 위로하며 말했다.

"아직은 기운이 없어서 그래. 피를 많이 흘렸으니까. 그냥 소파에 앉아 있어. 접시를 갖다 줄게."

아이들이 소파 주위에 모여 리사가 식사하는 걸 지켜보았다.

"달걀이네? 주스도?"

리사는 자기 몫의 식사를 보고 깜짝 놀랐다.

"아니, 이걸 다 어디서 구한 거야?"

벌써 차가워진 달걀을 리사가 맛있게 먹는 동안, 토드가 설명해 주었다.

"길 건너편 농장에 가 봤더니 별게 다 있더라고. 식품저장고에 가니까 오렌지주스가 있었고, 침실 이불 밑에는 암탉이 한 마리 있었어. 도대체 여태 뭘 먹고살았는지는 몰라. 하여튼 침대랑 집 하나는 확실히 갖고 있었던 셈이지. 거기서 달걀도 가져왔어."

"똑똑한 닭이네."

리사가 웃으며 말했다.

"그럼 얼른 먹고 가서 우리 착한 이웃한테 고맙다고 인사라도 해야겠다. 이웃사촌끼리 친하게 지내야지, 안 그래?"

크레이그가 맞장구쳤다.

"글쎄, 그 녀석도 지금쯤 다른 '닭 갱단' 하고 싸우고 있지 않을까?"

아이들이 번갈아가며 그 닭을 두고 농담을 했다. 농담은 슬슬 재미없어졌지만 웃음소리는 점점 커졌고, 아이들은 한바탕 신나게 깔깔거렸다.

마침내 질이 웃음을 멈추고 심각한 질문을 던졌다.

"리사, 근데 아까 왜 음악 얘길 꺼낸 거야? 우리가 조만간 다시 글렌바드에서 음악을 틀게 될 거라는 건 또 뭐였어?"

리사는 아이들에게 발전소에 대해, 그리고 새로운 전략에 대해 모두는 아니지만 일부분이라도 얘기해 주려고 노력했다. 전략은 더 세밀하게 다듬어야 한다고 생각했기 때문이다. 리사는 갑자기 피로를 느꼈다. 하지만 지금이라도 당장 시작할 수 있는 일이 몇 가지 있었다.

"질, 토드를 완전히 딴 사람처럼 변장시켜 줄 수 있겠어? 토드가 우리 스파이 노릇을 해 줘야 되거든. 완전히 딴 사람처럼 보여야 돼. 그 자식들이 혹시 토드의 정체를 알아내면 어떻게 될지 모르니까."

질은 고개를 끄덕이며 생각에 잠겼다.

"토드, 해 줄 수 있지?"

리사가 물었다.

"밤에 슬쩍 들어가서 글렌바드 시민인 척해 줘. 그리고 지금 거기가 어떻게 돌아가는지 보고 우리한테 알려 주는 거야. 안에 있는 우리 친구들한테 메시지도 전달해 주고."

"알았어, 누나."

"좋아, 그럼 우선 변장부터 해 보자. 토드는 일단 오늘 밤에 떠나도록 해. 이젠 좀 피곤하네. 잠깐 눈 좀 붙여야겠어. 변장이 다 되면 알려 줘."

리사는 좀 더 생각해 보고 싶었지만, 따뜻한 햇볕을 받자 자기도 모르게 잠들어 버리고 말았다. 리사는 아직 몸이 약한 상태였다. 그렇게 소파에 누워 있는 동안 하루가 다 갔다. 리사의 계획은 꿈속에서조차 오락가락했다. 때로는 한창 전투 중이었다. 어떨 때는 방안에서 밝고 새로운 미래를 그려보기도 했다. 다행히도 악몽은 없었다.

질과 토드는 이런저런 변장을 시도해 보았다. 대부분은 너무 우스꽝스럽기만 했다. 그 어떤 것도 진짜 같지 않았다. 우선 얼굴에 가짜로 상처를 그리고, 긴 머리를 가운데가르마로 빗어 넘겨 보았다. 그건 영 아니었다. 다음엔 길 건너 닭 농장에서 찾아낸 염색약 세트를 가지고 설명서에 나온 대로 머리를 염색했다. 검정머리 토드가 탄생하자 모두들 배꼽을 잡았다.

"도대체 어떻게 해야 할까?"

두 아이는 갈피를 잡을 수가 없었다.

그 사이에 크레이그는 에리카와 함께 밖에 나가 있었다. 남매는 외양간의 끔찍한 풍경에 할말을 잃었다. 커다란 차고에서는 수확이 있었다. 신형 트랙터, 옥수수 수확기, 쟁기 등등 멋진 현대식 장비를 발견한 것이다.

"이 정도로 갖춰 놓은 걸 보니 정말 큰 농장이었나 봐."

크레이그가 말했다.

"최소한 30만제곱미터는 되겠어."

물론 그게 맞는 말인지는 크레이그도 몰랐다. 에리카가 텅 빈 닭장 안에 들어가 노는 동안, 크레이그는 농부의 서재를 둘러보았다. 서재에 꽂혀져 있는 농부의 노트들을 한 권씩 꺼내 훑어보며 크레이그는 감탄했다. '이 양반은 정말 뭘 제대로 아는 사람이었나 봐. 여기 적어 놓은 것만 있어도 농사를 짓는 데 큰 도움이 되겠는걸!'

그러나 크레이그가 찾던 것은 따로 있었다. 결국 책상 서랍을 모조리 뒤져 본 끝에 그것을 발견했다. 커다란 열쇠 꾸러미였다. 크레이그는 그것을 손에 쥐고 얼른 서재에서 나왔다. 크레이그는 잠든 리사의 옆에서 잠깐 걸음을 멈추었다. 그리고 리사가 깨지 않도록 살금살금 걸어서 문을 조용히 열고 나간 뒤 다시 조용히 닫았다. 그런 다음, 전속력으로 차고를 향해 달려갔다. 자기가 무슨 생각을 하는지 리사에게 들킬까 봐 겁이 났던 것일까? 크레이그는 오늘 자신의 결정에 대해 언젠가는 리사에게 이야기하겠다고 다짐했다. 어쨌거나 크레이그의 머릿속은 이제 트랙터 생각뿐이었다.

"이리 와 봐, 에리카!"

크레이그가 명령하듯 말했다.

“얼른 타. 새 농장을 구경하러 가자. 그래, 우린 이제부터 여기 살 거야. 벌써 봄이잖아! 곧 농사를 지을 거야. 에리카, 너도 다 컸으니까 집안을 돌보고 요리를 배워야지? 당연히 할 수 있지! 내가 농사일을 배울 수 있으면, 너도 요리를 배울 수 있는 거야!”

크레이그는 에리카와 이야기를 하면서 동시에 트랙터의 변속기를 움직여 보고 있었다. 하지만 아무리 당겨 보고 밀어 봐도 기계는 꿈쩍도 하지 않았다. 어쩌면 이게 변속기가 아닐지 모른다는 생각에, 크레이그는 다른 손잡이와 버튼을 모조리 눌러 보았다. 그러나 여전히 반응이 없었다. 마침내 크레이그는 일단 오늘은 포기하기로 했다.

“이건 나중에 하고, 어서 가자, 에리카. 걸어서 우리 농장을 둘러보게.”

농장은 한 바퀴 돌아보는 데만도 몇 시간이 족히 걸릴 정도로 컸다. 다시 집으로 돌아왔을 무렵, 지친 두 아이는 농장의 울타리 하나하나까지도 다 살펴본 후였다. 그리고 앞으로 자신들이 살게 될 새 집을 진심으로 좋아하게 되었다.

에리카는 집에 들어서자마자 뭔가를 보고 깔깔거리며 웃어댔다. 크레이그도 마찬가지였다. 요란한 웃음소리에 리사도 긴 꿈에서 깨어났다. 웃음소리가 들리는 쪽으로 고개를 돌린 리사는 순간 어안이 벙벙했다.

"누구지?"

거기엔 생전 처음 보는 소녀가 서 있었다.

"너 어디서 왔니? 혹시 이 근처 농장에 사니?"

하지만 그 낯선 아이는 대답 대신 상대방을 약 올리는 듯 씩 웃기만 했다.

"누구냐니까?"

리사는 다시 물었다. 이번에는 질문이라기보다는 명령에 가까웠다. 다른 아이들이 더 큰 소리로 웃자, 리사는 짜증스럽다는 듯 고개를 돌렸다.

"그래, 말하기 싫으면 맘대로 해. 난 잠이나 잘 테니까."

그 낯선 아이는 검정머리에 프린터드레스를 입고 있었다.

"내가 누군지 정말 모르겠어?"

목소리를 들으니 리사가 분명히 아는 애 같았다. 리사는 고개를 돌려 다시 한번 찬찬히 그 애를 보았다. 좀 더 똑바로 보기 위해 눈을 가늘게 뜨고 촛불을 아이 쪽에 가까이 댔다. 리사는 갑자기 웃음을 터트렸다.

"토드!"

변장은 아주 그럴듯했다. '토드를 여자애로 변장시키는 것은 생각도 못했는데!' 리사는 용감한 남동생을 어떻게든 놀리고 싶어 안달이 났다.

저녁식사를 하고 나서 리사는 토드에게 앞으로 해야 할 임무를 설명해 주었다.

"우선 차를 운전해야 돼. 질네 집 차고에 주차시키고 비밀통로를 통해 글렌바드로 들어가. 위에서 누가 왔다 갔다 하는 소리가 들릴 때까지 지하실에 숨어 있어. 그건 낮이 되었다는 뜻일 테니까 말이야. 때가 되면 조심해서 남쪽 지하층으로 나가. 복도에 애들이 적당히 있을 때 나가도록 해. 그리고 우선 조앤슨네 방을 찾아가. 걔네들이 가장 최근에 왔으니까 그 집 애들이 넷인지 다섯인지 별 관심이 없을 거야. 넌 거기서 셰리 조앤슨인 척 하면 돼. 그 집 애들한테만 사정을 말하고, 딴 애들한테는 절대로 말하지 마. 네가 누군지 말하고 네 비밀을 지켜 주지 않으면 걔들 목숨도 위험하다고 엄포를 놔. 안전하다 싶으면 낮 동안에는 걔네들이랑 같이 지내."

리사는 잠깐 말을 멈추고 뭔가를 생각한 뒤에, 다시 말을 이었다.

"낮 동안에는 두 가지를 알아봐. 첫째로 로건의 방이 어딘지, 그리고 녀석들의 방어 상태는 어떤지. 그리고 또 하나 중요한 게 있어, 토드. 만약 안전하다 싶으면… 그러니까 정말로 안전하다 싶으면, 찰리를 찾아가서 우리는 다 무사하다고 해. 그리고 5월 26일에, 그러니까 지금으로부터 6일 뒤에 반격을 시도할 거라고 해 줘. 차가 최소한 열 대는 필요할 테니까 준비해 달라고 해. 세 대는 큰 트럭으로. 각각 운전사가 있어야 되고, 총도 최대한 많이 빼내 오라고 해 줘. 이 사실은 절대 아무한테도 얘기하지 말라고 하고, 앞으로 이틀 동안은 아무것도 하지 말라고 해. 우선 찰리도 운전사랑 트럭이랑 총을 빼낼 계획을 세워야 할 테니까. 그게 제대로 먹히겠다 싶으면 비밀리에 행동을 개시하는 거야. 찰리랑 찰리가 구성한 팀보고 5월 23일 밤에 글렌바드에서 빠져나와 스위프트 거리랑 노스 가 사이에 있는 아코 주유소로 나오라고 해. 거기서 한밤중에 만나자고 말이야. 찰리보고 우리가 나타나도 안전하다 싶을 때 노스 가 쪽으로 손전등을 비추라고 해. 자정부터 12분 동안 1분에 한 번씩. 네 시계를 맞춰서 찰리한테 줘. 내일 밤 다 잠들고 나면 비밀통로로 빠져나와. 조심해야 해. 아마 경비 서는 녀석들이 많을 거야. 여기 권총 있어. 드레스 밑에 집어넣어. 혹시 필요할지 모르니까……. 알았지?"

'토드가 혼자 하기에는 너무 복잡한 임무일지도 몰라.' 리사는 생각했다. 그래서 리사는 똑같은 이야기를 자꾸만 반복해서 이야기했다. 결국 동생이 그 내용을 줄줄이 외울 때까지.

"이제 다 알았어, 누나."

토드는 이렇게 말한 뒤, 문을 열고 나가 어둠 속으로 사라졌다.

아이들은 모두 토드를 걱정했다. 너무 위험한 임무였다. 하지만 용감한 소년이니까. 곧이어 리사를 제외한 모두가 잠들었다. '잘할 수 있을 거야. 그래, 분명히 해낼 수 있을 거야.' 리사가 뜬눈으로 밤을 새며 중얼거렸다.

다음날, 아이들은 하나같이 신경이 곤두서 있었다. '토드는 지금쯤 어떻게 지내고 있을까?' 모두 궁금해 죽을 지경이었다.

한편 크레이그는 하루 종일 따뜻한 5월의 햇살 아래 나가 있었다. '재는 왜 하루 종일 밖에 있는 거지?' 리사는 크레이그가 신경 쓰였다. 리사의 몸은 천천히 회복되고 있었다. 질은 앞으로 며칠 더 누워 있어야 한다고 했지만, 리사가 말을 듣지 않았다. 23일까지 준비해야 할 일들이 너무 많았기 때문이다.

토드가 스파이로서 떠난 첫날 오후, 리사는 크레이그를 불렀다.

"혹시 무슨 일 있어? 요즘 종일 밖에만 있고 말이야. 우리 도시를 탈환하는 일에 대해서는 관심이 없어진 거야?"

"듣고 보니 좀 웃기다, 리사."

크레이그가 대꾸했다.

"지금까지는 '나의 도시' 라고만 했잖아. 그런데 이렇게 빼앗기고 나서 도로 찾아와야 할 때가 되니까 갑자기 '우리' 도시가 된 거야?"

크레이그의 말이 맞았다. 하지만 크레이그는 리사의 질문에 대해 아직 답을 하지 않았다.

"미안해."

리사가 말했다.

"그럼 다시 부탁할게. '너의' 안전을 보장해 줄 수 있는 '나의' 도시를 탈환할 수 있도록 도와주지 않을래? 크레이그, 말은 그렇게 해도 내 본심은 그렇지 않아. 지금 당장 너의 도움이 필요하단 말이야. 정말로. 물론 너한테 강요할 수는 없어. 그렇게 하고 싶지도 않고. 그러니 제발 나 좀 도와줘, 응?”

“싫어.”

크레이그가 단호히 대답했다.

“리사, 난 우리가 차라리 그곳을 포기하고, 너희들도 나랑 에리카랑 같이 이 농장에서 살았으면 좋겠어. 뭣 때문에 계속 싸우려고 하는 거야?”

“포기해? 이 농장에 머문다고? 크레이그, 지금 너랑 나, 둘 중에 누가 미친 거니? 이 농장이라고 해야 트랙터 한 대랑 흙더미밖에 더 있어?”

“하지만 리사, 여기 있으면 안전하잖아. 더 이상 누구랑 싸울 필요도 없어. 먹을 걸 스스로 마련할 수도 있고. 갱단 놈들이야 지들끼리 싸우든지 죽이든지 맘대로 하라고 해. 난 의용군도 지겹고, 군대도 지겨워. 우린 그냥 여기 머물 거야!”

“넌 여기 있으면 안전할 거라고 생각하니? 퍽이나 그렇겠다! 네가 심은 작물을 수확할 때가 되면 치데스터, 엘름, 레녹스 갱단 자식들이 곧바로 쳐들어와서 네가 거둔 걸 모조리 훔쳐갈 거야! 그 자식들이 모조리 가져가 버리면 너네는 뭘 먹고살 건데? 그때가 되면 누가 너희를 보호해 줄 것 같니? 에리카보고 총이라도 쏘게 할 거니? 헛소리하지 마, 크레이그!”

“너나 헛소리하지 마!”

크레이그가 따지고 들었다.

"네가 그랬지? 의용군만 만들면 만사가 해결될 거라고! 글렌바드에서도 똑같은 소리를 하더니, 지금 어떻게 됐는지 좀 봐. 기껏해야 네가 한 일이라고는 모두 빼앗고 싶어 하는 값진 것만 만들어 놓은 셈이잖아? 그러니 그깟 것은 저놈들보고 가지라고 해, 리사. 넌 어떻게 평생 싸울 생각만 하니? 네가 글렌바드를 탈환해서 훨씬 강력한 요새로 만든다고 해도, 더 강력하고 더 규모도 크고 더 똑똑한 놈들을 만나면 말짱 헛것 아니야? 차라리 그냥 여기서 우리랑 살자. 여기에서라면 최소한 조용히 살 수는 있을 거야. 난 도와주고 싶지 않아, 리사."

크레이그가 냉정하게 결론지었다.

"우린 그냥 여기 있을 거야. 그렇게 하기로 결심했어."

"그거 참 유감이다, 크레이그. 네 그 좋은 머리를 이깟 농장에 빼앗기다니. 그래, 솔직히 나도 지금껏 실수만 저질러 왔어. 그것까지 아니라고 하진 않을게. 그동안 내가 얼마나 황당한 아이디어를 많이 내놨니. 그중 대부분은 이미 실패했지. 지금 나야말로 이 세상에서 가장 형편없는 실패자일 거야. 하지만 그렇다고 해서 이대로 주저앉지는 않겠어. 나는 아직 내가 말한 것들을 우리가 정말로 이룰 수 있다고 믿으니까. 언젠가 세상을 되돌릴 날이 올 거야. 하지만 그렇게 하기 위해서는, 이 모든 싸움의 이유가 다름 아닌 두려움 때문이라는 사실을 알아야 돼."

리사가 잠시 숨을 고르고 말을 이었다.

"너는 탐이라는 자식이 왜 글렌바드를 빼앗은 것 같니? 바로 두려움 때문이야. 사람들이 왜 이렇게 크고 작은 실수를 저지르는지 알아? 왜 다들 살아남기 위해서 싸움을 벌이고 온갖 멍청한 짓을 하는지 알아? 겁이 나서 그런 거야. 하지만 난 포기하지 않을 거야. 이건 우리 생존이 걸린 문제니까. 그리고 너희들 역시 포기할 만큼 겁쟁이라고 생각하지 않아. 언젠가는, 그래, 언젠가는 너희들도 그걸 깨달을 날이 올 거야."

리사는 이 말과 함께 자기 친구로부터 고개를 돌려 버렸다. 마치 모든 걸 체념했다는 듯이.

연 날리기를 잊은 5월의 하루

'그럼 이 일을 나 혼자서 해야 된다는 얘기네. 왜 다른 애들은 이게 얼마나 쉽고 재미있는지 이해하지 못하는 걸까?' 리사는 골똘히 생각했다. 옆에 있던 질은 리사와 크레이그의 말다툼을 고스란히 듣고 있었다. 그래서 비록 확실치는 않았지만, 리사는 질이 자기 편을 들어 줄지도 모른다고 생각했다.

"질, 내 생각엔 네가 내일 글렌바드로 돌아가는 게 좋을 것 같다. 그렇잖아도 케이티랑 미시는 네가 없으니 무서워할 거고. 찰리랑 같이 이번 탈환 준비를 해 줘. 물론 완전히 비밀리에 말이야."

리사는 질에게 자신의 계획에 대해 설명했다. 그리고 공격 당일에 질이 리사에게 신호를 주는 역할을 하면 된다고 했다.

"탐은 왜 네가 다시 돌아왔는지 궁금해할 거야. 그 녀석한테는 내가 그날 중상을 입었고, 네가 날 살리려고 해 봤지만 결국 죽었다고 해. 그리고 내가 총 맞은 것에 대해 그 녀석을 원망하지 않더라고 해 줘. 그건 그냥 우발적인 사고였다고 하더라고 말이야. 그리고 이제 네가 그 녀석 밑에서 케이티랑 미시랑 같이 양호실을 운영하며 조용히 살기 위해 돌아온 거라고 해. 그 녀석은 아마 네 말을 믿고 그냥 있게 해 줄 거야."

새벽 두 시쯤 되었을까, 토드가 농장으로 돌아왔다. 토드는 매우 흥분한 말투로 그간의 소식을 들려 주었다.

토드에 따르면 탐 로건은 글렌바드를 운영하는 데 어려움을 겪고 있었다. 일단 리사가 인질로서 무사하다는 사실을 시민들에게 납득시키지 못하고 있었다. 대부분의 아이들은 리사가 죽었다고 생각했다. 그래서 아이들은 리사의 죽음에 대해 탐을 비난했고, 그에게 복수하기 위해서라면 뭐든 할 기세였다. 탐은 매일 밤 쓸쓸하게 종탑방에 앉아서 다음에 무슨 일을 처리해야 하는지 궁리하곤 했다.

'아하, 이제 그 녀석도 그 방에 혼자 앉아서 도시를 하나 운영한다는 게 어떤 건지 배우는 중이로군. 그 녀석은 지금 내가 그랬던 것보다 수백 배는 더 힘들겠지. 시민들이 모두 반발하고 있으니까.' 리사가 생각했다.

토드가 말을 이었다.

"그 녀석은 아이들을 잔혹하게 대하고 있어. 말썽을 일으킨 애 한 명을 두들겨 패기도 했더라고. 하지만 아직은 아무도 비밀통로에 대해서 말하지 않았어. 어제는 비밀창고가 어딘지 대라면서 찰리를 두들겨 팼어. 하지만 찰리는 말 안 할 거야. 정말로 말 안 할 거야. 탐이 무슨 짓을 하든지 말이야!"

"찰리는 참 훌륭해."

리사가 크레이그를 비꼬는 식으로 말했다.

"그래도 이 세상에 겁쟁이가 아닌 사람이 하나쯤 있긴 있구나. 잘했어, 토드! 거의 잠도 못 잤겠네. 그런데 잠은 나중에 실컷 자기로 하고 다시 한 번 더 들어갔다 올 수 있겠니?"

"그럼. 나 피곤하지 않아. 이번엔 뭘 해야 하는데?"

"좋아. 이번에는 조앤슨네 방으로 다시 가서, 일단 거기서 자. 그리고 내일 아침에 걔네들하고 일어나는 거야. 그리고 찰리한테 가서, 낮에 질이 찾아와서 리사가 죽었다고 말하더라도 탐을 방심하게 하려고 꾸민 말이니까 믿지 말라고 해. 그리고 찰리한테 그쪽 계획을 설명해 달라고 해. 그래야 그날 자정에 만나기 전에 일이 어떻게 돌아가는지 알 수 있으니까."

토드는 누나의 말을 완벽하게 이해했다. 이제 훌륭한 스파이가 되어 가고 있었던 것이다. 토드는 새로운 임무 수행을 위해 어둠 속으로 사라졌다. 아마 앞으로 48시간 동안 토드는 거의 잠을 못 잘 것이다.

리사는 여전히 소파에 누워 있었지만, 기분은 한결 나아졌다. 리사의 정신은 새로운 힘과 확신을 얻고 있었기 때문이다. 패배는 리사의 정신을 보다 또렷하게 만들었다. 이제는 최소한 '논리적' 이라는 단어의 의미를 제대로 알 것 같았고, '운에 맡길 수 없다' 는 오랜 경구가 리사의 정신세계에서 보초 노릇을 했다. 리사는 자신에게 맞닥뜨려진 문제들을 새로운 기회, 새로운 도전으로 생각하기 시작했다. '운에 맡길 수는 없어… 운에 맡길 수는 없어… 모든 가능성을 고려해야 돼… 실수는 뼈아픈 거야… 논리적으로 생각해… 정신을 똑바로 차리고… 생각하자… 생각하자… 계획하자… 논리적으로… 운에 맡기지 말고!' 리사가 새로운 전략을 짜내는 동안 이런 말들이 머릿속에서 맴돌았다. 리사는 부주의함의 대가가 무엇인지 명확히 배운 것이다.

'현명한 왕의 말이 맞았어.' 리사가 문득 깨달았다. '삶에서 진정한 즐거움은 가치를 획득하는 것이라고 했지. 그때 그는 삶의 가장 중요한 것에 대해 이야기했던 거야. 경험이나 사랑, 행복 같은 것들. 돈이나 차, 아니면 비싼 물건처럼 손에 잡히는 것이 아니고 말이야. 지금 내 꼴 좀 봐. 내 도시는 물론이고 그 안의 모든 보물들을 잃었지만, 그렇다고 해서 나 자신까지 잃진 않았어. 그저 몸만 다쳤을 뿐이지 정신은 오히려 또렷해. 친구들도 여전히 옆에 있고. 그리고 내 꿈, 계획은 결코 불가능한 게 아니야. 매일매일 점점 더 현실로 다가가고 있잖아. 그렇다면 내가 정말로 잃어버린 게 뭘까?'

리사는 스스로에게 이렇게 물었다.

'난 실수를 저질렀어. 하지만 그 실수를 되풀이하지는 않을 거야.

나는 많은 것을 배웠고, 그 어느 때보다도 강해졌어. 도시를 되찾기만 한다면……. 이번엔 정말 잘 지켜 낼 거야."

세워야 할 계획은 많은데 남은 시간은 너무 짧았다. 리사는 전염병 이후로 자신이 직면해 온 수많은 문제들을 하나하나 떠올려 보았다. 그중 일부는 결국 해결하는 데 실패하고 말았지만, 대부분은 성공했다. 지난 19개월 동안 리사는 항상 바쁘게 움직였다. 생필품을 찾아내고, 의용군을 계획하고……. 그래서인지 리사는 예전 같으면 당연히 눈치 챘을 한 가지 사실조차도 모르고 넘어가는 중이었다.

오늘처럼 날씨 좋은 5월의 하루는 연 날리기에 최고라는 사실을 말이다.

도시를 운영하는 게 장난인 줄 알아?

5월 23일 밤은 따뜻했다. 리사와 토드는 재킷을 걸치고 앉아서 스위프트 거리 쪽에서 인기척이 있기를 기다렸다. 주유기 표면에 춤추듯 반사되는 달과 구름의 그림자를 제외하면 아코 주유소는 텅 비어 적막하기만 했다.

"지금 몇 시야, 토드?"

"열두 시 오 분 전."

토드가 대답했다. 한참 침묵 속에 기다리고 있자니, 멀리서 우르르 하는 소리가 들려 왔다.

"무슨 소리지? 드디어 도착한 걸까?"

남매는 어둠 속을 뚫어져라 바라보았다. 소리는 천천히 형태를 보이기 시작했다. 지붕을 열어 놓은 컨버터블 자동차 한 대가 나타났다. 운전수 말고도 세 명의 병사가 함께 타고 있었다. '찰리인 것 같은데.' 리사가 생각했다. 그 자동차 뒤에는 열두 명의 병사가 탄 커다란 덤프트럭 한 대가 따르고 있었다. 뒤이어 소형트럭 세 대와 승용차 두 대도 모습을 드러냈다. 모든 차에는 병사들이 타고 있었다. 마지막으로 병사 네 명과 운전사가 탄 컨버터블 자동차가 도착했다.

차량 행렬은 스위프트 거리와 노스 가 사이의 교차로에서 멈췄다. 이후 몇 분 동안은 주위가 온통 어둡고 조용하기만 했다.

"왜 그러지? 왜 찰리가 신호를 안 보내는 거지?"

리사의 심정을 대변이라도 하듯 토드가 물었다. 바로 그때 선두 차량에서 손전등 불빛이 반짝였다. 토드와 리사는 불빛이 반짝이는 간격을 쟀다.

"십 초… 삼십 초… 일 분."

그때 또 다른 불빛이 반짝였다. 그리고 또다시……. 불빛이 일 분마다 한 번씩 열두 번 반짝이고 나자, 리사와 토드는 노스 가를 건너 선두 차량으로 다가갔다.

"찰리, 다시 보게 되어 반가워!"

리사는 찰리와 악수를 나누며 다시 지휘권을 넘겨 받았다.

"애들을 모두 한가운데 있는 소형트럭 옆으로 모이게 해. 얼른! 그리고 다들 소리를 내지 말라고 해 줘."

찰리는 물론이고 병사들 누구도 오늘 밤의 계획에 대해 아는 사람이 없었다. 그러나 소형트럭 짐칸 위에서 들려오는 리사의 목소리를 듣자, 모두들 환호성을 지르고 싶은 기분이었다.

"자, 지금부터 할일이 많아. 날이 밝는 대로 우리는 정말 흥미진진한 여행을 떠날 거야. 글렌엘린 외곽으로 가는 우리의 첫 번째 여행인 셈이지. 우리는 다른 마을을 찾아다니며 용병을 모집할 거야. 충분히 믿을 만하다고 생각되는 녀석들을 찾으면, 글렌바드 탈환을 도와달라는 계약을 맺을 거야. 우선 롬바드로 가자. 그 다음에는 빌라파크, 그 다음에는 휘튼으로. 적당한 용병을 찾지 못하면 또 다른 도시로 가 보는 거야. 하지만… 얘, 거기, 너."

리사는 안절부절못하는 듯 보이는 한 소년을 가리키며 물었다.

"너 지금 내가 무슨 말 했는지 들었어?"

소년은 대답하지 않았다.

"내가 하는 말 정신 똑바로 차리고 잘 들어. 내일은 절대 아무런 실수도 해서는 안 돼. 다른 도시에 가서 어떤 일을 겪게 될지 모르니까. 어쩌면 다른 갱단이 다짜고짜 공격해서 우리 모두 죽을 수도 있어. 그러니까 다들 정신 차려! 어떠한 실수도 용납되지 않아. 그러니 다들 집중해."

아이들은 바로 내일의 작전을 연습하기 시작했다. 리사와 찰리가 아코 주유소에 들어가 작전에 대해 의논하는 사이에 병사들은 잠시나마 쉴 수 있었다. 보다 성공적으로 작전을 수행하기 위해, 두 사람은 쉬고 있던 병사들을 깨워 좀 더 자세히 작전에 대해 설명해 주기로 했다. 그리고 내일 이후의 계획까지도 설명했다. 리사의 전략은 5월 26일 오전을 기해 찰리의 부대와 용병 부대 수백 명이 도시 재탈환 작전을 편다는 것이었다.

"리사, 벌써부터 그렇게 앞서나갈 필요는 없잖아? 일단 내일 하루의 계획만 고민하자니까."

사령관 찰리가 리사에게 이의를 제기했다.

"아니야, 찰리. 일단 전체적인 작전이 있어야 모든 게 맞아떨어지지. 26일까지 틀을 짜 놓은 다음에 매일매일 적용하면 돼."

아이들은 날이 새도록 논의와 설명을 거듭했다. 병사들은 잠깐 눈을 붙이다가 일어나서 설명을 듣고, 또다시 잠깐 눈을 붙였다. 아침이 되자 모두들 작전 내용을 명확히 머릿속에 담아 둘 수 있었다.

여덟 대의 자동차에 탄 55명의 병사들은 동이 트기 전에 이미 출발 준비를 마쳤다. 해가 떠오름과 동시에 이들의 차량 행렬은 롬바드로 출발했다. 사실 아이들은 너무 지쳐 있었고, 일부는 '외부 세계'에서 만나게 될 예기치 못할 상황에 대해 두려워하고 있었다. 하지만 병사들은 꿋꿋하고 용감하게 각자의 위치를 지키고 있었다.

이웃 마을의 다른 아이들은 긴 차량 행렬을 보고 깜짝 놀랐다. 그러고는 다들 각자의 집으로 뛰어 들어갔다. 혹시나 자기 동네를 공격하러 쳐들어오는 게 아닌가 두려웠기 때문이다. 그 마을에서는 아직 어느 누구도 운전을 할 줄 몰랐다. 그러니 차 한 대가 움직이는 것만 봐도 깜짝 놀랄 일인데, 무려 여덟 대에 무장 병력이 타고 있으니 소스라칠 만도 했다.

차량 행렬은 롬바드의 곳곳에서 멈춰 섰다. 그나마 두려움이 없는 아이들 몇몇이 바깥에 나와서 행렬을 바라보고 있으면, 찰리가 그쪽을 향해 이렇게 물었다.

“얘, 우리는 친구로 지내러 온 거야. 이 동네 대장이 누구니?”

그러면 아이 한 명이 선두 차량으로 다가왔다. 찰리는 최대한 호의적으로 용건을 말했다.

“우린 글렌엘린에서 왔어. 너희와 친구로 지내고 싶어서. 나쁜 뜻은 없어. 본부는 어디니?”

차량 행렬은 스무 번도 넘게 멈춰 섰지만, 어느 누구도 ‘대장’이나 ‘본부’에 대해 딱 부러지게 말해 주진 못했다. 리사와 찰리는 아마 이 동네에서는 그런 단어 자체가 사용되지 않는 모양이라고 결론지었다. 동네 분위기만 봐도 그랬다. 하나같이 활기가 없고 지저분하기만 했다.

행렬은 빌라파크로 향했다. 그곳의 모습은 차마 말하고 싶지 않을 지경이었다. 그 마을은 결국 스스로 무너진 곳이었다. 곳곳에 죽음이 흘러 넘쳤다. 아이들은 굳이 어느 집이고 문을 열고 들어가 볼 필요조차 없다는 사실을 깨달았다. 그래서 조용히 차를 몰고 그 마을을 지나쳤다.

휘튼에는 지도자와 본부, 그리고 군대가 있었다. 하지만 아이들이 찾던 동지는 아니었다. 휘튼의 사령관은 잔인하고 폭력적인 남자애였다.

"당장 이리 내려와서 무릎 꿇지 못해?"

소년이 말했다.

"아니면 우리 애들이 쫓아가서 아주 박살 내 버릴 거야. 우리 애들은 이백 명도 더 되니까. 이 스콧 도널드 메니님의 부하들 말이야!"

"스콧 도널드 메니?"

차량 행렬 속의 누군가가 말했다.

"내가 보기에는 스콧 도널드 덕이 더 어울리겠는데?"

글렌바드의 소부대는 신나게 웃어젖혔다. 리사는 화가 난 상대편 사령관의 표정을 살폈다. 온몸을 덜덜 떨고 있었다. 하지만 소년은 모욕 따위는 무시하기로 한 모양이었다.

"이 자식들아, 그렇게 잘났으면 너희 동네에 처박혀서 바깥으로 기어 나올 생각은 하지도 마! 절대로!"

소년은 친절하게도 그 이유를 설명해 주었다.

"난 조만간 시카고 군대랑 합칠 거니까, 그때 가서 보잔 말이야, 응? 그러니 너무 개기지 말라고! 안 그러면 너희부터 제일 먼저 박살을 내 줄 테니까!"

소년은 계속해서 허풍을 떨었다.

"시카고 군대는 이 동네에서 제일 크고 제일 센 군대란 말이야. 걔네들은 이천 명도 더 돼. 그리고 우리 휘튼이랑 다른 마을까지 합

치면 훨씬 더 커질 거야. 아마 7월에는 오천 명도 더 될걸? 하여간 준비만 되면 다른 마을도 하나하나 점령할 거야. 너희 마을도 마찬가지고. 모조리 점령해서 나중에는 우리가 이 주를 전부 다스릴 거야!"

'저 자식, 더럽게 잘난 척이군.' 리사가 속으로 생각했다. 하지만 소년의 말은 아직도 끝나지 않았다.

"너희도 머리라는 게 있다면 우리 밑으로 기어 들어오란 말이야! 머리가 없는 놈들이라면 아마 두고두고 후회하게 될걸! 시카고 왕은 아주 힘이 센 녀석이란 말이야. 걔가 조만간 너네도 찾아갈 거야, 두고 봐! 어떻게 할 건지 선택이나 잘 하셔. 최대한 앞날을 생각해서 말이야. 아니면 꺼져, 이 자식들아! 아니, 잠깐, 너네 지도자란 놈 이름은 뭐야? 그놈도 여기 왔냐? 왔으면 나와 봐! 내가 시카고 왕한테 가서 본 그대로 전해 줄 테니까 말이야!"

리사가 차에서 내려 다가가자, 소년은 깔깔 웃었다.

"하! 말도 안 돼!"

소년은 다시 깔깔 웃더니, 이번에는 55명의 글렌바드 소부대를 바라보았다.

"계집애 아냐?"

소년은 여자 목소리를 흉내 냈다.

"어머, 어머, 얘들아, 무슨 일이니? 하, 계집애가 군대를 이끈다고? 잘도 싸우겠다!"

지금껏 리사는 어느 누구도, 심지어 그 탐 로건이란 녀석조차도 다치게 하고 싶은 생각은 털끝만큼도 없었다. 하지만 지금만큼은 달랐다. 리사는 휘튼 사령관이란 녀석의 얼굴에 정통으로 주먹을 날렸다.

얼굴을 얻어맞은 소년은 어찌나 당황했던지 차량 행렬이 저만치 떠나가고 있을 때까지도 코피를 펑펑 흘리며 멍하니 서 있었다. '계집애 따위가!' 소년은 이렇게 생각하며 차들이 떠나간 쪽을 멀거니 바라보았다.

"그래. 아주 잘했어."

찰리가 리사에게 말했다.

"그럼 이제는 또 다른 적이 생긴 셈이네. 스콧 도널드 덕 말이야!"

아이들은 멀어지는 소년의 모습을 바라보며 속 시원하다는 듯 웃었다. 하지만 금세 분위기가 심각해졌다. 옆에 있던 찰리가 근심스러운 표정으로 말했다.

"근데 그 시카고 부대 이야기를 들으니 섬뜩하던데. 넌 어땠어, 리사?"

"시카고 왕은 무슨."

리사는 오히려 담담했다.

"무슨 지도자란 자식 이름이 그따위야. '두목' 이나 '대표' 면 그만이지, 지금이 무슨 중세시대도 아니고 왕이 뭐야?"

두 아이는 아무 말도 하지 않았다. 물론 왕이니 뭐니 하는 것은 어디까지나 과거에나 있었던 것이었다. 하지만 이제는 왕이니, 폭군이니 하는 것들이 현실이 되어 버린 시대가 아닌가.

"이제는 그 자식들에 대해서도 대비를 해야겠어."

리사가 말했다.

"그럼 이제는 어디로 갈까, 리사?"

찰리가 물었다.

"글쎄, 다른 마을을 찾아가 볼 수야 있겠지. 하지만 내 생각에는 거기 상황도 오늘 다녀온 곳들과 크게 다르지 않을 것 같아. 그러니 오늘 밤에는 계획을 좀 변경해야겠어. 대규모 군대 없이 우리끼리 할 수 있도록 말이야."

리사는 잠시 생각에 잠겼다.

"운전사."

리사가 말했다.

"여기서 좌회전 해."

리사는 적들을 피해 스위프트 거리의 조용한 농장으로 차량 행렬을 이끌었다. 하지만 농장은 리사가 생각했던 것처럼 조용하지 않았다. 높이 솟은 불길을 보자, 리사는 예전에 집에 일어난 화재가 떠올랐다. 수백 명이 한꺼번에 질러대는 비명소리는, 이전의 전투와 축하행사를 떠올리게 했다.

"도대체 어떻게 된 거지?"

리사가 갖은 추측을 하는 동안 차량 행렬이 농장에 도착했다. 파티가 열린 걸까? 아니면 정말 불이 난 걸까? 다행히 파티였다. 리사가 농장 안으로 걸어가는 동안 농장 주위에 몰려든 아이들이 기쁨의 함성을 지르고 박수를 쳐댔다. 아이들은 글렌바드의 노래를 부르며 차량 행렬이 돌아오기를 기다리고 있었던 것이다. 오렌지색과 노란색이 뒤섞인 글렌바드 깃발이 모닥불 위로 높이 휘날리고 있었다. 그랬다. 모두들 뭔가를 축하하는 중이었다. 리사가 안전하다는, 그리고 스위프트 거리의 한 농장에 머물러 있다는 소문이 난 것이었다. 그 소문은 재빨리 도시 전체로 퍼져나갔다.

"찰리!"

그러나 리사는 화가 나 있었다.

"어떻게 된 거야? 애들이 어떻게 안 거야? 이건 정말 큰 실수라고. 이제 탐이란 자식이 여기까지 우릴 쫓아오거나, 아니면 공격에 대비해 구석구석마다 경비를 세울 거 아냐! 어떻게 할 거야, 찰리! 애들이 도대체 어떻게 안 거야? 너랑 토드만 알고 있기로 했잖아!"

찰리는 대답도 못 하고 한참을 있다가 겨우 입을 열었다.

"리사, 맹세해. 난 아무 말도 하지 않았어. 진짜야. 도대체 어떻게 알아냈는지 모르겠어."

리사는 일단 찰리를 믿기로 했다. 그제서야 질이 떠올랐다. '어쩌면 질을 고문해서 알아냈는지도 몰라.'

한편 흥분한 아이들은 리사에게 한 마디 하라고 난리였다. 아이들은 박수를 치며 소리를 고래고래 질러댔다.

"나와 봐, 리사! 나와 봐, 리사!"

하지만 리사의 머릿속은 여러 가지 생각들로 복잡했다. 앞으로 일어날 심각한 상황에 대한 생각들이었다. '혹시 탐이 오늘 밤에 다시 쳐들어오지 않을까? 질은 도대체 어떻게 된 걸까? 혹시 어디 다치기라도 한 걸까? 그럼 이제 앞으로 어떻게 해야 할까? 이런 상황에서도 5월 26일에 공격이 가능할까? 지금 여기 와 있는 수백 명을 다시 군대로 조직할 수 있을까?'

아이들의 목소리는 밤이 깊어질수록 점점 더 커졌다. 아이들은 계속 소리를 질렀다.

"리사! 리사! 나와 봐, 리사!"

하지만 리사는 아이들 앞에 나서지 않았다. 새로운 전략을 변경하고 보완하느라 바빴기 때문이다. 그래야 뭐라도 할말이 있을 것이 아닌가.

시간이 지날수록 아이들의 숫자가는 점점 늘어나고 있었다. 스위프트 거리와 노스 가, 그리고 옛날 그랜드 가를 지나 호수 옆에 있는 성에 이르는 길엔 아직 살아 있는 자신들의 지도자를 찾아 각자 소지품(심지어 식량과 총까지도)을 챙겨들고 나선 아이들의 행렬이 이어지고 있었던 것이다. 그전까지만 해도 아이들은 리사가 죽었을까 봐 걱정했었다. 하지만 한편으로는 리사가 무척 강인하고 매우 특별한 아이이기 때문에 살아 있는 거라 믿고 있었다.

그러나 어두운 방 안에서 정작 리사의 용기는 흔들리고 있었다.

'나는 저 아이들이 생각하는 그런 사람이 아닌데…….'

리사는 스스로에게 말했다.

'우리가 과연 해낼 수 있을까? 정말 모르겠어…….'

그러나 당장 시급한 문제에 빠져들자마자, 그런 약해빠진 모습은 리사로부터 멀어져갔다. 지금의 문제 역시 풀 수 있을 것 같았다. '의심은 이제 그만.' 리사는 스스로에게 경고했다. '이 계획을 제대로 만들어야 돼. 완벽하게. 운에 맡길 수는 없어. 실수를 해서도 안 되고…….'

그날 밤은 물론이고 그 다음날까지도 리사는 방인에 틀어박혀 있었다. '오늘이 25일인가?' 리사가 생각했다. '오늘 밤. 그래, 오늘 밤까지 계획을 완벽하게 준비해야 돼.'

토드가 누나 곁으로 다가갔다. 두 사람은 촛불을 켜 놓고 지금까지의 계획과 도면을 들여다보았다. 바깥에서 기다리는 아이들에게는 논의가 끝도 없이 길게 느껴졌다.

"저 안에서 뭣들 하고 있는 거야?"

몇몇 아이들이 짜증을 내기 시작했다.

"왜 리사는 밖으로 나오지 않는 거야? 왜 지금 당장 탐 자식을 쫓아내러 가지 않는 거야?"

찰리는 아이들을 달랬다.

"중요한 계획이라 그래. 아주 중요한 계획이라서. 그러니 실수가 있어서는 안 되잖아. 일단 리사를 믿어 봐. 어떻게 할 건지는 걔가 우리보다 더 잘 알고 있으니까."

마침내 리사가 긴 생각 끝에 아이들에게 새로운 계획을 들려주었다. 계획은 곧바로 실천에 옮겨졌다.

정말이지 순식간이었다. 아이들은 글렌바드 성을 완전히 에워쌌다. 숲 속에, 성벽 옆에, 나무 위에, 그야말로 구석구석에 아이들이 자리를 잡았다. 단 한치의 실수라도 있어서는 안 되었다. 작은 소음도 용납되지 않았다!

아이들이 바깥에, 그러니까 요새 주위에 대기하는 동안, 리사는 혼자서 비밀통로를 통해 성 안으로 들어갔다.

'그 녀석이 아직 종탑 방에 있을까? 총은 제대로 장전이 된 걸까? 열쇠는 제대로 챙겼을까? 혹시 경비병이 있을까?' 최대한 조심스럽게 성 안으로 진입한 리사는 완전히 당황했다. '뭐야, 어떻게 된 거지? 경비병이라곤 전혀 없잖아! 아이들도 한 명도 없고! 어떻게 된 거지?' 리사는 경비병이 한 명도 없다는 사실에 오히려 신경이 더욱 곤두섰다.

리사는 우선 지하층부터 샅샅이 훑어보았다. 경비병은 물론이고 단 한 명의 시민도 없었다. 1층으로 올라가는 계단에도 마찬가지였다. 한 명도 없었다. '어떻게 된 거야? 뭐가 잘못된 거지?' 리사는 복도를 따라 걸었다. 텅 비어 있었다. 한 명도 없었다. '다시 돌아가야 할까? 아니야, 아니지!'

리사는 종탑 방에 도착해 열쇠 구멍에 열쇠를 넣고 조심스럽게 돌렸다. 놀랍게도 탐은 마치 기다리고 있었다는 듯 탁자 앞에 앉아 있었다.

"안녕, 리사. 네가 올 줄 알았어."

탐이 담담하게 말했다.

"앉아, 얘기 좀 하게."

리사로서는 전혀 예상치 못했던 일이었다.

"난 이 도시를 운영할 수가 없어, 리사. 네가 이긴 거야. 애들이 성을 떠나 버렸어."

탐이 잠시 말을 멈추었다가 계속했다.

"총 쏜 것은 미안해, 리사. 정말 미안해. 쏘지 말라고 했었는데……. 그건 그냥 사고였어. 널 해칠 생각은 없었어. 질인가, 네 친구도. 아마 애들은 내가 개를 때렸다고 했을지도 모르지. 하지만 사실이 아니야. 그냥 좀 겁을 줬을 뿐이야. 질은 아래층에 무사히 있어. 그냥 겁만 조금 줬어. 그게 다야……. 애들이 모두 떠나더군. 시민들이 네가 어디 있는지를 알게 된 거야. 아마 질이 말했겠지. 그래서 시민들에게 너희들이 떠나면 내가 질을 가만 안 두겠다고 으름장을 놨어. 하지만 다들 떠날 준비에 바빠서 내 말을 듣는 척도 안 하더라. 그냥 그렇게 가 버린 거야. 내가 뭘 할 수 있었겠어? 애들은 애초부터 날 싫어했는데……. 내가 도대체 뭘 어쩌겠어?"

'얘가 지금 그걸 나한테 물어보는 거야?'

리사는 어이가 없었다. 어쨌거나 탐은 무척이나 힘들고 지쳐 보였다. 이제는 글렌바드를 운영하는 것이 얼마나 힘든 일인지 알게 된 것 같았고, 더 이상 관심도 없는 듯했다. 소년은 패배한 것이다.

"좋아, 그럼 얘기 좀 하자."

리사는 이렇게 말하며 총을 촛불 옆에 내려 놓았다.

하지만 그것은 속임수였다. 탐은 순식간에 총으로 리사를 겨냥하면서 소리를 질렀다. 그러자 숨어 있던 50여 명의 경비병들이 몰려나와 복도를 가득 메웠다.

이 도시의 역사상 두 번째로, 갱단 두목이 리사를 향해 승리의 미소를 지어 보인 것이었다.

자야 할 시간이지만, 일단은 연설을 해야지

문이 닫히자 리사와 탐은 종탑 방에 단둘이 남았다. 리사는 자신을 책망했다. '도대체 내가 왜 그랬을까? 그렇게 간단한 속임수에 넘어가 버리다니!' 문득 자기는 이 방이나 이 도시의 주인 자격이 없다는 생각이 들었다. 결국 글렌바드를 되찾는 데 실패한 셈이었다.

"왜 꼭 이런 식이어야 하는 거지, 탐?"

이 말이 과연 어떤 대화로 이어지게 될지는 생각지도 않은 채, 리사가 물었다.

"왜 우리가 이렇게 싸워야 하는 거야? 너도 알다시피 나는 싸우고 싶지 않아. 내가 언제 너희를 먼저 공격한 적이 있었니? 물론 이번이야 원래 내 것이었던 걸 되찾기 위해 온 거지만……. 너는 어때, 탐? 그렇게 남과 싸워서 뭔가를 훔치는 게 좋니? 아직도 너 혼자서는 아무것도 얻지 못할 것 같아서 겁이 나는 거니? 너는 꼭 남들이 애써 노력해서 얻은 걸 훔쳐야만 살 수 있는 거니?"

탐은 리사의 말에 귀를 기울였지만 감히 대답할 수는 없었다. 리사의 말이 자신의 약점을 정확히 찌르고 있었기 때문이다. 리사가 계속 말을 이었다.

"그래서 네 삶이 나아지기라도 한 거니, 탐? 이렇게 더러운 짓을 해서 너한테 무슨 즐거움이 있는데? 왜 굳이 너를 겁내는 노예나 부하들을 두고 싶어 하는 거야? 넌 두려움에 의존하고 있어! 처음에는 죽음이나 굶주림에 대한 부하들의 두려움을 이용했던 거고, 지금은 실패에 대한 너의 두려움까지 더해진 거야. 네 자신의 머리로 삶을 꾸려나가는 걸 두려워하고 있는 거라고."

리사는 잔뜩 흥분해서 탐에게 하고 싶은 말을 거침없이 쏟아 냈다.

"너도 내 말이 사실이라는 걸 알지? 넌 네가 가진 자원을 활용하는 방법 자체를 몰라. 전혀! 그러니 괜히 난폭한 척 하면서 남들이 애써 노력해서 만들어 놓은 걸 훔칠 생각이나 하는 거야. 너는 내가 이 도시를 세우기 위해 얼마나 많은 대가를 치렀는지 아니? 나는 이곳을 위해 죽어라 노력했어. 하지만 어느 누구에게도 나를 도우라고 강요하지 않았어. 다른 사람의 물건을 훔치지도 않았고. 그런데 넌… 넌 저 썩어빠진 부하들하고 총을 들고 와서는, 내가 심은 곡식이 잘 자라서 거둘 때가 되니까 몽땅 거둬 가려고 하는 거지."

탐은 아무 대답이 없었다. 대신 조용히 자기가 든 총을 탁자 위에 내려 놓았다.

하지만 리사는 총을 집어 들지 않았다. 자신에게 총보다 더 강력한 무기가 있음을 알게 된 것이다. 리사는 지금 상대방의 두려움을 이해하고 있었다. 탐을 궁지로 몰아넣은 리사는 마지막 일격을 날리기로 했다.

"넌 겁내고 있어, 탐 로건. 너의 삶에 대해서, 그리고 자신의 능력에 대해서. 내 눈엔 네가 참 불쌍해. 정말로 즐거운 게 뭔지 모르고 사는 애니까 말이야."

현명한 왕에 대한 생각을 떠올리며, 리사는 행복에 관한 조언을 해 주었다. 물론 소년은 아직 그 조언을 받아들일 준비가 되지 않은 듯 보였지만 말이다.

"넌 자유야, 탐."

리사가 말했다.

"가 버려. 네 군대도 모두 끌고서."

탐이 문 쪽으로 향하자, 리사는 이렇게 덧붙였다.

"앞으로는 널 조금 좋아해 보도록 노력할게, 탐."

몇 분 지나지 않아서 치데스터, 엘름, 레녹스 부대의 모습은 글렌바드에서 사라졌다. 영원히.

리사는 종탑 방의 문을 닫았다. 탁자 위에는 아직 권총이 놓여 있었다.

"다시 나 혼자야!"

리사는 이렇게 말했다. 집에 돌아온 듯한 기분이 좋았다. 리사는 그토록 그리웠던 옛날 의자에 앉았다. 바로 '자기' 의자에. 환호하는 시민들이 도시 전체를 메우는 동안, 리사는 그 의자에 앉은 채 깊은 생각에 잠겼다.

누군가가 종탑 방 문을 똑똑 두들겼다. 토드였다.

"자, 이제 돌아온 거야. 그렇지, 토드?"

리사는 동생을 향해 미소를 지었다.

"애들이 누나보고 연설을 해 달라고 하고 있어, 누나."

"뭐? 뭐에 대해서? 지금 강당에서 기다리고들 있는 거야? 나 잠깐 쉬고 싶어. 너도 좀 자 둬, 토드. 여기 소파에서. 얘기는 내일 해 줄게. 괜찮지? 너도 아주 지쳤겠다."

리사가 동생을 토닥이며 말했다.

"며칠째 잠을 제대로 못 잤잖아. 그렇지? 조만간 휴가를 좀 가야겠어. 그동안은 정말 바빴으니까. 내가 말 했었나? 넌 아주 착한 녀석인데다가, 아주……."

그 순간, 리사는 동생이 이미 잠들어 버렸다는 사실을 깨달았다. 리사는 용감한 자기 동생을 흐뭇하게 바라보았다.

그때 누군가가 또다시 방문을 똑똑 두들겼다.

"아, 들어와, 아일린. 왜 그래? 우는 거야? 왜? 아, 정말 고마워, 아일린. 지금껏 누가 나한테 해 준 얘기 중에서 제일 고맙다, 얘!"

리사는 어린 소녀를 앉혀 놓고 자기가 다른 모두에게 하고 싶은 이야기를 들려 주었다.

"너도 이 세상에서 무슨 일이든 할 수 있어. 하지만 그러려면 먼저 한 가지 배워야 할 게 있어. 절대로 겁을 내서는 안 된다는 거야. 뭔가 좋지 않은 일이 생기면 어떻게 해야 좋은 일이 생기게 만들 수 있을까 생각하고……. 그리고 뭔가 좋은 일이 생기면, 그 다음에는 이런 생각을 해야 돼. 어떻게 하면 이 좋은 상태를 계속 유지할 수 있을까……. 아일린, 듣고 있지?"

어린 소녀가 작게 고개를 끄덕였다.

"만약에 나쁜 일이 생겼는데, 그것을 우리 힘으로 바꿀 수 없다면, 그때는 그냥 잊어버리면 돼. 그건 어떻게 해도 안 되는 일이니까. 하지만 우리 힘으로 바꿀 수 있는 일이라면, 네가 가진 힘을 다 바치는 거야! 네가 얼마나 큰 힘을 지니고 있는지 알면 아마 깜짝 놀랄걸? 내 말 듣고 있니?"

물론 소녀는 듣고 있었다. 리사의 말이 아니라 강당에서 들려오는 소리를 말이다. 마치 수천 명도 넘는 아이들이 파티를 벌이는 듯 왁자지껄했다. 게다가 얼마나 신나는 분위기인지!

'재들은 오늘 나를 따르고 박수를 보내지만, 내일이면 또다시 나보고 돌았다고 하겠지……. 내가 생각해 낸 새로운 계획을 들으면 말이야! 내가 아는 진리를 몇 마디, 간단한 말로 전해 줄 수만 있으면 좋겠지만, 행복에 대한 왕의 조언조차도 애들은 도무지 이해하지 못하니. 하긴 그런 건 스스로 찾아야 하는 거야. 스스로 두려움을 없애버려야 해. 내가 그걸 가르치려 하다니, 그거야말로 왕이 저지른 실수나 마찬가지지. 행복이나 가치를 강요할 수는 없어.'

아일린은 리사의 무릎을 베고 누웠다.

"그래, 아일린. 하고 싶은 일은 뭐든지 하는 거야. 그러다 보면 너도 행복을 발견하게 될 거야. 대신 아무것도 두려워하지 마. 삶이란 정말로 재미있는 거야. 정말로."

이 작은 소녀는 언제부터 꿈나라로 빠져 들었을까. 리사는 무겁게 축 늘어진 꼬마의 몸을 안아서 소파로 옮겼다. 토드와 아일린은 나란히 누워 곤히 잠들었다.

리사는 다시 촛불을 켰다. 리사는 미소 지으며, 이것이야말로 '생각의 촛불' 이라고 중얼거렸다. 그 타오르는 촛불이 리사와 리사의 도시를 위한 계획에 영감을 주어왔던 것이다.

"나와 봐, 리사! 나와 봐, 리사!"

강당에서 리사를 부르는 외침이 들려왔다. 마치 시민 전체가 거기 모여 노래를 부르며 기다리는 것 같았다.

리사도 아이들을 즐겁게 해 주고 싶었다. 하지만 도대체 무슨 말을 해야 할지 알 수가 없었다. 그 '시카고 왕' 인가 하는 놈에 대해 이야기하고, 조만간 닥칠 위험에 대비해야 한다고? 어쨌든 뭔가 말을 하긴 해야 했다. 그건 리사의 임무였다. 하지만 리사는 너무 지쳐 있었다. '도대체 무슨 말을 해야 하지? 왜들 저렇게 크게 소리를 지르는 거야? 지금쯤 각자 방에 돌아가서 자야 할 시간인데.

그래, 까짓 거 얘기해 주지, 뭐. 어차피 잘 때쯤이면 까맣게 잊어버리고 말 테지만 말이야. 하지만 지금 내가 아는 걸 쟤들이 언젠가 알게 된다면, 진리를 일부나마 스스로 발견하겠지. 그리고 내 모습 그대로를 보게 될 거야. 나는 현실을 두려워하지 않아. 있는 그대로를 바라보는 거야. 그리고 많은 것을 배우는 거지. 그것이야말로 인생의 재미니까!'

리사는 방 문 앞에서 잠시 걸음을 멈추었다. 솔직히 나가고 싶지는 않았다. 힘들게 얻은 평화를 망치고 싶지 않았다.

'왜 아이들은 이렇게 간단한 사실을 이해하지 못하는 걸까? 왜 나는 혼자 있으면 안 되는 걸까?'

리사는 한쪽 손을 문 손잡이에 얹은 채, 한참을 망설이고 있었다.

'어떻게 해야 할지 모르겠어. 하지만 아이들에게 보여 줄 수 있는 방법을 찾아내야지. 뭔가 방법을 찾아낼 거야…….'

아이들만 사는 도시를 세운 리사는 문을 열고 나갔다. 자기를 기다리고 있는 수많은 아이들의 앞으로.

역자 후기

이 작품은 가까운 미래를 배경으로, 어른들은 모두 죽고 아이들만 살아가는 세상에서 벌어지는 모험을 그린 소설이다. 1975년에 나온 작품이기 때문에 핵폭탄이나 화학탄 같은 냉전시대의 대량 살상 무기에 대한 공포가 고스란히 녹아들어 비교적 침울한 분위기를 나타내는 것은 사실이지만, 배경이나 내용에 특정한 시대적 배경이 가미되지 않은 덕분에 무려 30여 년 뒤인 지금 읽어도 전혀 재미가 퇴색하지 않은 특이한 작품이기도 하다.

어른들 없는 세상에 아이들만 남아 공동체를 꾸린다는 것은 얼핏 낭만적인 인상을 주지만, 이 책의 내용은 매우 냉엄하고 진지하며 결코 분홍빛 희망이나 웃음을 약속하진 않는다. 오히려 '아이들만 사는 도시'를 자기 손으로 일궈낸 10세의 리사가 수많은 좌절과 실패에도 불구하고 자기가 맡은 책임을 다하며 생존을 위해 노력하는 감동적인 모습을 통해, 인간이 살아가는 동안 끝없이 맞서야만 하는 폭력과 갈등과 불안의 구조를 뛰어나게 묘사한 점이 특징이다. 즉 이 작품은 『15소년 표류기』에 나오는 것처럼 아이들이 갈등을 이기고 난관을 극복하며 살아남는다는 낙관적인 이야기보다는, 오히려 『파리대왕』에 나오는 것처럼 규율과 문화가 없는 자연 상태에서 아이들이 인간 고유의 폭력성을 스스로 드러낼 수밖에 없다는 비관적인 이야기 쪽에 가깝다.

이 소설의 주인공 리사는 10세의 어린 나이로 공동체의 지도자가 되어 수백 명의 생존에 대한 책임을 맡게 되지만, 그 와중에 점차 심신이 지쳐가게 된다. 이 와중에서 리사와 친구들은 책임과 용기, 지혜처럼 미처 학교에서는 배우지 못했던 갖가지 덕목들을 배우며 더욱 성숙해 간다. 리사는 오로지 생존을 위해 공동체를 조직하고 성을 만들며 자기만의 도시를 꾸려나가는 '조직가'이지만, 그녀의 계획과 이상은 맞수인 탐 로건을 비롯한 갱단이라는 반대 세력에 의해 항상 좌초될 위험을 안고 있다. 이를 극복하려는 리사의 노력은 스스로를 추종자들로부터 인정은 받되 '어느 누구도 그녀를 좋아하진 않는' 역설적인 상태에 몰아넣기도 한다. 도시에 대한 강박관념, 지나친 이상주의가 리사를 한때나마 위험에 빠지게 한 것이다.

리사는 자신과 친구들이 이용할 생필품을 확보하고, 오래된 학교 건물을 요새로 삼아 갱단과 맞서며, 적의 계략에 빠져 큰 부상을 입고 요새에서 물러나지만, 나중에 가서는 아이들의 도움으로 다시 요새를 되찾는다. 비록 결말은 잠정적인 해피엔드로 끝나지만, 저자는 리사가 지금껏 상대했던 소규모 갱단과는 비교가 되지 않는 더 큰 적과 맞서 싸워야 한다는 점을 암시함으로써, 과연 그 공동체의 영속이 가능할지에 대해서도 의문의 여지를 남겨 놓는다. 어른들이 아닌 아이들만의 세계에서도 약육강식은 자연의 법칙이기 때문이다.

소재도 흥미롭고, 분량은 짧으면서도 박진감 넘치며, 엉성한 환상 대신 냉엄한 현실을 보여 주는 이 작품이야말로, 실제 현실세계에 근거한 색다른 모험 소설을 찾는 독자들에게 적극 추천할 만하다. 어쩌면 이 책에 나오는 갱단과의 대결 같은 것은 현대의 청소년 독자들이 겪는 온갖 위협(왕따라든지, 폭력서클이라든지)에 대한 은유로도 읽힐 수 있기 때문이다.